講談社文庫

闇に香る嘘

下村敦史

講談社

目次

闇に香る嘘

プロローグ

日本近海

横殴りの暴風雨が荒れ狂い、フルコンテナ船は翻弄《ほんろう》されていた。大海がうねり、波頭が高山さながらに盛り上がっては、押し潰されてクレーターと化した。稲妻が夜空を鉤裂《かぎざ》きにし、漆黒《しっこく》の海原を白く塗り替える。

「踏ん張れ！」一等航海士の郷田《ごうだ》は、乗組員に声を張り上げた。「横浜港は近いぞ！」

大嵐に叫び声も体も押し流された。デッキ服は着の身着のままで泳いだようにびしょ濡れだ。

真っ白な波浪はまるで雪崩《なだれ》だった。大波が噴き上がるたび、コンテナ船は宙に放り投げられそうになった。横揺れを半分以上減衰《げんすい》させるビルジキールも効果がない。四方八方からシロナガスクジラの体当たりを受けているかのようだ。叩きつける海水が船体を洗い、滝となって流れ落ちる。

「荷を見てくる！」

郷田は水溜まりを踏みながら船尾へ駆けた。濡れた甲板《かんぱん》で足が滑る。舌打ちして体勢を立て直し、積荷を見上げた。三段積みのコンテナはそれぞれ、ダブルクロス方式で四本のワイヤーがX状に張られて固定されている。

「ラッシング・ロッドが——！」近くの乗組員が声を上げた。

見ると、固定具付きのワイヤーが一本、弾《はじ》け飛んで暴風雨の中で暴れ回っていた。近づけばデッキ服もろとも肌を切り裂かれそうだ。

「馬鹿野郎！」郷田は腕を振り回した。「固定《ラッシング》した奴は誰だ、役立たずめ！」

下唇を噛《か》み締めた。荷の積み上げや管理の責任者は一等航海士だ。中国の港の日雇い労働者がラッシングを行ったとはいえ、荷崩れの責任は自分にのしかかってくる。

郷田は、鞭《むち》と化してコンテナを打ち据《す》えているワイヤーを睨《にら》みつけた。鉄製の連結具《バーティカルコーン》が上下のコンテナを連結しているから、ワイヤーの一本が外れた程度で荷崩れは起きないが、万が一の事態になれば大変なことになる。

「ばら荷じゃないですよね」乗組員が言った。「大丈夫ですよ」

荒天で貨物船が転覆《てんぷく》する場合、大半はばら荷――穀類や鉱石など――が移動することで起こる。英国の船級検定機関ロイドの調査によると、船上のばら荷は十五度の傾斜でも移動するという。幸い、このコンテナが運ぶ荷物は輸入家具類である。

　だが――。

　一個だけ、ばら荷より不安定なコンテナがある。

　大波が盛り上がって船体が浮いたかと思えば、船首が海面に突き刺さらんばかりに落下する。甲板が前後左右に傾く。今やコンテナ船は大嵐に嬲《なぶ》られる巨大な黒い棺《ひつぎ》だった。もし転覆したなら、積荷はなまじ海に浮かばず、全て海底に沈んでほしい。誰も引き揚げることのできない海底に。そうしなければ……。

　郷田は船首へ向かった。海は泡としぶきで真っ白になっていた。コンテナ船は高波の壁を突き破りながら進んでいく。見回しても荒れ狂った漆黒の海と白く泡立つ波ばかりである。巨獣の牙となった激浪に何度も噛みつかれ、転覆しそうだ。

数メートル先も見通せない豪雨の幕は、暴風に煽《あお》られている。大嵐に飲み込まれた海は永遠に続くように思えた。

　だが――やがて雷雨の底に横浜港が見えてきた。夜の闇にナトリウム灯の橙《だいだい》色の明かりが滲んで並び、港全体が燃えているようだ。乗組員たちが慌ただしく動きはじめ、着岸の準備に入った。

大雨に打ちのめされる中、重舗装されたエプロンの上をガントリー・クレーンが動いてきた。鋼鉄の腕を伸ばし、吊り具装置《スプレッダ》がコンテナ上部の四隅の穴にロックピンを挿入する。

甲板に組まれた足場に、オレンジの作業着と白いヘルメット姿の作業員らが立ち、荷の固縛を解除している。港では検数員《チェッカー》がコンテナの番号と外装を積荷目録と照らし合わせている。

クレーンが『ОSLU9841821』のコンテナを摑《つか》み上げて運んでいた。心臓と胃がきりきり痛む。

「おい、気をつけろ！」郷田は叫んだ。「操縦してる奴は素人か。傾いてるぞ！」

「パ、パ、パ、パイロットが悪いんじゃありませんよ」荷役総責任者《フォアマン》が怒鳴《どな》り返した。「トリムのせいです！」

トリム——船首と船尾の喫水《きっすい》差で生じる角度のことだ。

「船が悪いってのか！」

青白い稲妻が黒い雨空を切り裂いた。雷光は最も重要なコンテナを貫かんばかりに真横まで駆け降りてきた。

「おいおい、クレーンは大丈夫か！」

郷田は気が気ではなかった。コンピューター機器の半導体は、雷のような瞬間的に発生するサージ電圧に弱い。もしあのコンテナが落下したら――。

アルミニウム製の巨大な長方形の箱は横薙《よこな》ぎの風雨を浴び、夜空を背景に揺らいでいる。クレーン作業が中止になる風速ぎりぎりだろう。

「クレーンは正常なんだろうな！」

「落成検査を受けていないとでも？　性能検査したばかりです」

最も重要なコンテナは無事に港に降ろされた。郷田は息を吐いた。拳の中の濡れた感触は、雨の底に立っているからだけではない。

検数員が積荷目録を手に駆け寄り、コンテナ番号を確認しはじめた。交互に見やる顔の動きが急に止まった。ゆっくりコンテナに歩み寄る。

「――お、おい、中から物音がしたぞ！」

検数員が緊張を帯びた声で叫んだ。作業員たちの視線がコンテナに注がれる。

終わった――。

郷田は膝から崩れ落ちそうになった。

フォアマンが携帯電話で通報している。

永遠にも感じられる間があった。数台のパトカーと機動隊車両が血の色のサイレンを撒《ま》き散らしながら現れ、神奈川県警の捜査員に続いて機動隊員が降り立った。緊急車両で東京入国管理局の職員も数名、駆けつけた。海上保安庁はこの大嵐で頻発する海難事故に忙殺されているのか、現れなかった。

二十名を超える関係者が揃うと、事は迅速に進んだ。豪雨に煙《けむ》る中、防弾チョッキとヘルメットで身を固めた機動隊員たちがコンテナを包囲した。透明のシールドを携《たずさ》えている。

郷田は歯噛みした。発覚しなければ、税関コンテナ貨物検査センターに運び込まれる前に全員がコンテナから逃げ出す手筈《てはず》になっていた。しかし、もう無理だ。捕まってしまう。

機動隊員の一人がロック棒を外し、一拍の間を置いてから扉を開け放った。遠巻きに凝視していた郷田の鼻にまで腐敗臭が漂ってきた。十二メートルの奥行きがあるコンテナは、中が窺《うかが》えない。

機動隊員がライトを向けた。黄金色の光がコンテナ内を照らすと、折り重なった人間の山が浮き上がった。指一本動かない。その場の全員が息を呑む。郷田は本能的に後ずさった。

死んでいる——一人残らず死んでいる——全滅だ。

郷田は二年前の事件を思い出した。ミャンマーからタイへ向かう密入国者五十四人が、コンテナ内から死体で発見された。百二十一人中、約半数が脱水症状と酸欠で息絶えたのだ。調査の結果、利用された冷蔵コンテナは密閉性が高く、詰め込まれてわずか一時間で悲劇が起きたという。

まさか、と思う。食料や水は充分に用意してあったし、空気穴も上部と下部に開けてあった。事故が起こるはずがない。

機銃掃射を思わせる雨音がコンテナに弾け続けている。惨状に誰もが無言だった。やがて若い入管職員と捜査員が口を押さえながら踵《きびす》を返し、現場から離れた場所で嘔吐《おうと》しはじめた。「情けねえなあ」とかぶりを振るベテランたちも、腐臭を吐き出すコンテナから距離を取っていた。拳銃を持った密航者と格闘になる可能性も想定していたからか、機動隊員たちはむしろ緊張を解いている。

強面《こわもて》の入管職員が近づいてきた。

「お話を聞かせていただかねばならない状況のようですね。誰かの独断なのか、『大和田海運』さんの事業の一端なのか」

「俺たちは――」郷田は喉《のど》に絡《から》まる声を絞り出した。「何も知らない。コンテナに人間が隠れていたなんて――」

輸入事業は厳しく、毎回、最大積載量を超過するほど積荷を運んでも赤字続きだった。中国で引き受けた密航は、数度成功させたら会社を立て直せるはずだった。

「知らないじゃ通じないでしょう」

「向こうでコンテナの搬送や積み下ろしを担ったのは、中国人だ。俺たちは家具が積んであると信じていた。本当だ」

万が一の事態に備えて用意していた弁解は、いざ口にしてみたら自分でも呆《あき》れるほどそらぞらしかった。

コンテナの周囲を調べ回っている入管職員が声を上げた。

「空気穴が塞《ふさ》がれています！」

郷田は目を剝《む》き、振り返った。なぜ？　誰が？　疑問が渦巻き、言葉も発せられなかった。

「……どうやら、複雑な事情がおありのようですね」

そう言った強面の入管職員は、同僚たちに「おい！」と声を上げ、大和田海運のフルコンテナ船を指差した。入管職員たちはうなずき、十数名の捜査員と機動隊員を引き連れて船に向かった。彼らの姿が大雨の銀幕に溶けて見えなくなる。密入国に関与した疑いが出た以上、乗組員たちはみな事情聴取を受けるだろう。

郷田は強面の入管職員と二人きりでコンテナの前に取り残された。

雷鳴に先んじて稲光が瞬《また》いたとき、郷田はなぜか――半ば本能的に――コンテナ内に目を向けた。白光に浮かび上がった死体の山が揺れ動き、人間が這《は》い出てきた。警戒が手薄になった隙を窺っていたのだろう。死人の腐敗臭を纏《まと》った男が駆け出してきた。

郷田は反射的に強面の入管職員を羽交《はが》い絞めにした。入管職員が援護を要請する怒鳴り声を上げた。声は暴風雨に掻《か》き消され、フルコンテナ船に向かった捜査員たちには届かない。

全てが露見した以上、多かれ少なかれ事情を知る生存者が逃げ延びてくれるよう、願うしかなかった。

男はふらつきながらも港を横切り、闇の中に消えていく。

安堵《あんど》が胸に広がった矢先、コンテナの中からうめき声が聞こえた。

まだ生き残りがいた――。

郷田は愕然《がくぜん》としてコンテナを見つめた。

1

東京

硬いベッドで目を覚ますと、真っ暗闇の中で消毒液の匂いを嗅いだ。一瞬、生者の世界から隔離《かくり》された錯覚に捕らわれた。

「あっ——」隣から野太い声がした。「起きられましたか。私は今朝入院してきた者です」

「……村上《むらかみ》です」私は声に向かって会釈した。

「うなされていましたね。大丈夫ですか」

「お気遣いなく」

「不慣れな病室に閉じ込められたら、誰だって不安になりますよ。私は心臓が悪くて

……」

新しい入院患者は暇を持て余していたのか、闇の中で喋《しゃべ》り続けた。廊下のほうからは、ナースシューズが歩き回る慌ただしい靴音や、患者が重い体を引きずって歩く

音、松葉杖が床を打つ音、何かの電子音が混然《こんぜん》一体となって聞こえてくる。

私は腹部を押さえた。

頼むぞ、健康であってくれ――。

「……内臓がお悪いんですか」

「検査の結果待ちです」

「そうなんですか。健康だといいですね。病院なんて、一日だって寝泊まりするもんじゃないですよ」

「……いえ、健康なら入院するんです」

「へ？」

私は会話を打ち切った。

「――村上さん。村上和久《かずひさ》さん。診察室までお越しください」

女性の声が忍び込んできた。私は緊張を呑み下し、上半身を起こした。両足を下ろすと、右手でベッドの脇を探った。

「あっ、お取りします」

ナースシューズの靴音が近づいてくると、少しの間の後、右手のひらに棒状のものが触れた。

私は白杖を握り締め、立ち上がった。

「どうぞ」と柔らかな指の感触が私の左手に触れた。私は左手を女性看護師の指先から手首、前腕、肘部《ちゅうぶ》へと上らせていき、そこを軽く摑んだ。左肘を直角に曲げ、彼女の半歩後ろに位置した。

白杖の先端——石突きという——を左右に振るようにして床を突きながら、女性看護師に先導されるまま廊下を進んだ。病院は図書館などと違い、白杖が床を叩く音もさほど迷惑にならない。膝を痛めた老人が突く杖の音や、骨折した者が突く松葉杖の音だけでなく、車椅子やストレッチャーが行き交う騒音にあふれている。

私の膝の高さを男児の咳《せき》が通りすぎていく。五分ほど歩き、三度角を曲がった。扉が滑る音に続いて何歩か進むと、彼女の声がした。

「背もたれのある椅子です」

女性看護師は手を板状の硬い部分に導いてくれた。そこに触れ、形状を確認しながら座る。

「お父さん、検査結果が出たって」

右隣から娘——由香里《ゆかり》の声が聞こえてきた。張り詰めたピアノの弦を思わせるほど緊張を帯びている。

「ねえ、おじいちゃんが助けてくれるんでしょ」

期待と不安が入り混じった夏帆《かほ》の声がした。

おじいちゃん――そう呼ばれることに違和感がある。四十一歳で失明してからは、年老いていく自分の姿を見ていない。薄くなった頭髪も増えた皺《しわ》も、手触りで感じられるだけで実感に乏しい。記憶の中にある私は、いまだ活力にあふれ、一眼レフのカメラ片手に日本全国を飛び回っていたあのときのままだ。

「おじいちゃん、サッカー、知ってる？　あたし『ウイング』なんだよ」

聞き覚えのない専門用語だった。私の青春時代の娯楽は、ずっと野球とカメラだった。

「夏帆は男の子と一緒に遊んでいるのか」

「プ、い、プレーしてるんだよ。女の子はあたしとナナちゃんだけなの。どっちが先にレギュラーになれるか、競争してるの――」夏帆の声が沈んだ。「でも、今はプレーできないの。透析《とうせき》が終わったらくたくたになるから。一日じゅう体育の授業をしたみたいに」

腎臓は腰の左右にあり、体内の老廃物を排出してくれる。腎不全になると、その機能が壊れ、毒素が血中に溜まっていくため、透析が必要になる。血液をチューブで体外に取り出し、透析器で老廃物を取り除いてから体内に戻し、健康を維持する。小学生の夏帆は、週に三日、五時間もベッドに拘束されている。それが一生続く。腎臓移植を受けないかぎり。

「もうすぐ先生が来るから」由香里の声が言った。「後はお父さんしかいないんだから……」

最後の言葉は祈っているようにも聞こえた。

由香里はもう夏帆に腎臓を贈っている。NPO主催の腎臓移植勉強会に参加し、体験談や講演を聞いて心を決めたと聞いた。娘は左右で腎臓の大きさが違ったらしい。その場合、小さいほうを移植するのが通例だという。

夏帆にはどうか、大きいほうをお願いします——。

だが、その腎臓は一年半しか持たなかった。夏帆の体重は次第に増加し、尿量が減少した。やがて「腎臓が熱い」と言い出した。移植腎は基本的に異物だから、体が追い出そうとするらしい。それが拒絶反応だ。残念ながら最新の免疫抑制剤でも抑えられなかった。

医師によると、透析を受ける患者は毎年一万人ずつ増え、現在は約三十万人もいるという。腎臓移植の希望者が一番多く、一万二千人が登録しているそうだ。そのうち死者の腎臓を貰《もら》う死体腎移植が受けられたのは二百名程度らしく、順番が回ってこない。

生きている者から片方の腎臓を貰う生体腎移植では、血族六親等ならびに姻族三親等までしかドナーになれない。娘の元婚約者である夏帆の父は、他人と結婚していて駄目だった。

由香里は腎臓に未練がない男との結婚を考えるほど、思い詰めた。

『先生にそれとなく水を向けたら、結婚後すぐの臓器提供は、移植目的の結婚って見なされて駄目なんだって』

結局、娘は悩み抜いて私に切り出した。

無償の善意で提供を決めたかチェックするため、ドナーは病院の精神科医や臨床心理士と面接しなくてはならなかった。家庭環境、家族との関係、移植を決めた経緯などを問いただされた。意思確認のため、臓器移植に関する説明も繰り返された。精神安定剤の常用は伏せた。存在しない精神疾患《しっかん》で提供の自由意思も疑われてしまう。

無償の提供、か。娘との約十年の溝を埋めるため――という動機が見返りになるなら私は不適格だろう。こずるい私情だろうか。私が夏帆に腎臓を提供すれば、父に負担をかけた負い目で娘の心を取り戻せるのではないか、と考えるのは。

娘が幼いころは膝の上に乗せ、私が撮影した写真の数々を見せながら思い出話に興じたものである。失明してからは、由香里が私の目となり、世界の彩りを語ってくれた。今となっては、全てが幻の中の出来事だったように思える。

「夏帆ね――」由香里の声が言った。「私の腎臓を移植した後は見る見る元気になって、初めてゴールしたのよ」

「そうだよ！」夏帆の声がボールのように弾んだ。「隆志《たかし》君を抜いてゴールしたの。ネットがふわって揺れて。またゴールしたい！　おじいちゃん、手術が終わったら、お礼に肩、揉んであげるね！」

「そうか。楽しみにしていよう」

「うん！　おじいちゃん、友達みたいだから好き」

友達みたい、か。私は精神的、知識的に未熟なだけだろう。そのうえ、世の中の発展や文化、流行に無知である。成長が四十一歳で止まっているからだ。点字に『点訳』された数少ない本しか読めず、人付き合いも避けている。

足音に続き、「お待たせしました」と担当医の声が聞こえた。車輪の音の後、眼前の闇の中で軋《きし》みがした。

気がつくと、拳を強く固めていた。張り詰めた空気は針の一刺しで破裂しそうだ。唾を飲み下すと、喉が鳴る音が響いた。

夏帆に腎臓を贈らせてくれ――。

久しく祈ったことがない神に懇願した。

「検査の結果――村上さんの腎臓は数値が悪く、残念ながら移植は難しいと思います」

闇に覆《おお》われた私の視界に変化はなかったが、床に引きずり込まれるように体が傾いていた。気を緩めたとたん倒れそうだった。

「待ってください！」由香里の切迫した声が言った。「血液型が違っても移植できるんですよね。免疫抑制剤が進歩していて。なのに適合しないなんて、あるんですか」

「不適合ではありません。腎臓が悪く、移植に適さないんです」

腎臓を鷲摑《わしづか》みにされた気がした。私のせいなのか――。

娘の顔が見えなくてよかったと思う。由香里は今、どのような眼差しを向けているのだろう。失望？　怒り？

担当医の説明は耳に入らなかった。いつの間にか話は終わっていた。右隣から由香里の声がした。

「行きましょ、夏帆」

二つの足音――ゴムの靴音とヒールの靴音が遠のいていく。

「私に腎臓が三つあったらよかった」由香里の声が言った。「そうしたらお父さんに頼まなかったのに……」

「お、おい――」

私は立ち上がって言葉を返そうとした。それを遮《さえぎ》った由香里の声には突き刺す鋭さがあった。

「夏帆のためにも役立ってくれないのね」

何一つ言葉を返せず、溶けるように消えていく二つの足音を聞いているしかなかった。そして、私を拒絶するようにドアの閉まる音がした。

私にとって出会う相手はのっぺらぼう同然だから、心が直接伝わってくる。選択された単語の一つ一つや、言葉が発せられたときの語調、息遣い――それらで人の心が垣間見える。見えてしまう。

ただ、黙って去った夏帆の感情だけは分からなかった。去り際の表情はどうだったのだろう。母親に腕を引かれながら私との別れを寂しそうにしていたのか。それとも、役立たずの祖父に恨みがましい一瞥《いちべつ》を寄越したのか。

両膝から芯棒が抜けた。椅子に座り込みたかったが、手探りで座部を探すのも煩《わずら》わしく、立ったままでいた。

娘の一言は、自分で思っている以上に私の心に突き刺さっていた。自分がまだ誰かのために役立てると思いたかったのだ。それは無力感を払拭《ふっしょく》する自己証明に他ならない。

「病室までお送りします」女性看護師の声が言った。

私は彼女の手助けを受けて歩いた。リノリウムの床を打つ石突きの音が耳障りだった。

「気を落とさないでくださいね」

「私は娘も孫も助けられなかった」

「村上さんの責任じゃありませんよ」

「腎臓をもっと大事にしていれば……」私は立ち止まった。慙愧《ざんき》の念が胸を掻き毟《むし》る。「誰一人、私の周りには残っていない。もう」

一瞬、病院内の喧騒《けんそう》が途絶えた気がした。私は今や廃船の時を待つ木造の老朽船だった。ドックでも修理できず、誰を乗せることも叶《かな》わず、消えていく。他船に曳航《えいこう》してもらわねば航海もできない。

「世話をしてくださる方はいらっしゃらないんですか」

「誰も。一人です」

「盲導犬は？」

「いえ」

「飼われることを考えられてはどうですか。大きな助けになりますし、寂しさが紛《まぎ》れると思いますよ」

「盲導犬は全国でも千頭程度で、順番待ちをしている視覚障害者が多いんです。それに……犬には生理的な嫌悪感があるんです」

「噛まれた経験がおありなんですか」

「……記憶に焼きついている光景のせいです」私は過去を振り払おうと努めた。「私のまぶたの裏に浮かび上がってくるのは――人間たちの遺体を貪《むさぼ》っている犬の群れなんです」

2

コンビニを出た私は、緑の香りが全くしない裸木《はだかぎ》の乾いた匂いを嗅ぐと、樹皮に触れた。安物のマフラーの隙間から忍び込んでくる三月の風は、肌を裂きそうなほど冷たい。

　検査入院から退院して二日が経《た》っていた。私は体を右に向けると、歩きはじめた。腕の延長線上に白杖があるようにしながら、へその前で手首を中心にして左右に振る。肩幅より少し広めにスイングし、一振りで一歩進む。白杖を振った反対側の脚を前に出す。

　白杖は視覚障害者にとって第三の手だった。体が障害物にぶつかる前に、先端から伝わる感触と音で二歩前の情報を得るのだ。看板、溝の蓋《ふた》、水溜まり、道の凸凹《でこぼこ》、樹木、自転車など――。

　右側へ振った石突きが跳ねた。プラスチックの板に当たる軽妙な音だ。コンビニ前のゴミボックスである。私は方向の正しさを確かめながら進んだ。

　石突きが何かに当たったら止まり、反響音と感触に意識を集中して障害物の種類を判断するのだ。それは歩いている場所――歩道か住宅街か商店街か――によってある程度見当がつけられる。駐車中の車だったら激しく叩かないように注意し、迂回《うかい》する。

　左側の車道からは、車が走る音が絶えず聞こえている。音の距離感で自分が真っすぐ歩けていると判断できる。もし走行音に近づいてしまったら、歩道をはみ出しそうになっているのだ。

焼けたパンの香ばしい匂いが漂ってきた。歩道の角にあるパン屋が近づいてきた証だ。石突きがコンクリートの障害物に当たった硬質な音は、横断歩道の前の電信柱である。私は立ち止まった。

単独で出歩くには基点を作ることが大切だ。目印になる物——縁石や街路樹、看板、自動販売機など——を確認すると、そこからどれくらいの距離をどちらに進めばどこにたどり着けるか、常に頭の中にメンタルマップを描くのだ。晴眼者《せいがん》は道を覚えていなくても、見てその都度判断すればいいが、視覚障害者は日ごろから地理や配置を記憶しておかねばならない。

ここの交差点は音響装置付き信号機ではないので、渡るのが難しい。行き交っているのが『音』だけでも、そこには必ず実体がある。一トンもの重量を持った鉄の塊だ。一寸の油断も許されない。隣からは少年同士の会話が聞こえてくる。

私は二人が渡りはじめたタイミングで足を踏み出した。クラクションとブレーキ音が耳をつんざいた。焦げたゴムの悪臭が鼻をついた気がした。迂闊《うかつ》だった。少年らは信号無視したのだろう。

「目、見えんなら出歩くな！」

胴間声《どうま》が怒鳴ると、苛立たしげなエンジン音が私を迂回して走り去っていった。私は三歩後じさり、左の車道に耳を澄《す》ました。車の走行音が途絶えている。赤信号なのか、車通りがないのか。

一分ほど待つと、左側からエンジン音が響いた。歩道と平行に進む走行音が聞こえはじめる。交差点で横の車道が青信号になったら、眼前の横断歩道も青だ。曲がってくる車の音に注意し、私はすぐに渡りだした。視覚障害者は歩行速度が遅いので、急がないと途中で赤信号に戻る恐れがある。もし横断に普段より長くかかったら、車道側に斜めに進んでしまっている可能性が高い。

私は自転車の走行音やベルの音に驚きながらも、通行人たちの喧騒の中を歩き続けた。私が住んでいる世界には、孤独な年寄りに常に寄り添ってくれる自分の影すら存在しない。

壁や縁石を打って真っすぐ歩いているか確認し、住宅街へ進んだ。猫の鳴き声が顔の右隣を横切っていく。

石突きが道路標識のポールに当たると、金属質の音がする。電柱を支える電柱支持ワイヤーは斜めになっていて白杖が触れないので、気づきにくい。顔をぶつけないよう注意した。自宅の門塀にたどり着くと、安堵が胸を浸《ひた》した。外出は神経をすり減らす。

息を吐き、娘と孫の役に立てなかった悔しさを思い出した。十年間の溝を埋める機会は、永遠に失われてしまった。私の体の一部が絆《きずな》を取り戻すきっかけになるなら、喜んで贈ったのに……。

門扉を抜けて二段のステップを上ると、自宅に入り、扉を閉めた。外界の音を締め出したとたん、孤独を強く意識した。人々が生活する様々な音は遠ざかり、巨大な棺《かん》桶《おけ》に閉じ込められた気さえする。

歩き慣れた廊下を進んでリビングに入った。壁に手のひらを這わせる。出っ張りに触れると、スイッチを入れた。

私の場合、全盲とはいえ、光を全く感じないわけではない。漆黒の闇と濃紺の闇というわずかな違いがあり、その差が心に平安をもたらしてくれる。だから電気をつける。だが、電灯は暗い気分を明るくしてはくれなかった。外と違い、音が途絶えた暗黒の世界——。一人暮らしには広すぎる木造二階建ての自宅の空気は、息苦しい。

買い物袋をテーブルに置くと、庭に面しているガラス戸を開けた。カーテンが寒風を孕《はら》んで膨《ふく》らみ、私の体に纏わりついた。それを引き剝がし、戻ってソファに腰を沈めた。住宅街を通る車の音や、帰宅する中高生の会話が聞こえてくる。こうすれば、外界と少しでも繋《つな》がっている気になる。

私はテーブルの上の小物――もはや単なる『球』でしかない小型の地球儀や空の編み籠《かご》、猫を模した陶製の置物――を撫《な》で続けた。常闇《とこやみ》の中では音や匂いすら頼りなく、肌に触れた物だけが実体を現す。だが、触れるのをやめたとたん、それは闇に飲まれて消え、本当にまだそこに存在しているのか疑わしくなる。物に常に触れていないと不安だ。

小物を撫でながら外の音に身を委《ゆだ》ねていると、雨音が聞こえてきた。私は雨が嫌いだ。世界が雨音に閉ざされて遠くの音が掻き消されてしまう。

何時になっただろう。腕時計のスイッチを一回押した。

「午後六時三十五分です」音声式の腕時計が喋った。スイッチを二回押すと、「三月三日水曜日です」と教えてくれた。

私はガラス戸を閉めた後、壁を伝い歩きして玄関に向かった。

毎週水曜日の夕方は、近所の知人と会ってオセロをする。黒色の表面が渦巻き型の凸状になっており、指先で触れると白色と区別できる視覚障害者用の遊具だ。記憶の訓練にも役立つ。

手探りで靴を見つけて履《は》き、玄関の扉を開けた。あっという間に雨脚が強まったらしく、眼前でけたたましい雨音がしていた。

立ったまま知人を待つ。午後六時半にチャイムを鳴らすのが習慣だ。孤独を意識させられている日は──娘も孫も取り戻せず、無力感に打ちのめされている日は、なおさら人恋しさを感じる。

雨がビニールに弾《はじ》ける音が近づいてくる。私は身を乗り出した。弾ける雨音は目の前の通りで一度立ち止まった後、遠のいていく。

私は三歩だけ踏み出した。雨音に向かって右腕を少しずつ伸ばしてみる。肘の角度が百二十度くらいになったとき、手のひらが豪雨のカーテンを破った。前腕の肌を打つ雨粒は圧倒的で、水の壁に腕を突っ込んだように感じた。外出は無理だ。今日は来ないだろう。

玄関の扉を閉めると、リビングに戻って再びソファに座り込んだ。

大事な人間を失ったとき、人は誰しも目を閉じて生前の姿を思い返すしか会う方法がない。私は毎日がそうだ。私が失明する前の由香里の顔、想像するしかない夏帆の顔。私のまぶたの裏側に浮かび上がるのは、もはや空想の映像でしかない。

私はテーブル上の三時の方向に右腕を伸ばした。つるつるしたものに触れると、手のひらを上に滑らせていき、萎《しな》びたリボンの束を思わせる感触を摘《つ》まんだ。近所の老婦人から貰ったガーベラは、明らかに枯れていた。ずっと世話を忘れていたせいだ。彼女は何色の花だと言っていただろう。黒しか存在しない世界で長年生きていると、赤や黄や青のような明るい色を思い出せなくなってくる。

私は活けられた花と同じだ。花瓶という狭い空間の中でしか生きられず、やがて枯れ果てる。

枯れたガーベラを抜き取ると、腕で宙を撫でてゴミ箱を探り出し、放り捨てた。ため息が漏れる。

人間は誰しも老いからは逃れられない。年老いたとき、周りに誰がいるのか——それが自分の積み上げてきた人生を表すと思う。私の周りには誰がいるのだろう。結婚し、娘が生まれ、孫も生まれた。しかし、今や誰一人残っていない。

私は台所に進むと、コップを手に取った。ウエストポーチから『液体プローブ』を取り出した。四角い電気のプラグに似た器具をコップの縁に取りつけると、二センチほどの探針が中に伸びる。瓶の焼酎を少しずつ注いでいく。ピピピ、と音がした。コップの中に伸びた探針に液体が触れると、アラームが鳴るので飲み物をあふれさせずにすむ。

手探りで三角のケースを開け、精神安定剤を取り出した。隣の四角いケースは睡眠薬だ。形状で薬を判別している。昔は、薬名を書いたシールをケースに貼って娘が区別し、手渡してくれていた。

精神安定剤を二錠、口に放り込み、焼酎で飲み下した。アルコールで服用すると、記憶障害が起こるので控えたいと思うのだが、相乗効果で気持ちが安らぐ。やめられない。

顔も知らない孫娘の苦しみを思ううち、思い立って隣室へ行き、ふすまを開けた。物置と化して積まれている段ボール箱を探り、小型の箱を引っ張り出した。蓋を持ち上げて中を探ると、羽子板と羽根が納められていた。

幼少期、母が揚げ羽根――一人で羽子板を使って羽根を打ち上げ、回数を競う遊び――の願掛けを教えてくれた。羽根に利用されている丸い実はムクロジで、『無患子』と書くから子の無病息災を願うときに使われるという。

羽子板を握り締めると、立ち上がった。母が百度参りのように続けた願掛けのおかげか、子供のころは大病を患《わずら》った記憶がない。

私は数え歌を唄いながら羽根を打ち上げた。

一番初めは一の宮
二は日光の東照宮
三は佐倉の――。

感覚で落下点を予想し、二度だけ成功した。三度目は羽子板が空を切った。二時の方向の足元で羽根が絨毯《じゅうたん》を二回跳ねる音がした。音は右に左にバウンドした後、どこかに消えた。

私はひざまずくと、四つん這いになり、手のひらを這わせた。毛足が長い絨毯の感触だけだ。羽根はどこに落ちている？　二時の方向で跳ねたことは分かっている。どこだ？　どこにある？

手探りするうち、胸が押し潰された。揚げ羽根の願掛けも続かず、落ちた羽根の場所も分からない。透析で苦しむ孫娘のために何もできない。誰の役にも立てない。孤独と無力感に打ちのめされ、這わせていた手のひらの動きも止まっていた。

静寂を破ったのは、甲高《かんだか》いコール音だった。

四つん這いのまま顔を上げた。再び手のひらで絨毯を撫で、羽根を探した。癇《かん》に障るコール音は止まない。

仕方なく立ち上がると、座椅子の背もたれを探り当て、自分の位置関係を把握して廊下に向かった。途中、爪先が何かを蹴飛ばした。腰を曲げて絨毯を撫でると、羽根を見つけた。二時の方向に跳ねた後、ラグビーボールさながら五時の方向に飛んだらしい。

何と情けないことか。見当違いの場所でもがいていた。

拾い上げてから廊下に出ると、壁に左手の甲を添えながら伝い、音の前で立ち止まった。受話器を取り上げる。

「もしもし、村上です」

「和久か。俺だよ」

俺――声だけで誰か伝わるだろうという傲慢《ごうまん》さが滲み出ていた。

「何か用か……」

三歳年上の兄だった。

「お前の声を聞くのも久しぶりだな。何年ぶりだ」

「何年も経っていない。二年と――三ヵ月だ」

「実は一年半前から実家で暮らしてる。母ちゃんと一緒にな」

私は言葉を返さなかった。

「母ちゃんのこと、訊かないんだな」

「……母さんはどうしてる？」

「倒れたよ。過労だと思う。医者を呼んだが、とりあえず平気だ」

「そうか……無事ならよかった」

「もう少し母ちゃんを心配しろ」兄が呆れたように言った。「なあ、一度、戻ってこい。母ちゃんも話したがってる」

「別に帰る用はない」

「あのなあ。用があるとかないとか、そういう問題じゃないだろ」

「岩手は遠い。こっちは自分の生活で大変なんだ。今は娘と孫のこともあるし――」

口にしようとした瞬間、言葉が途切れた。私は忘れていた――いや、忘れたふりをしていた兄の存在に、希望の芽を見た思いだった。

六親等以内の血族なら生体腎移植のドナーになれる。

「分かった」私は答えた。「一度、娘を連れて帰るよ」

3

岩手

体の真下で建設工事が行われているかのようだ。山間の悪路を走っているのだろう。私は背もたれに体重を預け、バスの窓から流れ込んでくる葉擦《はず》れのざわめきや、緑陰を吹き渡る涼風の青葉臭さを堪能《たんのう》した。

車内には高齢者同士の会話があふれている。反面、隣の由香里は終始無言だった。

突如、背中に重力がかかった。バスが坂道を上っているのだと分かった。故郷の農村が近づいている。

バスが停車した。老人たちの「よっこらしょ」という掛け声に続き、前後から一斉に椅子の軋みが聞こえてきた。私は白杖を摑んで立ち上がった。長時間の旅だった。

娘が差し伸べた手を振り払う。

「バスの乗り降りくらい一人でできる」

目の前を通りすぎていく話し声と足音が途絶えてから通路に踏み出し、ヘッドレストに順に触れながら前へ向かった。

石突きで階段を確認すると、左手で手すりを摑みながら降車した。降り立ったとたん、故郷を感じた。東京のアスファルトと違い、靴底に広がる雑草と土の柔らかな感触――望まずとも、郷愁を掻き立てられた。踏み潰した果実のように濃密な香りが足元から立ち上ってくる。

「ほら、バスから離れなきゃ」背後から由香里の声がした。「前は安全だから」

私は三歩進み、失明する前の記憶にある故郷を思い浮かべた。都市やダムの開発の波に飲み込まれず、残雪を頂《いただ》いた岩手山を背に田畑が広がっている。農家が散らばる中、広葉樹などの雑木が身を寄せ合い、緑で彩っている――。今の故郷は変わってしまったのだろうか。それとも昔ながらの形を留めているのだろうか。

露出した水道管が凍りついて破裂するような厳冬は去っていたが、三月の空気はまだまだ冷たい。遠くからは、岩を洗う川のせせらぎが聞こえてくる。私は娘の右肘を摑み、白杖で前方の両側を打ちながら歩き出した。検査入院中は看護師の介助で院内を歩いたから、声以外で娘の存在を実感できるのは数年ぶりだ。

由香里は夏帆をルームメイトの女性看護師に預けている。娘が私の家から逃げ出したとき、金銭的な負担を分け合いたかった高校時代の友人と利害が一致し、以来、一緒に住んでいるという。職業柄、夏帆の病気にも詳しいらしく、安心して預けられる相手だ。

砂袋の上で足踏みしているような靴音が行き交っている。東京と違ってその歩行速度は作物の成長と同じで緩やかだ。

「……じろじろ見られて不快」娘のつぶやきが耳に入った。

「気にするな。少し閉鎖的なだけだ」

「お父さんはいいよね、この視線を感じなくてすむんだから……」一瞬の間を置いてから、由香里の申し訳なさそうな声が言った。「ごめんなさい。言いすぎた」

私は黙諾《もくだく》で応えることしかできなかった。

由香里は私をいまだ許せないのだろう。不思議なものだ。目に見えない愛情や思いやりはなかなか信じられないのに、憎しみや怒りのような剝き出しの敵意は、嫌というほど伝わってくる。

「あの、村上家にはどう行けば――」

由香里の声は左側に向かって発せられていた。久しぶりの帰省で正確な場所を忘れているのだろう。

「あんだら、よそもんがね」枯れた稲穂を思わせる老婆の嗄《しわが》れ声が返ってきた。「村上さんに何の用だ」

「孫娘です」

「ああ、おめぁはんら、村のもんがい。それを早く言わんが」

老婆は私の実家の場所を説明してくれた。

「石っこ、気をつげてなあ」

私たちは礼を述べると、畦道《あぜみち》を歩いた。両側からは、田畑の香りが風に乗って漂ってくる。一陣の寒風が吹き渡るたびにどこかで枝葉が囁《ささや》き、虫の音色が掻き消される。

「着いたよ、お父さん」

私は深呼吸した。沈丁花《じんちょうげ》の甘く酔わせる芳香が鼻孔《びこう》をくすぐる。嗅いでいると、闇の視界いっぱいに手毬状の花が咲き誇った。

実家は曲屋《まがりや》だった。鉤型《かぎがた》に曲がった平面を持つ民家だ。正面以外を土壁で厚く塗り込めた塗籠《ぬりご》めの外壁、大きな茅葺きの屋根に押し潰されているかのように低い軒——私は失明前の記憶を掘り起こした。古めかしい典型的な農家だ。枯れていなければ、南側に植えられた樹木が日射を遮っているだろう。雪で折れるのを防ぐため、庭木の枝は束ねてあり、竹で補強されているはずだ。

「ごめんください！」

チャイムがないので娘が大声を発した。戸が横滑りする音に続き、「おお」と兄の声が聞こえた。「待っとったぞ。さあ、上がれ上がれ」

白杖の石突きで上り框《かまち》を打つと、靴を脱ぎ、揃えて洗濯バサミで挟んだ。履くときに自分の靴を間違わないための目印である。

娘に白杖を預けると、左手に柔らかなものが触れた。

「ほら、私が連れて行ってあげるから」

「いや、実家くらい自分で歩ける」

ささやかな意地だった。私は一人で伝い歩きをした。腕を軽く前に伸ばし、土壁に手の甲を触れた状態で進む。反対の腕は曲げ、胸の前に前腕を横たえて防御姿勢を作る。初めての場所や不慣れな場所では、壁や家具に沿って一周し、室内を把握する必要がある。

土壁を伝って十歩ばかり進むと、指先が障害物に触れた。撫でる。木製の台だった。その上には――形状から電話が乗っていると分かった。再び土壁に触れながら三歩進んだとき、手のひらが柱の出っ張りに触れた。その先にふすまがあった。

「さあ、入れ入れ」

兄の声と同時に目の前でシャッと音がした。私は縁に触れながら茶の間に入った。敷居を跨《また》いだとたん、靴下に包まれた足の裏が懐かしい畳の感触を踏み締めた。張り替えたばかりなのか、イグサ特有の匂いがした。線香の仄《ほの》かな香りが漂っている。

「おお……」と母の声が立ち上がってきた。重たげな中にも嬉しそうな響きがある。

「よお帰ってきたなあ」

私は一歩一歩、母の声がしたほうへ近づいた。

「……和ちゃん」

声の真ん前で立ち止まると、優しく頰《ほお》を撫でる感触があった。平べったい渋柿のような肌触り――皺深い母の手が想像できる。

「よしてくれよ。もうすぐ七十になる。子供じゃないんだ」

「和ちゃんは和ちゃんだよ」

数年前に帰省したときは、『和久』と呼んでいた。『和ちゃん』という呼び方は、中学時代、母の過保護が恥ずかしくなってやめさせた。急に愛称を口にしたのは、母自身、数十年前に――私と母が仲良く笑っていた時代に返っているからではないか。

失明前と母の顔がどう変わったか分からない。皺は深まったのか、シミは増えたのか。時の流れが実感できない。

私は母の手をそっと引き剝がした。摑んだ母の腕はスルメの塊《かたまり》のようだった。

「由香里ちゃんも久しぶりだなぁ。よく来てくれたなぁ。二人とも、朝ご飯まだだろう？」

母の足音が去っていった。出入り口と反対方向に土間がある。漆喰を塗り固めてあり、ムシロが敷かれた中央には炉《ろ》が据えられているはずだ。屋根の形が剝き出しの天井には縦横に梁《はり》が架され、火打ち梁で補強されているだろう。

私は段差に注意しながら、母の足音を追いかけた。

「おいっ、危ないぞ！」

兄の怒声に続き、手首を鷲摑みにされた。

「すまん、兄さん」

「伯父さんじゃなくて私」真後ろから聞こえたのは、由香里の苦笑気味の声だった。

「段差があるから注意して」

「そうか、助かったよ」私は娘の手を借りて段差を降りた。ムシロのざらついた感触が靴下ごしに感じられる。

「何度見ても崩れそう……」

娘の声を聞いた私は、手のひらをさ迷わせ、糠《ぬか》の匂いが染み込んだ曲がり柱を撫でた。老人の背骨のように湾曲した柱だ。目が見えたなら、眺めているだけで不安を駆り立てられるだろう。

　包丁がまな板を打つ小気味よい音に近づいた。

「和ちゃん、止まり！」母の声が鞭打った。「鎌がある」

　母の足音が目の前まで近づいてくると、金属質の音がした。

「気をつけんと。〝鎌を跨ぐとカマイタチにやられる〟よ」

　母は昔から迷信深く、岩手に伝わる俗言をいつも気にしていた。子供のころは様々な言い伝えを聞かされ、注意されたものである。

『室内で口笛を吹いちゃいかん。〝家の中で口笛を吹けば貧乏神が来る〟って言ってな――』『〝書物を踏めば字を忘れる〟んよ――』

　私が『母ちゃん、蛇、蛇！』と指差したときは、『こら』と手をはたかれた。『〝蛇を指差すと指が腐る〟』

　大人になってからも『妊婦が葬式に出れば難産する』と言い張り、妊娠した私の妻を伯母の葬式に参列させなかった。母自身、妊娠中には決して葬式に出なかったという。

「竜彦《たつひこ》」厳しい語調の声が言った。「鎌はちゃんと片付けんと」

「壁に立て掛けておいた。倒れたんだろ」

私はどうやら、土間の真ん中を歩いているつもりで、斜めに――壁のほうに――進んでいたようだ。

再び包丁を使う音が聞こえてきた。

「無理するな」私は言った。「飯なら由香里が作る」

「長旅で疲れた孫にそんなことさせられん。ほら、二人とも向こうで待ってな」

包丁の音が止み、下方から物音がした。土間の地下貯蔵庫から野菜を取り出している母の姿が目に浮かぶ。私は母の好意に甘えることにした。由香里と一緒に茶の間へ戻り、座布団に尻を落とす。

「兄さん……」私は広がる闇に向かって声をかけた。「何だ」と一時の方向から応じる声がした。顔をそちらに向ける。

腎臓移植の件を切り出すタイミングは任せてくれ、と由香里には言い聞かせてあった。兄はいったんへそを曲げると、他人の意見に耳を貸さなくなる。

「兄さんはまだ裁判を?」

裁判を続けているなら、長期の入院は避けたがるかもしれない。

しばらく沈黙が続いた。土間のほうから包丁の音だけが聞こえてくる。

「政府様はお優しいからな。感謝の気持ちを伝えてやらんと」

「国を訴えても何も変わらないだろ」

「……日本政府は俺たちを棄《す》てたんだ。責任を取らせる」兄の声が吐き捨てた。「国ってのは俺ら国民を利用するだけ利用して、用ずみになればぽいっと棄てる。誰かが戦わなきゃ、政府は変わらん」

「誰かが戦っても政府は変わらないだろ」

「人生を奪われた者の苦しみは――お前には分からんさ」

三年前から兄は裁判にのめり込み、周囲の人間に散々迷惑をかけた。弁護士費用を貸してくれ、お前の姿は同情を買えるから証言台に立ってくれ、意見書の作成を手伝ってくれ――。

私は兄に関わるのが苦痛になり、距離を置きはじめた。

「ところで和久……二十万ほど貸してくれないか。今度、上京して東京地裁で証言しなきゃならない」

案の定、金の無心だ。

「障害者にたかるのか？　こっちもかつかつなんだ」

「家族は助け合うものだろ」

「助け合ったことはない。中国暮らしが長いと、モラルを忘れるのか？」

「……人種で性格にレッテルを貼るな」

「満州じゃ、満人に襲われた。当時は四歳だったが、鍬を振り回すあの鬼の形相は忘れん」

「日本人が弾圧したせいだ。溜まった鬱憤《うつぷん》が敗戦を機に爆発した。中国人の誰もが乱暴なわけじゃない」

「どうだか」

「それに俺は正真正銘、日本人だ。日本人が日本で人並みの生活を送れるよう、要求して何が悪い？」

私は目が見えない分、他者をイメージで見るのが習慣だった。私が想像の翼を広げなければ、障害物も人も闇に溶け込む影と同じく存在しない。兄は牙が折れてなお嚙みつこうとする老犬だ。泳げないのに法律の海に飛び込み、政府というクジラ相手に敵の領域で戦おうとする愚《おろ》かな老犬。一嚙みもできず、溺れ死ぬのがオチなのに。

六十年以上前の満州の生活など忘れたい過去だというのに、兄と話していると、否応なく当時に引き戻される。

隙間風の甲高い音は、傷ついた野良犬の金切り声にも似ていた。

「伯父さん……」由香里の声が割り込んできた。「二十万くらいなら私、出せると思う」

健康保険が適用されるとはいえ、夏帆の透析費用や日々の生活費の捻出で苦労している娘に余裕があるとは思えない。おそらく、腎臓の提供を頼みやすくするためだろう。しかし、後で病院側に知れたら、『無償の善意』を疑われるのではないか。金で臓器を買ったと思われかねない。

「助かるよ、由香里ちゃん」兄の声が嬉しげに言った。「裁判費用がかさんでなあ」

「よせ」私は声を荒らげた。「娘を巻き込むな」

「裁判で勝てば金が入る。そうしたら返せる」

「勝つなんて無理だ。分かっているだろ」

「老後の保障を勝ち取らなきゃ、中国へ帰ることもできない。去年も一昨年も『父』の墓参りに行けなかった」

兄は中国残留日本人孤児――俗に言う中国残留孤児だ。戦前戦中に満州に移民したものの、敗戦のドサクサで置き去りにされ、中国人に拾われた日本人の子供たちのことである。

兄は中国人夫婦の養子として四十年間育てられてきた。養父は五年前に死亡しており、養母は中国の農村で一人、老後を送っている。帰国した当時の兄は日本語が下手で、私とろくに会話できなかった。それが今も引きずっている溝の一因だろう。

「まったく、日本人は義理人情がないからな」

兄は中華料理を好み、日中がスポーツで対戦すると中国を応援する。会話の端々から、日本人でありながら中国で育った残留孤児のアイデンティティが見え隠れして、壁を感じる。

突然、上方からカッコウの鳴き声が聞こえた。九回鳴いた。午前九時を告げるアンティークの『鳩時計』だった。音声式腕時計で確認する手間が省ける。

「金が必要なら――」私はカッコウの鳴き声のほうを指差した。「あれを売ればいい。職人の手造りだし、結構な値がつくだろ」

「俺のお気に入りだぞ。毎日、あの鳴き声を聞かんと落ち着かん」

土間のほうから足音が近づいてきた。皿が木製の板に置かれる音がする。味噌の香ばしさが鼻先をくすぐった。

「さあ、食え食え。母ちゃんの手料理だぞ」

声には他意のない明るさがあった。口論しても引きずらないのが兄の数少ない美点だった。もし兄が家族に対しても恨みがましい性格だったなら、とっくに絶縁していただろう。

「母さん、料理は何なんだ」

教えてもらわないと口に放り込むまで正体が分からず、不安になる。

「豆腐田楽だよ、和ちゃん。好きだったろ」

思い出深い郷土料理だった。堅めの豆腐を串に刺し、練り上げたニンニクと味噌を載せて炭火で焼くのである。

「お父さん」由香里の声が言った。「十二時の方向にお味噌汁、三時の方向に豆腐田楽、七時の方向にご飯、九時の方向にお茶があるから」

一緒に暮らしていたころのように、娘は抜かりなく『クロックポジション』で教えてくれた。失明当時は、あっち、こっち、と曖昧な言い方をしていたが、光を失った私を助けるため、視覚障害者の介助方法を学んだ。

私は手探りで串を摘まみ上げると、豆腐田楽を齧った。大豆の味に味噌とニンニクが混ざって美味だった。

「おいしいよ、母さん」

母の手料理は何年ぶりだろう。今は懐かしい声と味が母を感じさせてくれる。不覚にも目頭が熱くなった。

「そうか、そうか。ほら、お茶飲みな」

湯飲みに液体が注ぎ足される音がした。私のウエストポーチには、予備の折り畳み式白杖だけでなく、『液体プローブ』がしまってある。飲食店を除けば、それを使わずにすむのは久しぶりだった。

私たちは当たり障りのない話をしながら、食事を進めた。会うのは逆恨みで失明の責任を母にぶつけて以来だったが、親とは不思議なもので、子にはいつ会おうと、一週間も離れていなかったかのように迎えてくれる。一方的にわだかまりを抱いているのは子のほうで、親はただただ子を心配している。

私はそこまで由香里に無償の愛を注げていただろうか。娘が家を出たときは悲しみもしたし、恨みもした。今でも孫娘の腎臓移植を利用して関係を修復したいという打算がある。

食事がすむと、イグサと線香の香りに身を委ねた。

兄に臓器提供を切り出すタイミングを計りかねていた。帰省はそのためだったのか、とへそを曲げられては困る。

「よっと」兄の声が浮き上がった。「和久、お前は親孝行しとれ。俺は野草を摘みに行く」

「野草?」私は顔を上げた。「……一緒に行きたい」

母の目から逃れた場所で切り出せる好機が訪れた。

「そりゃあ、山に踏み入るわけじゃないが……」

「危険を前もって教えてくれたら歩ける」

逡巡する間の後、「よし、来い」と兄の声が答えた。

私は兄に教えられるまま準備を整えた。帽子をかぶり、長袖丸首のシャツを着た。虫よけになり、怪我も防げる。

「私も行こうか?」由香里の声が言った。

「いや、お前は母さんを頼む。二人きりで話したい」

兄はリュックサックを用意した。中身を聞いたところ、登山ナイフ、小型スコップ、手ぬぐい、軍手、水筒だという。

私はゴム長靴を履くと、白杖を取り上げて庭に出た。

「気をつけろ。すぐ右に『大根つぐら』があるぞ」

右側に手のひらを差し出した。ざらついた感触がある。『大根つぐら』は藁《わら》で造られた野菜貯蔵庫だ。釣鐘のような大きさと形をしており、野菜の冬眠に利用する。

表面に触れながら、ぶつからないように迂回した。

「よし」兄の声が言った。「真っすぐ畦道を進む。俺の足音について来たら安全だ」

「右肘を摑ませてくれないか」

「……ほら」

私は声の方向から兄の姿を想像し、腕の辺りに手のひらをさ迷わせた。体に触れると、肘部を探り当てて摑んだ。

白杖をスイングした。石突きが柔らかな土を撥《は》ねた。感触で地形は把握できるものの、反響音が吸収されて得られる情報は減る。一直線に伸びる畦道をイメージし、兄の先導で進んだ。

「昔は生きるために山菜が必要だったもんだが……最近は趣味で乱獲する若もんが多い。まったく」

「兄さんは今も野草を食べるのか?」

「ああ、母ちゃんが料理してくれる」

畳に新聞紙を広げ、山菜を種類ごとに分けてゴミを取り除いていた母の姿はよく覚えている。母は山菜の塩漬けをよく作った。容器の底に野草を敷き詰めて塩を振り、またその上に野草を敷き詰めて塩を振り——最後に押し蓋をして重石《おもし》を載せる。

『質の堅いものは茹《ゆ》でてから漬けるんだよ、和ちゃん』

私に笑いかける母の顔。しかし、幸せな思い出ではなかった。

一九四六年に満州から引き揚げた母と私は、戦後の東京で四畳半の部屋を借りて生活していた。失明前に見た渋谷駅前広場は、人々を睥睨《へいげい》する高層ビルの類《たぐい》が何一つなかった。焼け野原に造られた木造二階建てのバラックが散らばるだけだった。私は蠟《ろう》燭《そく》の仄明かりで勉強したものだ。

小学校に入学して間もないころだと思う。空腹に耐えかね、近所の庭から柿を一つ、くすねて貪った。私は果汁の染み出る甘い果肉に感動し、もう一つ、もぎ取って母にあげようと思った。帰宅した私は母に引っぱたかれた。

「貧しくても盗んだらいかん。それは人様のもんだよ！」

ひりひりする頰を押さえ、歯を嚙み締めた後、母をきっと睨み上げた。「葉っぱばかりいやだ！」

当時、私の弁当は野草の和《あ》え物が中心だった。ある日、同級生に弁当を取り上げられ、からかわれた。

「お前の母ちゃん、乞食みたいに雑草、採ってるらしいな。俺の母ちゃんが公園で見たぞ」

私は信じられない思いだった。翌日、早起きして母の後をつけた。母はモンペ姿で腰を折り曲げ、公園の雑草を摘んでいた。私が駆け寄ると、母は驚いた表情を見せたが、すぐに微笑《ほほえ》んだ。

「オオケタデだよ、和ちゃん」

母の頭上からは、薄紅色で穂状の花穂が稲のように垂れ下がっていた。大人の手のひらサイズの葉を引き千切る。

「ほら、こんなに採れた。茹でて胡麻《ごま》和えにしたら――」

母の手から雑草を叩き落とし、踏みにじった。靴を上げると、薄汚れた葉は土の上で引き裂かれていた。

「恥ずかしいんだよ！　学校で馬鹿にされるんだ！」

私の剣幕に目をしばたたいた母は、怒るでもなく、まぶたを伏せてつぶやいた。

「……子供に恥ずかしい思いさせちゃって、本当、駄目な母ちゃんだねえ。悪かったねえ。ごめんよ、和ちゃん」

悲しげな母の顔は、今でも記憶に焼きついている。翌日からの弁当には、卵焼きや鶏肉が詰めてあった。その代わり、母の夕食から、ただでさえ少ない主食が消え、野草ばかりになっていた。子供だった私はその意味を深く考えることもなく、ただ好物にがっついた。

幼いころに母を傷つけた私は、失明してからも母を傷つけた。臓器移植を兄に頼むという名目がなければ、帰省しなかっただろう。

「――おいっ、和久」兄の声が回想に割って入ってきた。「アカザだ。葉を千切ってみろ」

私は立ち尽くしたまま白杖を握り締めた。野草を摘む行為は、子供のころに否定した貧困を肯定するかのようで、躊躇《ちゅうちょ》があった。

「ほら、ここだ」

手首が下に引っ張られた。倒れそうになりながら前かがみになった。手のひらに葉が触れた。菱形《ひしがた》でぎざぎざの葉が茎に密生している。

「摘み取ってみろ」

私は手を引っ込め、かぶりを振った。ふうという兄の吐息に続き、プツッと筋を切るような音がした。二度、三度、四度――それからカサカサとビニールが鳴る。

「天ぷらにして食うんだ。臭みは強くないし、ホウレンソウに似た味がする。次、行くぞ」

私は兄の肘部を摑み、畦道を進んだ。ときおり、「段差があるから気をつけろ」と注意され、慎重に乗り越えた。傾斜に差し掛かると、むせ返るほどの緑の濃密な香りが鼻を突いた。

白杖が低木の枝葉を打った。兄に促《うなが》されて足を踏み出すと、雑草の塊を蹴り抜いた。葉群《はむら》が足首に纏わりつく。

「ちょっと待ってろ。エゾエンゴサクを見つけた」

兄の体が離れて行った。十一時の方向――二メートルほど先から草葉を掻き分ける音がした。

「晩飯の添え物になるぞ、和久。茹でてマヨネーズで――」

「なあ、兄さん」切り出すタイミングだろう。「話があるんだ」

「何だ」

「孫の夏帆が腎不全で、腎臓移植が必要なんだ。私は検査したけど、数値が悪くて使い物にならない」

「……移植するなら、母親のほうが適合しやすいだろ」

「二年前にもう移植した。拒絶反応が出て、駄目になったんだ。だから――」

「俺のを切り取りたいってか。……悪いな、それは無理だ」

「検査を受けるだけでも――」

「俺の腎臓も健康じゃない。一日十本は煙草を吸うしな」

「煙草で悪くなるのは肺だ。腎臓は関係ない。検査してみなきゃ分からないだろ。頼むよ」

「病院は嫌いだ」兄の声がそっぽを向いた。「おっ、キツネノボタンだ。有毒だぞ。間違ってもつまみ食いするなよ」

「なあ、兄さん。不適合なら保険が効かないし、高額の検査費は自費だけど、駄目でももちろん全額出すよ。だから――」

「キツネノボタンはセリに似てるから注意しろよ」

「山菜採取の趣味はない」

「山で遭難したときに餓死《がし》したくないだろ」

「山に入るつもりもない。なあ、娘のためにも頼むよ」

「……腎臓を失うなんてごめんだ」兄の声からは、断固たる拒絶が感じられた。「七十を過ぎたら、片方だけじゃ心もとない」

医師の話によると、片方の腎臓が摘出された場合、一時的に機能が低下するものの、時間が経過すれば残ったもう一方の腎臓が代償して八割程度まで回復するという。私は兄にそれを説明した。

「八割ねえ。戦争で四十年も人生を奪われたのに、帰国したら腎臓まで奪われるのか？」

反論は噛み締めた前歯で堰《せ》き止めた。私は深呼吸し、気持ちを落ち着けてから言った。

「奪われると考えないでくれ。贈り物だ。姪《めい》の娘の命を救うんだ。夏帆は透析で苦しんでいる。まだ八歳なのに、週に三度、五時間も病院に拘束されて自由もない」

「……お前の孫だろ」

俺の孫じゃない——そういうニュアンスが感じられた。

「和久、もう帰ろう」


帰宅して兄の足音が離れていくなり、軽い足音が板張りの廊下を駆けてきた。

「お父さん、話してくれた？」

私は由香里の声に向かってかぶりを振った。

「何で話してくれなかったの」

「話したよ。話して断られた」

鼻から息を吐くような音がした。娘の表情が容易に想像できる。昔から私に腹を立てると、眉間に縦皺を作り、唇を盛り上げて鼻息を荒くしたものである。

「どうせ喧嘩腰で切り出したんでしょ。私が頼んでみる」

娘の足音が板張りの廊下を走り去っていった。私はゴム長靴を脱ぐと、上り框に足を載せた。土壁に手のひらを添えながら伝い歩きをし、茶の間に入った。

「――どうか、お願いします」

イグサと線香の微香の中、由香里の声は畳に落ちていた。

「悪いな。断る」両者を繋ぐ糸を斧で寸断するような語調だった。

「なあ、兄さん」私は立ったまま言った。「頼むよ。検査だけでも」

「言ったろ。検査は受けない」

「交通費と検査費だけじゃなく――謝礼も払うよ。な？　臓器提供は無償が前提だから腎臓に金は出せないけど、検査を受けてくれる礼としていくらか払う。どうだ？」

「断る」

「検査の礼だから、不適合でも払う。悪くない話だろ。兄さん、裁判費用が必要じゃないのか」

検査で適合と分かり、医師から具体的な説明を受ければ、気が変わるかもしれない。病院に行ってもらうことが翻意の第一歩だ。

兄は面倒臭そうに嘆息した。「くどいぞ。検査は受けない」

「検査はそんなに難しいものじゃないんだ。私も受けた。まず病院で――」

「検査の内容がどうだろうと、断る」

「説明だけでも――」

「言ってるだろ！　内容の問題じゃ――」兄ははっとしたように口をつぐみ、舌打ちした。「いや、ただ、検査が面倒なんだよ」

兄は一瞬、何を口走りそうになった？　ふと不自然さを感じた。検査が面倒というのは、取ってつけた言いわけにしか聞こえない。頑なに拒絶するのはなぜだ？　腎臓の摘出を躊躇する気持ちは理解できる。兄にとって弟の孫娘は遠い親戚だ。だが――変だ。適合不適合を問わず、検査だけで謝礼を払うと言った。損は何もない。それなのに断られた。なぜか臓器を取り出す不安よりも、検査そのものを拒みたいという意思を強く感じる。

「中国じゃ、家族に手を差し伸べるのが面子《メンツ》じゃないか。血の繋がった家族のためだ」

「お前の孫は気の毒だと思う。だが、検査は受けない」断言した後、兄の声が「あっ、そうそう」と話題を替えるように言った。「和久、お前宛の封筒がこっちに届いていたぞ。持ってきてやる」

ふすまが滑る音の後、しばらくして足音が戻ってきた。

「俺の部屋を荒らしたか？」

声の方向から娘に向けた問いだと分かった。

「え？　まさか」由香里の声が答えた。「入ってもいません」

「引き出しから手紙が飛び出してた。それに――」兄の声が私に向いた。「昔、お前から届いた手紙が消えている」

私の手紙が消えている？

「俺は手紙で尻は拭かんぞ」兄の笑い声が響いた。

何がおかしいのか分からなかったが、少し遅れて理解できた。『手紙』という漢字は中国語でトイレットペーパーを意味する。それに引っかけた洒落《しやれ》だったのだろう。

「私の手紙なんて、大した内容もないだろ。そんなものを盗む人間がいるとは思えない。なくしたんじゃないのか」

「……二、三通、まとめて消えている。まあ、お前の言うとおり、内容はなかったな。代筆の暑中見舞いみたいなやつばかり」

「それより、私宛の封筒は？」

「ああ、これだ、これ。差出人不明のやつ。これで何通目だ？」

「確か五通目だと思う。十日で五通」

「妙なことに巻き込まれてないだろうな？」

私は封筒を受け取ると、表面を撫でてから封を破り、中身を取り出した。細かい突起が並んでいる。点字だ。六つの点で文字を表現してある。人差し指の先で読むと、今回も俳句だった。

も う あ え ぬ わ が こ と つ ま は ゆ め や ぶ れ

　十日ほど前に一通目が自宅に届いた。同封された墨字——点字でない普通の文字——の手紙を近所の人間に読んでもらうと、送り主は兄で、『実家に届いたお前宛の封筒を送る』という内容だった。その中身は点字の俳句だった。

「何て書いてある？」

私は兄の質問に答え、季語のない俳句——むしろ川柳に近いだろうか——を読み上げた。

「他の四通の内容は？」

「同じく俳句だ。一応、自宅に保管してあるが」

「そうか。気味悪いな」

　私は再び指先で凸凹をなぞった。

　点字では、『は』や『へ』の助詞を発音どおり『わ』『え』と書く。送り主は点字を学んだことがない人間だろう。誰が何のためにこんなものを私に送ってくる？

『我が子と妻が夢破れ、もう会えぬ』とはどういう意味なのか。警告なのか脅迫なのか。何も分からない。東京に戻ったら改めて他の俳句も確認してみるべきかもしれない。

　私は不可解な俳句を封筒に戻し、鞄《かばん》にしまった。この日は母が用意した昼食――山菜の添え物もあった――を食べ、夜まで表面的な会話を交わしてすごした。兄に臓器提供を断られたこともあり、どうしてもぎくしゃくしてしまった。

　兄が風呂に入りに行くと、私はしばらくしてから手探りで風呂場に向かい、ガラス戸をノックした。

「誰だ」兄のくぐもった声が返ってきた。

「私だ。背中でも流そう」

「何だ、急に」

「もう一度話がしたくてな」

「……そうか、まあ、入れよ」

戸が横滑りする音の後、むわっと湯気が押し寄せてきた。湿った暖かさが肌に纏わりつく。

兄一人が風呂椅子に座るだけで場所を取る風呂場は狭いので、私は濡れた木の香りが漂う脱衣所で片膝をついた。

「なあ、兄さん。夏帆は本当にいい子なんだよ。元気に走り回る声を聞きたいんだ。だから――」

話を遮るように「ほら」と手渡されたのは、石鹸で泡立ったタオルだった。私は嘆息を漏らした。仕方なく兄の背中を探り当てると、濡れたタオルごしに触れた。薄い生地で撫で下ろしていく。

ミミズ腫《ば》れに似た盛り上がりがあった。私は右手のタオルで背を洗いながら、添えた左手で傷痕を撫でた。傷は左上部から右下部に向かって刻まれている。

六十五年前の刀傷か。

満州での避難行が疼痛《とうつう》を伴いながら蘇《よみがえ》ってくる。

『松花江《スンガリー》にはソ連の軍艦が待ち構えちょるらしいぞ。子の泣き声は銅鑼《どら》も同然だ。口を封じる』

関東軍の生き残りの兵士が言い放ち、赤子を抱いたモンペ姿の婦人を睨み据えた。彼女が油染みた黒髪を振り乱すと、兵士が赤子を引ったくって地面に置いた。甲高い泣き声が夜気を震わせる。軍刀が抜かれ、白刃が月光を吸ってきらりと光る。

お許しください、お許しください――。

婦人の懇願を無視し、兵士が軍刀を振り下ろした。その瞬間、兄が飛び込んで赤子を抱え上げた。白銀の筋が袈裟《けさ》斬りに一閃し、鮮血が噴き上がる。倒れたのは兄だった。泣きじゃくる赤子を抱き込んだ兄の背中は朱に染まり、べったりと濡れている。

四歳だった私は呆然と見ているしかなかった。しかし、鮮烈な悪夢の光景は目に焼きつき、決して拭い去れないシミとなって記憶にこびりついている。

私は兄の引き締まった背中をタオルでこすりながら言った。

「鍛えているんだな。農作業の賜物《たまもの》か」

「いや、夏になると、よく川で泳いで体力作りをしている」

川――？

「水は怖くないのか？」

「ん？　なぜ」

「満州で流されただろ。あれで家族が離れ離れになった」

私は泳ぎが得意ではなかった。幼少のころに遭遇した濁流《だくりゅう》逆巻く松花江の暴力的な映像が忘れられず、精神的な傷になっているからだ。

「確かに今でも蘇ってくる。綱から手が離れて流され——だが、水に怯《おび》えていたら農村で生活なんかできんよ」

「兄さんは昔から農作業を手伝っていたもんな」

「……ああ、そうだったな」

「幼い私は尊敬していた」

「……そうか」

話は広がらず、会話が途絶えた。

兄は満州時代の話をあまりしたがらない。単につらい記憶だからだろうか。だが、向こうでの生活は決して貧しくはなかった。封印せねばならないほどとは思えない。

話をするたびにちらつく違和感——。

私は指先で再び刀傷を撫でた。実は先ほどから気になっていた。通常、軍刀を袈裟斬りに振り下ろしたなら、右肩のほうから左腰のほうへ傷が刻まれるのではないだろうか。それなのに背中の傷は逆だ。おかしい。そんなことがありうるだろうか。

私の頭の中では数々の違和感が集まり、ある疑問が生じていた。唐突で妄想じみた疑問だったが、一度浮かんだらもう振り払えなかった。

兄は本当に兄なのだろうか。

兄は一九八三年、訪日調査に参加し、母が息子だと確認して永住帰国した。それが間違いだったら？　二十七年間、兄と信じてきた男が他人だったら？　それを本人が承知しているとしたら？

満州で生き別れる前の兄は、思いやりがあり、家族のことを第一に考える性格だった。珍しい食べ物が手に入ると、弟である私に真っ先に食べさせてくれた。農作業で疲れた母が腰を叩いていると、うつ伏せに寝転ばせ、幼い手で力一杯揉んだものだ。

しかし、再会した兄はどうだ？　家族の心労など想像しようともせず、自分のことを最優先している。性格も自己中心的になった。そう、まるで別人のように。

世話していた蝶のさなぎの背が裂けたとたん、宿主を食い殺す寄生虫が抜け出てきたのを目の当たりにした心地だった。

偽中国残留孤児――。

社会問題にもなった単語が脳裏をよぎった。目の前の男は『村上竜彦』に成りすましているから、適合検査を拒絶するのではないか。検査したら、夏帆と血が繋がっていないことが明らかになると思い込んでいるのではないか。

背中の傷は誰かにつけさせたのかもしれない。異常なことだが。

私は動揺と混乱の荒波に押し流され、溺《おぼ》れた。足首を鷲摑みにされ、海底へ引きずり込まれていく。息苦しい。

これまでも兄とはしばしば意見が食い違い、口論も絶えなかった。しかし、赤の他人だと疑ったことはない。それが今や、兄は顔のない影だ。頭の中にこびりついた疑念は、汚泥《おでい》のごとく拭い去れなかった。

思い返せば、DNA鑑定は行っていない。

当時の厚生省は、顔の相似や、生き別れた際の状況の類似を理由に親子だと判定していた。鑑定には六万円を払う必要があり、金銭的に苦しい孤児や肉親は諦めざるをえなかった。一九九四年に中国残留邦人支援法が制定されるまでは、私費での帰国が原則だったので負担が大きすぎたのだ。

年老いて記憶も弱っている母の勘違いを利用し、偽者が『村上竜彦』に成りすましていたとしたら、その目的は何だろう。永住権か？　だが、解《げ》せない。勝ち目がない国家賠償訴訟に金をつぎ込み、生活費に困って実家に身を寄せるはめになっては、日本で暮らす意味がないのではないか。

「……なあ、兄さん。流された後、向こうじゃ苦労したんだろ」

「ああ。気づいたら中国人夫婦の家だった。二人は高熱でうなされる俺に、白湯を飲ませて看病してくれた。蒸籠からは甘ったるい湯気が出ていてな。あの糖饅頭《まんじゅう》の旨さは忘れられん。俺が日本人だと承知で助けてくれたんだ。悪いのは上の人間だ、日本人全てが悪いわけじゃない、子供に罪はない、戦争の犠牲者だ――ってな」

立派な考え方だと思う。広島や長崎の被爆者の多くと同じだ。原爆を落とした米国を憎むような『憎悪教育』を日本がしなかったからこそ、良好な同盟関係が築けている。

「二人は俺を養子にした。外には日本人であることを隠した。差別や迫害があったからな。俺は養父母になかなか心を開けなかったが、それでも、農耕用の牛を売ってまで学校に行かせてくれたし、クラスで一番の成績を取ったときは涙を流して大喜びしてくれた」

「向こうじゃどんな仕事をしていたんだ」

「鉄工所で焼けた鉄を打っていた。体じゅうの汗が搾《しぼ》り取られる暑さだったよ。『先進生産者』に選ばれて手書きの賞状を貰った。仕事で評価されたのはそのときだけだ」

「日本へ帰ろうと思ったのは？」

「……おいおい、尋問か。ある日、公安局の人間が現れて、あなたは日本人だから望めば祖国に帰れる、と言ったんだ。心が掻き乱された。確かに俺は日本人だし、帰国して家族と会いたいと思ったが、両親を悲しませたくなかった」

「なのに訪日調査に参加したんだな」

日本は豊かな国だと信じられていた。偽者だとしたら、金と生活目当てで本物の代わりに永住帰国したいと切望するものだろう。

「両親の言葉がきっかけだった。落葉帰根——落ち葉が根に帰るように人は誰でも祖国に帰るものだ、という意味だ。訪日調査で実の親が見つかるなら参加してみるべきだ、と言ってくれた。俺は代々木のセンターで、孤児になった経緯や両親の特徴を係官に話した。頼りなげな記憶の糸を必死で手繰《たぐ》りながらな。孤児の肉親が次々と見つかる中、自分一人が置き去りにされる孤独感は、たまったものじゃなかった。三日間で十組の肉親が見つかった。後はお前も知っているだろ。四日目で母ちゃんに再会した。俺は中国に戻り、北京の公安局や外事弁公室で諸々の手続きをして永住帰国した」

「家族がいれば充分じゃないのか。訴訟なんか続けなくても」

「中国じゃ日本語を隠していた。母国語を忘れていく恐怖が分かるか？　帰国後は、面接で『日本語を覚えてから来い』と採用拒否される毎日だ。中国で身につけた技術も役に立たん。向こうで長年働いていても、日本で働いていないから、貰える年金はわずかだ。戦後すぐ——とまでは言わん。日中の国交回復時に日本政府が動き、残留孤児を帰国させてくれていたら十年は違った。日本語ももっと早く取り戻せただろうし、年金ももっと貰えたはずだ。政府の怠慢が俺たちを苦しめている。だから闘う」

兄が本物なのか偽者なのか——私には結論を出せなかった。吐き出す言葉には真実味がある。

私は兄が出てから風呂に入った。母の手料理を食べると、日本酒で精神安定剤を飲み下した。

「お父さん、まだ薬、飲んでるの？　しかもお酒なんかで……」

酒で服用すると、アルコールの高揚感と精神安定剤の安心感が溶け合い、雲に包まれている心地に満たされる。

「何の薬だ」兄の心配そうな声がした。

「精神安定剤なんです」由香里が答えた。「昔、主治医の先生に止められていたんですけど——記憶障害が起こるから。別のお医者さんから処方してもらっているみたい」

「和久。薬は薬草や漢方じゃないんだぞ」
しばらくすると、脳内に刺激的な液体が広がるような感覚があり、体がふわふわしはじめた。

4

私は真偽を探るべきなのか。兄が偽者だと暴けば、老いた母は一人で生活せねばならなくなる。私に母を世話する余裕はない。何より——母の歓喜に咽《むせ》ぶ声が忘れられない。兄と再会してからの母は、心筋梗塞を起こさないか心配になるほど興奮していた。

八一年に訪日調査がはじまると、新聞各紙は残留孤児の顔写真や年齢、中国名、身体的特徴、置き去りにされた経緯を載せた。私と母は東京代々木のオリンピック記念青少年センターに足を運び、兄を捜した。残念ながらその年の対面調査では見つからなかった。周囲では、肉親が再会を果たすたびにカメラのフラッシュが焚《た》かれ、どよめき、歓声、拍手が沸き起こった。互いに会話は少なく、ただ涙を流し合っていた。

翌年に私は失明し、ショックから訪日調査には参加しなかった。兄が見つかったのは八三年だ。母と兄は私を訪ねてきた。そして再会を喜び合った。当時は奇跡と幸福を信じたものだ。

たぶん、母は兄を疑ったことなどないのだろう。人は誰でも信じたいものを信じる。四十年も離れ離れだった我が子が見つかったと言われれば、信じたくなるのも無理はない。

やはり疑惑は追及するべきではない。二十七年間、息子だと信じていた母を悲しませるのか？『息子』をまた母から奪うのか？真偽を明らかにしなければ、『知らぬが仏』ですむ。母の幸せそうな声を聞くたび、そう思う。

「お父さん」由香里が声を潜めた。「昨晩も頼んでみたけど、伯父さん、検査も嫌だって。法廷での証言が近いから、神経質になってるのかも。今朝なんか、中国語の手紙、拾ってあげたら引ったくられて……」

中国語の手紙？兄は中国の誰かと密通しているのだろうか。養母に宛てた手紙なら慌てて奪う必要はない。何の手紙だろう。裁判関係者の残留孤児への連絡だろうか。

私は尿意を催し、「厠《かわや》へ行ってくる」と立ち上がった。闇の奥から「付き添おう」と兄の声がした。

「私は幼児じゃない」

赤の他人かもしれない兄の助けを受けたくなかった。

兄の正体を考えながら茶の間を出た。体重を載せるたびに悲鳴じみて軋む板張りの廊下を歩き、靴を履いて外に出る。玄関の戸に触れながら直角に曲がり、白杖の石突きで両側の土を打ちながら十歩ほど進んだ。扉に触れると、取っ手に指をかけて滑らせた。建てつけが悪く、二度ばかり引っかかりながら開いた。腐った生肉をどぶに浸したような悪臭が籠っている。

私は闇の中で手探りし、白杖で足元を確かめながら奥に進んだ。記憶よりも広く、石突きが便器に触れない。左手を宙に這わせると、木の感触に触れた。横に架せられた板だった。その上には段ボール箱やガラス瓶が載せてあり、撫でると埃《ほこり》が付着した。どうやら考え事に気を奪われ、厠と間違って納屋に入ったらしい。

左手のひらで虚空《こくう》を撫でながら空間を把握しようと努めた。出口にたどり着くためには、棚を基点に進むほうがいいだろう。

私は棚板に触れたまま、回れ右をして歩きはじめた。右足の靴底が何かを踏んづけた。肉の塊でも踏み締めたような感触に薄ら寒くなった。正体を確かめてみる度胸はない。

足を持ち上げると、後退しようとしてよろめいた。棚板を摑んで体勢を保った瞬間、背後でけたたましい音がいくつも跳ねた。棚を揺らしたつもりはなかったのだが。

ため息を吐き、しゃがみ込んで闇の中を手探りした。段ボールの小箱に触れると、取り上げて棚に戻した。落下音から察するに、複数個の物体が散らばったと思う。地面を探っていると、「どうした」と兄の声がした。足音が納屋に入ってきた。私は発見した小瓶を取り上げ、立ち上がった。

「厠と間違った。それで物が崩れて――」

腕に打ち据える衝撃が走り、小瓶が手の中から滑り落ちた。

「何をする！」

「馬鹿野郎！」兄の声ががなり立てた。「それは――ヒ素だ」

「ヒ素？　なぜそんな毒薬が？」

「害虫の駆除用だよ」兄の声が何歩か離れ、何かを蹴飛ばすような音がした。「鼠の死骸《しがい》だ。糞《ふん》だけでもうんざりだってのに……」

私が先ほど踏んづけた物体の正体が分かった。

「鼠が騒ぎ出したら火事が起きちまう。母ちゃんがよく言ってたろ。〝火事のありそうなときは鼠がうるさい〟」

岩手に伝わる俗言の一つだった。

「だから殺すんだ。鼠が暴れ回る前にな」

右側にある棚のほうから、コンッと音がした。兄がヒ素の小瓶を拾って戻したのだろう。

「さあ、厠まで案内してやる」

断るのも不自然だと考え、私は兄の言葉に甘えた。

厠の便器で小用を足すと、外で兄が待っていた。

「和久、今夜のバスで帰るんだろ」

母を残して東京に戻るのはためらわれた。恐ろしい想像が頭の中に居座り、去ろうとしない。

兄はヒ素を本当に害虫の駆除だけに使うのだろうか。

「……ああ、今夜帰る」私は答えた。「最初からその予定だ」

「そうか。よし、じゃあ、昼飯は豪勢にいくか」

土を踏む足音が三時の方向に何歩か離れていった。ジャラジャラという音に続き、金属質の音がした。兄の足音を追うと、羽音が散らばっていた。糞と鳥の生臭い悪臭の中、甲高い鶏の鳴き声が耳を破る。

「待ってろ。一羽、潰してやる」

靴音が近づくと、複数の羽音が辺りを跳び回った。兄が纏う緊張を感じ取り、死を悟ったのだろう。鶏たちは逃げ惑っていた。やがて、一羽の鶏の鳴き声が浮き上がった。私の真横を通り、鶏小屋を出ていく。私は白杖でタッピングしながら兄を追った。

「離れとけよ」

鶏の悲痛な鳴き声と暴れ回る羽音が耳にこびりついた。

「すまんな……」

兄のつぶやきの直後、断末魔の鳴き声が響き渡った。右頬に液体が二滴、散った。火傷《やけど》しそうなほど熱く感じたが、それは気のせいだった。鶏の生血はタールのようにぬるっとしている。

「頸《けい》動脈を切った。生血を抜かなきゃ、肉は旨くならんからな」

血が土に染み入るように流れ落ちていく音がする。

「……殺し慣れてるな」

「向こうじゃ、豚を何頭も屠《ほふ》ったもんだ」

心臓が動いている鶏は、地面の間近でバサバサと音をさせていた。甲高いうめきが弱々しくなっていく。私の漆黒の視界は、朱に塗り替えられていた。現れる血のイメージは拭い去れない。

「……人も動物もおんなじだな」兄の声が自嘲ぎみに言った。「飼い主様の御心次第で生き死にが決まる」

飼い主――国民を国策で満州に送り出しながら、敗戦するや中国に置き去りにした日本政府を皮肉っているのだろうか。それとも母を介護する兄自身のことを言っているのだろうか。

ふいに、ヒ素を少量ずつ母に盛っている兄の姿がまぶたの裏側に浮かび、膝から背筋まで戦慄《せんりつ》が駆け上ってきた。

「……先に戻っているよ、兄さん。喉が渇いた」

「俺はこいつを捌《さば》いてから戻る」

私は白杖で地形を探りながら闇の中を歩き、平屋にたどり着くと、戸を開けて中に入った。触覚や聴覚に頼らねばならない私は、晴眼者なら三十秒でたどり着く場所にも五分近くかかる。

板張りの廊下に足を載せると、ミシッと軋んだ。手のひらが電話台に触れると、三歩先のふすまに触れながら茶の間の隣の部屋に向かった。出っ張った柱の次のふすまを開け、後ろ手に閉めた。兄の私室だ。机はどこにある？

駆け足になった心音は、耳の真裏でうるさいほどだった。白杖を握り締めた手に汗が滲み出ている。

石突きをハンカチで拭くと、左手のひらで壁を撫でながら白杖を振る。先端が障害物に跳ねた。コツ、コツ――。近づいて宙に手を差し出した。空気を撫でただけだった。障害物の高さはあまりないらしい。腰を曲げ、腹の前辺りを探った。正方形の物体。たぶんテレビだろう。真横に編み籠のゴミ箱がある。

テレビを避けて直角に進むと、石突きが柔らかい感触を打った。二度、三度と打ってみた。座布団だ。踏み締めて進むと、左手のひらが木の感触と出っ張り――引き出しの取っ手だろう――に触れた。箪笥か。そのまま前方を白杖で探る。再び硬質の音が返ってきた。しゃがみ込んで撫でてみた。木製の文机だと確信した。両膝を差し入れる空間の右隣に三段の引き出しがある。取っ手を摑み、緊張を息と共に吐いてから一段目を開けた。

手探りで漁ると、封筒が何通か、見つかった。一体どれが中国語で書かれた謎の手紙なのだろう。残留孤児の知人に宛てた手紙か、中国人養母に宛てた手紙なら問題ないのだが……。

私は適当な一通を取り上げた。手紙を見つけたところで、誰に中身を代読してもらえばいいのだろう。

思索していると、手紙が手の中から滑り抜けるように消えた。

「こんなところに飲み物はないと思うがな」

頭上から兄の声が降ってきた。鼓動が跳ね上がった。胃を冷たい手で絞り上げられたようだった。私は言葉を発せなかった。いつから兄が部屋にいたのだろう。言い逃れはできない。

「……和久」兄の声が沈黙を破った。「行くぞ」

私は立ち上がると、兄の足音に付き従って廊下に出た。兄が何も訊かないのが不気味だ。その後、家族四人で昼食をとった。鶏肉をたっぷり使った郷土料理『ひっつみ』を食べた。小麦粉を使った醤油味の汁物だ。

「和ちゃん。もう一晩くらい、泊まっていくだろう?」

老いた母の声には、幼児を思わせる響きがあった。看病する親がそばを離れようとしたときに引き止めるような響き。

「いや。由香里が夏帆を心配している」

「……そうかい。残念だねえ」

胸が痛んだ。久方ぶりに帰省したのは、母を見舞うためではなく、兄に臓器提供を頼むためだった。

母の悲しげな声と向き合っていられず、兄がいる方向に顔を向けた。帰る前に訊いておきたいことがある。

「……なあ。兄さんは団体を作って訴訟しているのか？」

「ああ。『残留孤児の未来を取り戻す会』だ。それがどうした」

兄の正体を探るために知りたかった――とは言えない。村上竜彦に成りすました偽残留孤児なのかどうか。ヒ素を盛って母を衰弱死させようと目論んでいるのかどうか。

私には真実を突き止める必要があった。

5

東京

白杖で地面を打ちながら歩いた。太陽の熱が頬に感じられた。前方から甲高い話し声が聞こえてくる。分厚い壁に遮られているらしく、聞き取りにくい。曲がり角の向こうからOLか女学生が歩いてきているのだろう。

真横を追い越していくヒールの靴音は、数メートル先で少しずつ沈んでいき、溶けるように消えていく。私は次々に通りすぎる声に話しかけ、三人目に助けてもらってタクシーに乗ることができた。

「東京地裁までお願いします」

岩手から戻って娘と別れる前、『残留孤児の未来を取り戻す会』の連絡先を調べてもらった。会長は『磯村鉄平《いそむらてっぺい》』という名だった。電話したところ、会う約束を取りつけることができた。

磯村の住所は、葛飾区東四つ木の入り組んだ場所にあった。失明前――カメラマンとして全国各地を飛び回っていたころ、その辺りには町工場の撮影で訪れたことがある。銅板建築の商店や、モルタルが剝げた長屋が密集し、植木鉢や自転車やゴミ袋が所狭しと建物の前に置き去りにされていた。近代化の大波に飲まれていなければ、視覚障害者には歩きにくい場所だろう。

私が電話で住所を何度も聞き返していると、磯村が気遣ってくれ、彼の出廷日に裁判所の前で待ち合わせることになった。

私は音声式腕時計のボタンを押した。

「午後三時二十分です」

約束の時間には間に合いそうだった。

やがて「着いたよ」と運転手の声がした。運賃を聞くと、私は障害者手帳を提示しながら、一割引いた額を差し出した。六つのポケットに硬貨を分けて入れられる財布は便利だ。一万円札と五千円札は二つ折りと四つ折り――千円札は折らない――で区別している。

「足りないよ、お客さん」

「第一種障害者は一割引きでしょう？」

「え？　ああ、そうか。悪いね、新人なもんで」

「いえ。私も乗る前に手帳をお見せして確認すべきでした」

障害者手帳を渡すと、日報に記載するためだろう、ペンが紙の上を走る音がした。

「じゃあ、気をつけて。地裁はそのまま真っすぐだから」

私は礼を述べて降車すると、白杖で地面をタッピングしながら歩いた。緑の香りも消すほどの排気ガスが鼻を突く。外務省や財務省、経済産業省、合同庁舎などの行政機関が建ち並ぶ霞が関は人の出入りも多かった。

ヒ素を使われる前に真相を暴かねばならない。

実家の納屋でヒ素を見つけた日、年老いた母が間違って使うと危ないから保管場所を移したい、と理由をつけ、由香里に持ち出すよう頼んだ。兄が母に盛っているとしたら、置きっぱなしにはしておけない。が、娘は戻ってきて言った。

『探し回ったけど、ヒ素の小瓶なんてどこにも見当たらなかった』

先に兄が持ち出したのだ。あのとき、コンッ、と小瓶を棚に戻す音をさせながら、実際は置かずに懐に隠した――。

やはりヒ素は兄にとって必要な毒薬なのだ。

白杖が左側で硬質の障害物にぶつかった。石突きで何度かタッチして確かめる。左手のひらで触れると、石壁と分かった。平行に進めているか、ときおり確認しながら歩く。

左手のひらが凸部に触れた。撫でてみると、腕の高さに『裁判所』と大きな文字プレートが貼りつけられているようだった。待ち合わせの入り口は近くだろう。

壁の切れ目にたどり着いたとき、苛立たしげな男の声がした。

「――ガソリン代を浪費させないでくださいよ、磯村さん。今日、訪ねて行くって言ったでしょう」

「監視ご苦労様。まるで中国の公安だな」

「私どもは仕事をしているだけですよ。あなたこそ国のお金で裁判ですか。生活保護は日本人の税金なんですよ」

「私はれっきとした日本人だ。外国人じゃない。日本で生まれ、満州に渡り、敗戦のせいで置き去りにされた、日本人だ」

緊張を伴った沈黙が降りてきた。睨み合いを続けたすえ、喧嘩になるのではないか。しかし、意外にも「すみません」と申しわけなさそうな声がした。

「前の訪問先で癇癪《かんしゃく》持ちの受給者と口論になってしまって……つい苛立ちを持ち込んでしまいました。ご理解ください」

「……今日は先約があるので後日にしてほしい」

日時を話し合った後、片方の足音が遠のいて行った。私は白杖で地形を探りながら、残った一人に近づいた。

「ああ」と老いた声がした。「村上さんかな？」

白杖が目印になったのだろう。私は「はい」とうなずいた。

「磯村鉄平だ。『残留孤児の未来を取り戻す会』の代表として、国と闘っている」

七十代と思われるが、死期が迫る病人のような疲労感が声に滲み出ていた。右手を差し出すと、長年続けてきた肉体労働の賜物か、岩肌を思わせる感触が握り返してきた。

肌を触れ合わせることで、血の通った人間の存在を実感できる。だから初対面の相手には握手を求める。

「先ほどの方は区の職員ですか」

「恥ずべきだがな。単純労働も若者に奪われると、不本意ながら国の金に頼るしかない。まあ、話は日比谷公園のベンチでしよう」

私は白杖で地面を打ちながら磯村に付き従い、歩いた。排気ガスの悪臭が遠のき、緑と花の甘ったるい青臭さがあふれた場所に来た。香りを嗅ぐうち、失明前に撮った庭園の景色が——幾何学模様に植えられた色とりどりのチューリップや、パンジー、菜の花、スイセンが咲き誇った洋風花壇が蘇ってきた。突如、無数の癇癪玉が弾けるような音が空へ飛び去っていき、四方に散った。

磯村の靴音が急に立ち止まったので私も足を止めた。

「八年ほど前には、デモ行進でこの辺りを練り歩いたものだ。日比谷公園から地方裁判所、そして国会議事堂へ……私たちは中国語や片言の日本語で老後保障を要求して声を張り上げた。警視庁にデモの申請をして、中国人のデモと誤解されたこともあったな」

私たちは再び歩きはじめた。ひんやりした冷気が全身に纏わりついてくる。緑の回廊を歩いているのだろうか。頭上からは鳥の鳴き声――セキレイかスズメか――が絶えず聞こえてくる。

視覚以外を駆使することで、当時より色鮮やかに過去の景色を見ることもできる。とはいえ、中途失明者は晴眼者より嗅覚や聴覚などが優れているわけではない。視覚に頼れない分、他の感覚を何とか引き出そうとしているにすぎない。

「私はな、一九四四年に八歳で渡満した。それで――」

「すみません」私は遮った。「お話はベンチに座ってからお願いします。今は白杖の感触に集中しなければいけませんので」

「そうか。それは失礼した」

しばらく黙って歩くと、左の頬に太陽の熱を感じた。木製のベンチに隣り合って腰を落ち着けた。前方からは、雨のように大量の水が水面を打つ音が聞こえてくる。

「今日は、タツさんについて聞きたいとのことだが」

「はい」私は答えた。「磯村さんは私の兄と一緒に裁判をされているとか」

「うむ。十五名と少数だが、集団訴訟だ」

「兄から当時の体験談を聞くこともありますか」

「むろん。タツさんから話を聞いたことは？」

「兄は中国での話をあまりしません」

「思い出したくない記憶は誰にでもあるものだ」

思い出したくないのか、知らなくて語れないのか――。

「兄があまり語りませんので、知人の方々から話を伺っています」

「私に語れることなら。何を話そうか」

「……兄の体験談に不自然さや違和感はありませんか」

間が空いた。磯村が眉を顰《ひそ》めているのか、目を丸くしているのか、私には分からない。心情を探る手掛かりは声だけなのだが……。

「村上さん……」磯村の声には慎重な響きがあった。「タツさんの経歴に何か疑わしい部分でも？」

私は答えかねた。兄が偽残留孤児ではないか、村上竜彦に成りすましている赤の他人ではないか——そんな疑問は口にしがたい。

カチッと音がし、冷風に乗って煙が漂ってきた。肺に染みそうな辛い匂いだった。

「反対尋問の期日が近い。次の公判でタツさんが証言する。妙な風評が広まったら、攻撃の材料にされてしまう」

「私は——」

「そもそもタツさんを疑う理由があるのか」

「背中に刻まれた刀の傷の向きが逆でしたし、川にも特にトラウマがないようでした。何より、私の孫の臓器移植で検査を頼んでも、絶対に応じなかったんです。検査だけで構わない、と頼んでも——」

頼んだ？　私は兄に腎臓の提供を頼んだだろうか。

半透明の袋をかぶせられたように記憶の映像が薄れ、岩手の実家で兄と交わした会話に自信がなくなった。思い出そうとするたび、袋を重ねていくようにますます薄ぼんやりとしてくる。

私は額を押さえ、かぶりを振った。

いやいや、確かに臓器提供の話はした。間違いない。

「片頭痛か」

磯村の声に私は「いえ、大丈夫です」と答えた。焼酎で服用した精神安定剤の副作用だろう。意識を集中していると、重ねた半透明の袋が一枚一枚破れていくように記憶が戻ってきた。

「検査を断るなんておかしいでしょう?」私は言った。

「誰しも自分の内臓には愛着があるものだ」

「DNA鑑定も断られると思います。兄に内緒で検査してみることも考えましたが、私には髪の毛を拾い集めることができません」

「毛髪のDNA鑑定は困難だ。訪日調査で鑑定を頼む残留孤児や肉親候補も少なくないが、毛髪には核細胞がなく、自然に抜けた毛では使い物にならんそうだ。引っこ抜いた毛髪と違ってな」

そうなのか。ならば採取は無理だ。やはり情報を集めて真偽を判断するしかない。

「おい!」前方から尖った声がした。「ポイ捨てすんな」

真横で磯村の衣擦れの音がした。前方から舌打ちが聞こえた。足音が去っていく。

煙草を平気で投げ捨てるのは、中国暮らしが長かったからか？

「……最近はどこも禁煙で文句ばかりだ」磯村も舌打ちした。「村上さん。この重要な訴訟にあなたも協力してほしい」

「私は兄の裁判に反対です。勝ち目もない訴訟で無意味にお金と時間を浪費して――」

「身内がその程度の認識ならタツさんもさぞ苦しかろう。この訴訟の重要さを理解していないとは……あなたは何十年も続く私たちの苦しみが分かっていない」

「私も敗戦時には満州で苦労しました。難民収容所では――」

「タツさんから聞いている。あなたは一年で日本に引き揚げることができた。私たちは何十年も満州に棄てられていた。全く違う。どうか残留孤児の肉声に耳を傾けてほしい」語りはじめた磯村の声を悲痛な影が覆っていた。「私の渡満は一九四四年――八歳のときだ。入植後に知らされた話だが、事前の現地踏査で土地が痩せ細っていて農業に不適と判明したにもかかわらず、満州拓殖委員会は、『戦略上、重要な場所だから入植してもらわねば困る。変更はできない』と移民を推し進めた。私たちはカヤツリグサで編んだ小屋で暮らした。隙間から吹雪《ふぶき》が忍び入ってきて凍死しそうだったよ。鼻水が凍りそうなほど寒く、干した洗濯物が朝には氷の板と化した。

すら凍りそうで、母によく『垂らしっ放しにするな』と怒られたもんだ。炊事や洗濯には雪を融《と》かして使った」

私の一家は比較的裕福だった。満州では十町歩（約十ヘクタール）の肥沃《ひよく》な畑を持ち、中国の下層労働者である苦力《クーリー》も雇っていたほどである。

磯村は苦汁を絞り出すように当時の話をはじめた。

「敗戦で満人の暴徒に開拓団が襲われ、何人も叩き殺された。生き残った者も恐怖と絶望で自決した。私たちは難民収容所に押し込められたが、そこではコーリャンの粥《かゆ》一杯が唯一の食事だった。弟二人の分はなく、母は悩んで悩んで、長男の私に食わせた。空腹に泣き声を上げる次男や三男から目を逸らしてな。骸骨みたいになった弟たちを横目で見ながら――私は粥を貪ったよ」磯村の声は湿りはじめ、一語を押し出すたびに濡れていく。「母の唇は血が出るほど嚙み締められていた。痩せ細った日本人たちが畑の野菜くずを鼠と奪い合う生活だ。毎日毎日、大勢が病気や飢餓で息絶えた。誰もが遺体の腐敗臭の中で辛うじて生きていたのだ。私は倒壊した兵舎を漁り、石炭を拾い集めて売った。死体の口をこじ開け、引っこ抜いた金歯を売ったとき、自分は人間を捨てたと思ったものだ」

日本は敗戦までの十三年間で開拓団員二十七万人、満蒙開拓青少年義勇軍八万六千人を満州に送り込んだという。そのうち、十数万人が命を落とした。ソ連軍との戦闘、シベリア抑留、根こそぎ動員、満人の襲撃、飢え、寒さ、病気、自決――死因は様々だった。

私の眼前に広がっているのは、直径三十メートルの噴水や、樹木と花壇の色鮮やかな美景だと思うが、磯村の話を聞くうち、まぶたの裏側の映像が暗雲に包み込まれてきた。血なまぐさい鉄錆の臭いを嗅いだ気さえした。きっと磯村は、法廷でもこのように苦痛でひび割れた声で証言しているのだろう。

「母は私の命を守るため、私を中国人に差し出さざるをえなかった。養父母は厳しかった。棍棒出孝子《グエンバンチユウシヤオツ》――棍棒の下にこそ賢い子が生まれるという意味の言葉だ。それを信じ、骨が折れるほど私を殴った」間が空いた。「兎追いし、かの山。こぶな釣りし、かの川――」磯村の涙声が『故郷』を口ずさんだ。「中国じゃ、日本語を忘れないよう童謡や民謡を唄っていたものだ。養父母に見つかるとこっぴどく殴られるから隠れて唄った。私はタツさんと違い、養父母には親切にされなかった。だから中国人も好きではない」

兄の口癖――日本人を襲ったのも中国人なら、助けたのもまた中国人だったよ――を思い出した。磯村は中国も憎んでいるのか。

磯村は語り続けた。貰われた家で中国人夫婦に虐待され、食事は一日一食、奴隷《どれい》のように働かされたという。耐えきれずに家出して浮浪児となるも、公安に捕まり、孤児院に放り込まれた。そこには日本軍に親を殺された中国人の子が大勢いた。地面の四角いマス目を使って遊ぶ石蹴りの跳房子《テイヤオファンズ》でも仲間外れにされ、喧嘩とリンチの毎日だった。「東洋鬼《ドンヤングエ》」「日本鬼子《リーベングエツ》」と罵声《ばせい》を浴びた。

「しばらくして別の中国人夫婦に貰われた。最初の養父母よりまともだった。私はいい子を演じ、相手の善意を利用しようと思った。高校に行き、教師という職も得た。それなりに収入もあった」

「……それでも帰国を決意されたんですよね」

「当然だ。中国で暮らしていても、私はれっきとした日本人だ。日本に帰国できれば、日本鬼子と差別されることもなく、幸せに暮らせると思った。だが、容易ではなかった」彼の声に相手を焼き尽くす怒りが満ちあふれた。「当時の岸内閣は親米、親台湾でな。中国の怒りを買った。そして長崎国旗事件が決定的だった」

長崎市のデパートで開かれていた日中友好協会主催の中国品展示場で、日本人青年が中国国旗を引きずりおろしたのだ。旗が破られていなかったので、器物破損ではない、と警察は犯人を釈放した。

「日本の外交ミスだ。中国を怒らせた。結果、日中の貿易も集団引き揚げも中断した！」

私に見える磯村は蓋を閉じた溶鉱炉だ。一見、武骨な冷たい鉄の塊に思えるが、内側では紅蓮《ぐれん》の炎が燃え盛っている。

「それから文革だ」

中国では、六〇年代半ばから七六年まで文化大革命が起きた。中国人同士が争って数百万人の死者を出し、一億人が何らかの被害を被《こうむ》った革命だ。搾取階級である地主や資本家が標的となった。

「私たち残留孤児が祖国の罪を背負った。私は文革で吊し上げられた。日本のスパイ扱いされ、髪を剃られ、紅衛兵に毛沢東語録を暗唱させられた。あげく教職を奪われ、農村に強制移住させられた」

「日中の国交が回復したのは、ええと、確か――」

「七二年の九月だ」磯村の口調からは、重要な出来事の年号くらいは即座に答えられるべきだ、という非難が感じられた。「私は日本の厚生省や北京の日本大使館に、肉親捜しを依頼する手紙を送った。だが、『戦争は終わった』だと！　全く取り合ってくれなかった。仕方なく北京を訪れると、外国人専用の賓館《ひんかん》には、訪中したボランテイアや記者が泊まっていたよ。残留孤児は大勢集まっていたが、中には入れなかった。中国政府に制限されていたからだ。私たちは息も凍りつきそうな寒さの中、襟《えり》を掻き合わせ、手をこすりながら待った。そして紆余曲折があり、結局、親切な日本人ボランティアが出てきて、話を聞いてくれた。訪日調査に参加できた」

厚生省が重い腰を上げたのは八一年だった。メディアが先に動き、ようやく残留孤児を国費で日本に招いての肉親調査を開始した。

「……それで帰国できたんですね」

「事はそう簡単ではない。法務省が何をしたか！　残留孤児を外国人扱いし、『身元保証人』を要求したのだ！　中国政府が日本人だと確認して保証したが、そんなものなど、詐欺《さぎ》師の保証書程度の信用性しかないと思っていたのか。国籍法十一条――『自ら進んで外国籍を取得した場合、日本国籍を失う』という条文が根拠だった。私たちは望んで中国籍を取ったわけではない。生き延びるためには、中国人の養子となり嫁となり、中国人として生きるしかなかった」

磯村の声はもはや濡れてはおらず、語調に憎悪がみなぎっていた。私の言葉は燃料にしかならない。一度蓋が開いた溶鉱炉からは、炎が真っ赤な蛇よろしくのたうちながら噴き出し、私を火傷させようとしている――そう見えた。

「国策で満州に送り出しておきながら、置き去りにされた子供たちを自らの意思で残留したとみなすとは！　私たちは日本人なのに、日本に住む肉親が見つからなければ――見つかったとしても身元保証人になってもらえなければ、帰国できなかった」

私は話を制止しなかった。聞き続ければ兄の正体を探る決意に躊躇が生まれると承知しながらも、本物の残留孤児から話を聞けば、何か矛盾が見つかるかもしれない、という一抹《いちまつ》の期待があった。兄が偽者なら満州の話は作り物のはずである。あるいは伝聞か。

「訪日調査に参加した私は、代々木のセンターで『鉄平！　鉄平！』と叫ぶ声を聞いたとたん、記憶の沼底に四十年近く沈んでいた自分の名が浮き上がってきた。母との再会だった。他の残留孤児たちが口々に『おめでとう！　おめでとう！』と祝福してくれたよ」

「……磯村さんが日本政府を訴えている理由が分かりました」

「いや、私が話したのはまだ三つの棄民だ。残留孤児は日本に四度、棄てられた。敗戦時に棄てられ、国交断絶時に棄てられ、国交回復時に棄てられ――そして帰国後に棄てられた」

「帰国後、ですか」

「そうだ。日本語が不自由で日本の生活習慣も知らん残留孤児に、支援は何一つなかった。浮き袋も与えられず大海のど真ん中に放り出されたらどうすればいい？　生活保護は浮き袋にはならん。厳しい監視の中、泳げているふりをし続ける苦しみが分かるか？」威嚇《いかく》するような息が漏れた。「いまだ残留孤児を外国人扱いする無知蒙昧《むちもうまい》な輩も多い。そういう者が減らないうちは溝を埋められん。私たちはれっきとした日本人だと理解してほしい」

磯村の説明によると、中国で教師をしていたのに、日本では年金が月二万円程度だったという。九四年に残留孤児を支援する法律が成立したが、保険料免除期間の追納金月額六千円を納入しなくては、月六万六千円の国民年金が受給できないらしい。

「開拓団を見捨てた旧軍人には恩給が支払われているのに……こん畜生！　息子と同居すれば生活保護を打ち切られる。体を痛めても、世話に来てもらえない。家族はバラバラだ。微々たる年金を受け取れば、その分、保護費が削られるんだぞ」

今の日本社会は高速道路のようなものだ。誰もがアクセルを踏み込み、流れからはみ出さず生き急ぐように突っ走っている。私みたいに故障を抱えた古い車では、入り込むことができない。それは残留孤児も同じなのだろう。中国でタイヤがすり減り、エンジンが老朽化するほど走ってきて、今は日本の道路で立ち往生している。

「……磯村さんは日本を憎んでいますか?」

「訴訟を起こした当時は、ケースワーカーからよく言われたよ。『ずいぶん余裕がおありですね』と」口調に皮肉の棘《とげ》が忍び込んだ。「生活に余裕があれば訴えん。私たちは日本が憎いんじゃない。安心して暮らせる将来が欲しいだけなのだ」最後の訴えは切実な響きを帯びていた。「村上さん、後生《ごしょう》だ、事を荒立てんでくれ」

兄が偽者だと暴き立てれば、次回の証人尋問で被告側弁護士から追及されるだろう。原告側は著しく不利になり、敗訴する。無辜《むこ》の残留孤児たちが苦しむことになる。だが――。

「磯村さんのおっしゃることはよく分かります。本物の残留孤児の方々が苦しんでいらっしゃることも。しかし、兄が偽者なら――真実を明らかにすべきだと思います」

「なぜそこまで血に固執する?」

「残留孤児の方々は、祖国を求め、肉親を求めました。人は誰でも血にこだわるのではないですか」

「三十年近く兄弟として生活してきたなら、それはもう兄弟だ」

「普通の状況ならば、私も詮索しようとは思いませんでした。しかし、兄が母にヒ素を盛っている疑いがあるとすれば、話は別です。兄は裁判の費用で生活が苦しく、遺産が欲しいはずです」

「ヒ素？　まさか」

「それに今の兄が偽者なら——本物の兄は中国で生きているかもしれません。あるいはもう日本に永住帰国しているか。何にせよ、本物の兄を見つけたら、孫に臓器を提供してくれる可能性があります。母の命と孫の命。私はどちらも助けたいんです」

兄の正体を探るには、私たち家族と同じ開拓団にいた者から話を聞くしかない。そんな人物の居場所を教えてくれるのは誰だ。やはり専門家、か。

「残留孤児を支援されている方をご存じありませんか。ご迷惑はかけません。真相を突き止めても、裁判が終わるまでは公にならないよう注意します」

磯村は黙り込んだ。紙を撫でるような微音が聞こえた。何だろう。手帳でも繰っているのだろうか。それにしてはページをめくる音がしない。

「比留間《ひるま》雄一郎《ゆういちろう》。残留孤児支援団体の職員だ。私やタツさんの永住帰国にも力を貸してくださった」

「ありがとうございます。それと——一つお願いがあります。私が調べていること、兄には黙っていてください」

躊躇する息遣いがした。「……分かった。黙っておこう」

「感謝します」

　私は立ち上がった。そのとき、ベンチの縁に膝裏が当たり、体勢が崩れた。倒れ込むのを防ごうと体をひねったとたん、つんのめって何かに当たった。感触から人間だと分かる。磯村にぶつかったと思った。だが、右側から「あっ」と彼の声が聞こえた。どうやら私は通行人に迷惑をかけたらしい。

「すみません」私は闇に向かって頭を下げた。

　言葉は何も返ってこず、早足の靴音が遠のいていく。

　視覚障害者だと知るや、迷惑をかけても素知らぬふりで立ち去る輩も少なくない。今回は私に非があり、謝ったのだから、一言返事が欲しかった。無言で消えられると、怒っているのか、気にしていないのか、何も分からない。

　帰宅すると、封筒が届いていた。中身は例の点字の俳句だった。実家に届くので兄が転送してくれている。これで六通目だ。

に げ ま わ る　う ら ぎ り の　い ぬ お い つ め る

一体何だ？　背筋が粟立つ俳句だった。私は机を手探りし、過去の五通を指の腹で読んだ。

『まいそうも　されずさまよう　たましいよ』

『おんねんが　こころのほのお　もやさせる』

『んもなくし　われとらわれて　かごのとり』

『さいおうの　うまはかえれど　われひとり』

『もうあえぬ　わがことつまは　ゆめやぶれ』

意味は繋がらない。ただ、剥き出しの憎悪は感じる。満州で何かあったのか？　しかし、当時の私は四歳だった。誰かにこれほど恨まれることはしていないだろう。それとも、記憶にないだけで、幼さゆえの無知や残酷さで誰かを苦しめてしまったのか？

差出人は一体誰だ。目的は一体何だ。

6

透析器の静かな機械音が響いていた。

医師の説明によると、ベッドサイドには監視装置があり、透析中は看護師と臨床工学技士が血液量や透析液の温度などを常時チェックしているという。家族の付き添いが禁じられている病院も少なくないが、由香里は許可されている病院を選んでいる。

「あー、退屈」夏帆の声がした。「暇。暇」

私は孫娘に通じる話題を探した。

「そうだ。夏帆はサッカーをしているんだったな。最近はどうだ。ゴールはしたのか？」

「……もうやめたよ」

「やめた？　そんなに体調が悪いのか？」

「一緒に練習できないし。あたしはいつも透析室の中」

ゼンマイが切れたカラクリ人形の軋みを思わせる声だった。

「別の透析もあるんだぞ。先生から聞いた」

「腹膜《ふくまく》透析でしょ」

「そう、それだ」

腹膜透析は手術で腹にチューブをつけておき、透析液の入ったパックを自分で数時間ごとに装着する。毎日のケアが必要だが、在宅で血液を綺麗にできる。

「あれは、や」夏帆が答えた。「体育の着替えのとき、おなかのチューブが気味悪いって言われたから」

「腹膜透析は駄目なの」後ろから由香里の声がした。「腹膜の働きが五年くらいで悪くなるらしくて。だから血液透析に切り替えたの」

「そうだったのか……」

「お母さん、そこの本、取って」話すのを避けるように夏帆が言った。

「はいはい。これね」

血液透析は利き腕と逆の腕の静脈を使うと聞いた。二ヵ所に針が刺さっているから、動きは制限されてしまう。

私は三十分ほど黙って座っていた。何分かに一度、本のページをめくる音がする。

「……ねえ」夏帆の声がした。「おじいちゃんは『かんじん』って漢字、知ってる？」

「肝臓の肝に腎臓の腎、だろう」

「うん。『肝腎なこと』の肝腎。肝臓も腎臓も大事だからそう言うんだよ。でも――あたしはその肝腎なものの一つが壊れてるの。あっ、腎臓は二つだっけ。二つが壊れてるの」

悲痛さを押し隠しているのか、童話のお姫様の境遇について話しているような口ぶりだった。私にはそれがより痛々しく感じた。

「おじいちゃんは目が見えないんでしょ。何で見えなくなったの」

「私は――」

語るべきか躊躇した。由香里によると、夏帆は小学校で元気な同級生たちに囲まれているときは、先生が目を離せなくなるほどしょんぼりしているという。だが、透析室で年齢も性別も違う同じ境遇の患者たちといるときは、明るさを見せてくれるらしい。他人の不幸に寄り添わねば元気を出せないのは、悲しいことだ。だが、私の体験談で励ませるなら、それでも構わない。いくらでも話そう。

「たぶん、満州――中国での生活が原因だった。そう思っている」

母の話によると、一九二九年に米国で起こった大恐慌の荒波が日本に押し寄せ、都会では何百万人もの失業者があふれ、農村では娘の身売りが横行したという。二年後、東北では桑の葉も全滅し、蚕《かいこ》に餌《えさ》が与えられなくなり、生糸の価格が暴落した。繭《まゆ》の値が一貫当たり二円八十銭に下がった。数年で三分の一以下だ。養蚕《ようさん》で生計を立てていた実家は大打撃を受けた。

農民は、役場から満州移民の話を持ち掛けられた。渡満すれば、十町歩の農地を与えられ、豊饒な作物を育てながら生活できる、と。

希望を抱いた農民たちは日の丸の旗と万歳の声に送られ、新潟港から出港した。入植したのは三江省樺川県だ。開拓団の周囲には田畑が広がっており、森も川も半刻は歩かねば見当たらない。

とはいえ、役場の説明どおり牛と馬が一頭ずつ支給され、十町歩の土地が貰えた。日本にいたころの十倍以上の農地だ。肥沃な土地だったので、大豆やトウモロコシがよく育った。苦力を三人も雇い、農地を拡大したほどだ。三年後には十二トンの穀物が収穫できた。

私はそんな広大な満州の地で生まれ育った。

まるで人生のレールを無理やりV字に折り曲げ、現在と過去を接触させたように、満州時代の生活が色鮮やかに浮かび上がってきた。母から繰り返し聞かされて補強された細部と私の実体験、そして歳月の境界線が曖昧《あいまい》になり、記憶の奔流《ほんりゅう》に飲み込まれる。

熱を出して寝込んでいたある日、夜中に目を覚ました私は、布団から身を起こした。隣には兄が眠っていた。父はあぐらを組み、寝ずの番をしていた。だが、母の姿はなかった。

「……お母ちゃんは？」

「外で夜通し願掛けしとる」

熱が引いていた私は、戸を開けて外を覗き見た。青白い月光の下、母は一人、羽子板で羽根を突いていた。地味な色合いのモンペ姿で、黒髪は纏めて手ぬぐいで覆っている。

コン、コン、コン――。

羽子板で羽根を真上へ打ち上げる音に合わせ、透き通るような唄声が聞こえてきた。

一番初めは一の宮
二は日光の東照宮
三は佐倉の宗五郎
四は信濃の善光寺
五つ出雲の大社
六つ村々鎮守様
七つ成田の不動様
八つ八幡の八幡宮
九つ高野の弘法様

十で東京招魂社
これだけ心願掛けたなら
我が子の病も治るだろう

私の姿に気づいた母の動きが止まり、羽根を取り落とした。小股で駆けてくる。

「起きちゃいかん。まだ寝てんと」

「うん」私はうなずいた。「さっきの唄、何?」

「神様にな、お前が元気になるようお祈りしていたんだよ」

私は部屋に戻ると、母の子守唄を聞きながら眠った。翌日には体調も万全になっていた。

母に聞いたところ、無患子《ムクロジ》の実を使った羽根は、文字どおり子の無病息災を願う願掛けに使われるという。

揚げ羽根に使っていた唄は、日本で流行った手毬歌らしい。最初の十節はご利益があるように神社や仏閣の名が唄われ、残りの節は小説『不如帰《ホトトギス》』がモチーフになっているそうだ。登場人物に浪子という娘がおり、本来は『浪子の病も治るだろう』と唄ってある。だが、中国語で浪子は『不良息子』という意味があるため、母が『我が子』に言い換えたという。

母が病気で倒れたときは、私が揚げ羽根の数え唄の願掛けをした。降り積もる雪に震えながら、一人で羽根を突き続けた。いつも七回目、八回目で失敗する。しかし、何時間も繰り返すうち、数え唄を一周できるようになった。

「和久」父が言った。「体壊す前に部屋、入れ。その唄は子の元気を願うもんだし、親に効果なんかねえぞ」

私はまだ四歳だったが、人一倍頑固《がんこ》だった。毎日毎日、部屋に引っ張り込まれるまで願掛けの数え唄を続けた。母が回復したのは四日後だった。私は自分を誇らしく思ったものだ。

満州での生活は、比較的幸せだったように思う。両親は朝っぱらから農作業に精を出した。リージャン農法と呼ばれ、犁丈《リージャン》という鋤《すき》に似た農具を馬に引かせて畑を耕すのだ。不慣れな作業だったが、故郷の農業方法と違い、馬や牛を使えるので腰を痛めずにすむらしい。辺りには鶏が放し飼いにされていた。私は卵を見つけては、こっそり食べたものである。開拓団の加工場では酒や醬油も生産でき、食糧難に悩むことはない。

私と兄は開拓団の子供たちと遊んだ。西瓜《すいか》の種飛ばしで飛距離を競ったりもした。

だった。今思えば、貴重な自分たちの食料だった苦力も親切にしてくれ、饅頭をよく貰った。今思えば、貴重な自分たちの食料だったろう。雇い主の息子に「欲しい、欲しい」とせがまれたら、断れまい。

遊具などはなく、遊びには工夫が必要だった。兄が得意だったのは相撲だ。小柄でも、自分より年長の中国人の少年たちを投げ飛ばした。相手は負けず嫌いで、地べたに倒れても倒れても立ち上がり、挑んできた。だが、兄は土俵を割ったことがない。そんな兄は誰からも『タイショウ』と呼ばれていた。幼い私は、『横綱』に君臨する兄が誇らしかったものである。

全てが変わったのは、昭和二十年――ソ連の満州侵攻である。一ヵ月前には、十八歳から四十五歳の男子が現地召集された『根こそぎ』動員で、父を含む男たちは兵隊に取られていた。開拓団には老人や女子供しか残っていない。

伝令が馬を駆って現れた。

「一大事だ。ソ連がついに攻めてきた」

集まっていた開拓団員たちは唖然《あぜん》としていた。

「逃げねえと殺されちまう」

誰もが騒ぎ立てて伝令の声も聞こえないほどだ。築き上げた生活を全て捨てて逃げるべきか。しかしソ連兵は無敵の関東軍が追い払ってくれるのではないか――。

「兵隊さんたちを信じんとどうする！」母が声を上げた。「険しい大陸の山々を動き回るのは危険だ」

「噂じゃ、関東軍はおらたちを見捨ててとうに逃げとるそうだ」

「まさか。兵隊さんは団員を見殺しにせんよ」

「おらだって信じたくね。だけども――」

「私らが疑ってどうするんだ」

開拓団員たちの意見は割れた。結局、私たち家族と他の二十数人は、家財道具や食料を積んだ数台の馬車と共に去っていく大勢の開拓団員たちの背を見送った。

二日も経つと、残った者たちに疑心が蔓延《まんえん》しはじめた。関東軍に電報を打っても反応はなく、他の開拓団が全滅したという噂ばかり耳に入ってくる。

「私たちも逃げんと」開拓団員の婦人たちは子を連れ、荷物を纏めていた。「鬼のソ連兵たちに皆殺しにされたくね」

「なあ」母は当惑した顔で声を上げた。「家を捨てるんかい？」

「そうだ」

「一日――ううん、半日だけ待って」

「朝になったら人目につく。すぐ出発せんと」

結局、他の開拓団員たちに押し切られ、母も避難行の覚悟を決めた。母は荷造りを終えると、家の柱に日本語と中国語――中国語のほうは読めなかった――で自分たちの名前と岩手の家の住所を刻んだ。

「お父ちゃんが戻ってきて、お母ちゃんたちの行方が分からんと困るだろ」母が言った。「日本に帰ることを伝えんと」

出発を控えたとき、兄のもとに中国人の子供が駆けてきた。中国語で何かまくし立てた後、片言の日本語で言った。

「タイショウ、シヌナ、マタショウブ。ヤクソク」

兄は顎の前に拳を掲げると、中国人の少年と抱き合った。その後、三十人近い開拓団員は、一団となって出発した。食料や毛布を積んだ馬車を一頭の馬が引いている。

私たちは闇夜に紛れて行進した。ときおり、不気味な轟音《ごうおん》を引き連れて夜空に飛来する赤色の光は、悪魔の目玉のようだった。見つかれば、機銃掃射《そうしゃ》と爆撃を浴びてしまう。

照りつける太陽に睨まれている昼間は、コーリャンの畑に身を潜めてすごした。抗日軍が跋扈《ばっこ》していた時期は、丈《たけ》が高い作物は栽培が禁止されていたらしいが、このときは逃げる日本人たちの役に立った。

足を踏み出すたび、上下に裂けた靴がぺったぺったと音を立てた。剝き出しの足の爪には泥が詰まっており、茶色く汚れている。

突如、ソ連機が飛来し、爆音を轟かせながら急降下して掃射した。大雨に打たれた泥沼の水面のように地面が弾けた。土埃が舞い上がり、婦人たちが倒れていく。誰もが半狂乱だった。錯乱のあまり、近くの井戸に我が子共々身投げする母親もいた。地獄だった。機銃に体を引き裂かれた死体があちこちに転がっている。もげた腕や足が散らばっている。

敵機が去ると、生存者たちは怯えに歪《ゆが》んだ顔を見合わせた。ソ連機は今にも援軍を引き連れて襲来するのではないか。生き延びるには歩くしかない。互いにそんなことを口にし、荷物を拾い集めた。横倒しになった馬は血まみれで、裂けた腹から臓物があふれ出ている。馬車はもう使えない。

各々が荷物を背負い、歩き出した。

太陽が稜線に沈みはじめると、地平線まで広がるコーリャン畑が深紅に染まった。丈高い穂の群れが風に吹かれて波打つ様は、大勢の戦死者が作った血の海に見える。

五日間歩き続けたときだった。西側の白骨じみた白樺《しらかば》林の向こうから、銃声や爆音が聞こえてきた。

もう駄目だ――。

誰かが漏らした悲痛なつぶやきは、伝染病のように蔓延した。一人、また一人と地べたにへたり込んでいく。

武器は団長が所持している拳銃と手榴弾だけだった。

「……大和魂《やまとだましい》を見せるときが来た」老いた団長が団員を見回した。

歪んだ婦人たちの顔には、ある種の覚悟が居座っていた。数人にカプセルが配られた。中身を問う者は一人もいない。

「足りない者は別の手段を使う」老いた団長が言った。

「……栄養があるからね」ひっつめ髪の婦人は泣き笑いのような微笑を赤ん坊に向け、カプセルを口に含ませた。自身も飲み下すと、数珠を掛けたように合掌し、念仏を唱えはじめる。

「お薬だよ」痩せこけた婦人が幼い娘に言った。「そうしたら仏様のもとでおなかいっぱい食べられるからね」

頭蓋骨《ずがいこつ》の形が浮き彫りになっている娘は、母親の顔を見上げた。

「お母ちゃんもいっぱい食べられる？」

「もちろんだよ。極楽へ行きましょう」

しばらくすると、カプセルを飲んだ者たちが喉を掻き毟り、血反吐《へど》を撒き散らしながらのた打ち回った。私は両目を見開き、地獄絵図さながらの光景を眺めていた。顔をそらす者、泣き出す者、悲鳴を上げる者――様々だ。

兄は目の前の悪夢を呆然と眺めた後、首を振った。

「死んじゃ駄目だ」消え入りそうな声だった。「生きなきゃ……」

子供の本能的なつぶやきなど、誰の耳にも入らなかった。

老いた団長は、婦人や子供を横一列に並ばせた。数人が一様に両膝をつき、前方の一点を見据えている。団長は彼女たちの真後ろに立ち、拳銃を後頭部に突きつけて一発ずつ、撃ち込んでいく。

七人目の婦人はしばらく両手を合わせ、目を閉じていた。だが、七発目の銃声が聞こえないことに焦れたのか、目を開けて振り返った。団長が拳銃を握り締めたままかぶりを振る。

「もう一発しか残っておらん」

「な、なら――」婦人が団長の脚に縋りついた。「その一発で殺してください。ソ連兵や満人の慰《なぐさ》み者にはなりたくありません」

「自決用の弾が必要なのだ。すまぬ」

「どうか……どうか、後生です。慈悲を。私の番だったはずです」

団長は唇を噛み締めた後、残った一発を彼女に撃ち込んだ。そして生きている団員たちを見渡した。腰の手榴弾を握り締めて掲げる。

「自決するにはこれしかない。全員集まってくれ」

十数人が身を寄せ合った。真ん中で手榴弾を握り締めている団長に少しでも近づくため、押し合いへし合いをしている。団長の手は病気のように震えていた。

「死にたくないよ、お母ちゃん……」兄は母を見上げた。「生きて日本に帰りたい」

私は兄と手を取り合い、母に抱き寄せられていた。

「覚悟はいいな」団長が言うと、誰もがうなずいた。女児を抱き寄せる婦人が南無阿弥陀仏を唱える。

「天皇陛下、万歳！」

団長が手榴弾のピンを抜いた。その瞬間、白樺林の奥から人影が現れた。軍服の日本人数名だ。冷酷なソ連兵ではなかった。暴徒と化した満人でもない。味方だった。正体が判明したとたん、誰もが立ち上がり、手榴弾から飛び離れようとした。団長の指は筋肉が硬直していたのだろう、反射的に遠くへ投げ捨てるという動きはなかった。爆音が轟いた。砂煙が噴き上がり、数人が紙人形のように吹き飛んだ。

もうもうとした噴煙で視界は閉ざされていたが、私は握り締めた兄の手を頼りに這い寄った。母も兄も生きていた。服は血まみれで肉片が付着している。だが、大怪我はしていないらしい。

その後、手榴弾の爆発から生存した開拓団員八人――婦人四人、子供三人、赤子一人――は、五人の関東軍兵士とその息子一人の六人と行動を共にすることになった。兵士たちは列車で避難し損ね、戦闘を繰り返すたびに仲間を減らしながら山中をさ迷っていたという。無精髭は伸びっ放しだ。軍服は薄汚れ、あちこちが破れている。

八月の満州は雨季で、夜は土砂降りだった。

「松花江にはソ連の軍艦が待ち構えちょるらしいぞ。子の泣き声は銅鑼も同然だ。口を封じる」

関東軍の兵士が言い放ったのは、中国東北部の川である松花江の支流が近づいてきたときだった。そして兄は赤ん坊を庇《かば》って背に刀を受けた。結局、関東軍の残党が半日早く川を渡ることになった。要するに泣き声を連れてくる開拓団員たちは、置き去りだ。

私たちは豪雨に打ちのめされたまま半日待った。やがて朝日が光の帯を広げ、姿を隠してくれていた闇が追い払われた。一人一人立ち上がり、松花江の支流へ向かう。

て歩いた。

母は背負っていた荷物を捨て、手当てした兄を負ぶった。私は母のモンペを握り締め
雨季で増水した川が大地を半分に分けていた。対岸は灰色の大雨の幕と薄靄《うすもや》に閉ざされ、霞んでいる。逆巻く濁流が岸辺の土砂を削り、枯れ木や雑草を飲み込んでいく。関東軍の生き残りは全員が立ち往生していた。ソ連の軍艦の影は見当たらない。単なる噂だったのだろう。赤子を殺す必要性は最初からなかった。

雨がやんで川の怒りが収まるまで待つしかない——誰かがそう提案して間もなく、遠方から銃声や爆音が聞こえてきた。うなりを上げる車両の轟音も、震動を伴って響いてくる。戦車だろう。今度こそソ連軍の手が伸びてきた。

兵士たちが決死の覚悟で支流を渡りはじめた。濁流が渦巻く川は、トラックすら飲み込みそうなほど氾濫《はんらん》している。大雨の銀幕と薄靄に人影が消えていく。女子供はどうすればいいのか。誰もが立ち尽くしていると、一人の兵士が戻ってきた。赤子を斬り捨てようとした男だった。麻縄を胴体に巻いている。

「縄を向こう側の木に縛った」ずぶ濡れの関東軍兵士が息を喘《あえ》がせながら言い、麻縄を綱引きの綱のように握り締めて踏ん張った。こちら側の川岸には結べる大木がないからだ。「これを握って渡れ」

一行は枯れ葉色に濁って荒れた川に踏み出した。

母は私と兄の顔を交互に見た。

「俺は平気だよ」脂汗まみれの兄が笑顔を見せた。「一人で渡れる。縄があるんだから。だからお母ちゃんは和久を負ぶってやってよ」

兄のその作り笑いは、今でも記憶に焼きついている。七歳ながら、三歳年下の弟を守りたいという責任感だった。

母は最後まで悩んでいた。だが、川を往復するだけの体力がないのは明らかだったし、四歳の私が一人で渡れるはずもない。足が川底につかない。

結局、母は私を負ぶって渡ることにした。濁流に押しひしがれ、背から引っぺがされそうだ。母は両手で縄を握り締めているので、私は自力で母にしがみついていなくてはいけない。大波に覆いかぶされては顔を突き出し、空気を貪る。鼻から水を飲み、脳が痺《しび》れた。

対岸がぼんやり見えてきたときだった。目の前を進む兄の手が縄から抜け、一瞬で水没した。母が金切り声で「竜彦！」と絶叫した。兄を飲み込んだ川面に向かって腕を伸ばす。流されそうになって慌てて縄を掴み直した。

大雨に打ち叩かれた母は、嗚咽《おえつ》を漏らしながら川を渡りきった。悄然《しょうぜん》と濁流を見つめ、岸辺にへたり込む。

下流には満人の村があるらしく、危なくて捜しには行けない。各地で満人が日本人開拓団員を惨殺していると聞く。誰もが「諦めるしかない」と言った。

私たちは北東へ向かってひた歩いた。

開拓団跡に着くと、難民収容所として使われている倉庫に押し込められた。ガラスが割れており、十月になると吹雪が吹き込んでくる。気温は零下三十度にもなった。誰もが底を丸くくり貫いた麻袋を頭から被《かぶ》って防寒着にした。大腸カタル、赤痢《せきり》、風邪、肺炎、発疹《はっしん》チフス——中国では傷寒病と呼ばれていた——が蔓延しており、死体が出るたびに生存者が厚着になる。

収容所には死と絶望が常に寄り添っていた。女の半数は丸坊主で顔に鍋墨《なべずみ》を塗っていた。女だと知れたら、ソ連兵や満人に強姦《ごうかん》されるからである。涙を流しながら娘の遺体の爪を切り、生きて帰国できたら祖国に墓を建てるという婦人。我が子が病気に罹り、薬代がないので満人の店に行き、「子を貰ってくれませんか」と頼む婦人。父親の形見らしいヘルメットを掲げ、物乞いする男児——。

親がいない子供たちは、子宮の中の胎児みたいに丸まって寝ている。シラミで髪は石灰を振りかけたように真っ白だ。

私は母に抱きつき、粟《あわ》の茎《くき》で編んだムシロに横たわっていた。食事は一日にコーリャンの赤い粥が少しだけ。焼き芋の皮や白菜の根、大根の葉で空腹を紛らわせるしかない。鉄兜《てつかぶと》を鍋代わりにした。汗が染み出したのか、湯も塩味になった。

土が凍結していて墓穴が掘れないので、毎日のように出る遺体は折り重ねてその辺りに放置し、雪を被せるしかない。すると、朝には死肉が貪られている。半狂乱になった乱髪の女は、「わだずの子を食うな！」とシャベルをぶん回していた。野犬を追い払った後も、息絶えるまで何時間も振り回し続けた。遺体の山に群がる野犬の姿は、今でも脳裏にこびりついている。失明してからは、犬の吠え声を耳にするたび、墓を掘り返すように当時の記憶が蘇ってくる。

日本への引き揚げが実施されたのは、翌年になってからだ。後の新聞によると、死亡した八万人の開拓団関係者のうち、六万人が難民収容所で命を落としたという。

藁半紙に青いインクで書かれた『退去証明書』を受け取り、引き揚げ船を目の当りにしたとき、ついに祖国に帰れる、と涙したものである。港の検疫ではシラミ駆除用の殺虫剤ＤＤＴを頭から散布され、麻袋一杯の片栗粉を浴びせられたように全身が真っ白になったが、日本の地を踏むための最後の手続きだと思えば気にならなかった。

だが帰国したころには、私の目に薄靄がかかっていた。不衛生な収容所での栄養失調が原因だろう。医師に診てもらい、人並みの栄養を摂ったら視力はある程度回復したものの、眼球に不発弾が埋められたようなものだった。結局、三十代後半になってから急激に視力が下がり、四十一歳で失明した。

長い昔話を語り終えると、夏帆の涙声がした。

「可哀想……大変だったんだね、おじいちゃん」

思えば、引き揚げ船には船底に穴が開いていたのだろう。あれ以来、私の人生は進みながらも少しずつ沈んでいる。

「そう」私は答えた。「大変だった」

「あたしはまだまし？　生きてるから？」

「……苦しみを人と比べる必要はないんだよ。夏帆の苦しみは夏帆にしか分からないものだ」

「日本に帰ってこれて嬉しかった？」

「敗戦後の日本は苦難ばかりで、誰もが生活に必死だったよ」

「遊んだりできなかったの」

「いや。毎日が大変だったからこそ、些細な遊びに熱中したものだ」

「『ささい』ってどんな遊び？」

「それは遊びの名前じゃなく、ちょっとした、って意味だよ。ベーゴマ、メンコ、けん玉、鬼ごっこ、縄跳び——今ほど娯楽はなかったが、誰もが身近で親切で、他人を思いやっていた」私は苦笑して首を振った。「よそう。昔話は愚痴っぽくなる。人は誰でも『昔』を生きることはできないんだ。『今』を生きるしかない。今を——夏帆が生きていく時代を否定するつもりはないんだよ」

真横でオルゴールが童謡を奏でた。透析が終わったらしく、夏帆の疲れ切ったため息の後、看護師たちの慌ただしく動く音がした。スリッパを履く音に続き、「痛っ！」と悲鳴がした。

「お母さん、脚、脚——脚が攣《つ》った」

由香里の足音が駆けつけた。

「うん、そこ。そこ……」夏帆が一際大きなため息を漏らした。「透析するとね、よく攣るの。頭痛もするし……うげっ、吐きそう」

何とか腎臓移植できればいいのだが。死体腎移植では順番待ちが多すぎて、移植できる可能性が低い。孫娘に腎臓を提供できる六親等以内の血族さえ見つかれば——。

実家で母と暮らしている今の兄が偽者だったなら、どこかでまだ生きているかもしれない本物の兄を見つけたい。そうしたら腎臓を提供してもらえるかもしれない。

私は改めて兄の正体を追う決意を固めた。

自宅にはまた例の俳句が届いていた。七通目だ。横書きの点字を指の腹で読む。

ろ　が　お　ど　り　こ　こ　ろ　も　へ　や　も　ゆ　れ　う　ご　く

7

シャワーの湯が髪を叩いていた。

私は容器を探り当てると、表面を撫でた。シャンプーの側面にはぎざぎざがあり、リンスと間違わないようになっている。右側のスチール製の台から、頭皮ブラシを取り上げた。失明前はラバー製を使っていたが、落としたときに音がほとんどせず、探すのに苦労してからは、プラスチック製に替えている。

ブラシで頭皮を洗い、シャワーで流してリンスをした。体を拭いて風呂場を出る。

服を着ると、ドライヤーで髪を乾かしてからダイニングに行った。『液体プローブ』を出してコップに装着する。焼酎の瓶を傾けると、やがて、ピピピ、と鳴った。注ぐのをやめ、三角のケースから精神安定剤の錠剤を取り出し、飲み下した。

ラジオをつけた。テレビと違って視力が前提ではないから、安心して耳を傾けられる。今日は、少年によるホームレスのリンチ殺人、生活保護を断られての餓死、赤ん坊の死体遺棄、老人ホームでの死亡事故——陰鬱な気持ちになるニュースばかりだ。最後に中国人集団密航事件が報じられた。どうやら以前の事件の続報のようだ。日本の『大和田海運』のコンテナ船で密入国を企てたものの、コンテナの空気穴が何者かに塞がれており、二人を除いて息絶えていたという。一人は依然として逃走中。もう一人は逮捕されて入院中らしい。

私はラジオを切った。一時間も経つと、心地よさに包まれた。身を委ねて眠ろうと思ったとき、電話の音がした。ため息をつきながら立ち上がり、キャビネットを『標柱』として利用しながら廊下へ出た。鳴り続けるコール音に向かって壁を伝い歩きし、受話器を取り上げる。

「俺だ。和久か」

受話器から漏れてきたのは兄の声だった。

「……今は真っ昼間か?」私は受話器に左手首を近づけ、音声式腕時計のスイッチを押した。電子の声が喋る。「午後十一時三十分です」

「何だ今のは? まあいい、お前、ヒ素の小瓶をどうした? 鼠が出たんだよ。返してくれ」

「返すって何だ。あの小瓶は兄さんが納屋で取り上げただろ」

私はあの後、兄が母に盛るのを恐れ、由香里にヒ素の小瓶を持ち出すように頼んだ。しかし、納屋から戻ってきた娘は、そんなものはなかった、と答えた。

「兄さんが隠したんだろ」

「馬鹿言うな。さっき聞いたぞ。お前が小瓶を持って納屋から出てくるのを村の人間が見てる」

ヒ素を持ち出した? 私が? 兄は何を言い出すのだろう。私は一度しか納屋に出入りしていない——と思う。思い出そうと記憶をたどった。だが、岩手の実家での最後の夜は、映画のフィルムの一部分を切り落としたように抜け落ちていた。

「何かの間違いだ」私は曖昧な記憶に怯えながら、半ば自分に言い聞かせるように断言した。「ヒ素なんか知らない」

「……そうか。ならいいんだ」間が空いた後、兄の声が疑い深そうに言った。「馬鹿なまねはするなよ。くれぐれもな」

電話が切れた。私は受話器を握り締めたまま、立ち尽くした。万華鏡を覗き込んでいるような記憶の映像を思い出そうとするたび、無数の針で脳を刺されるほどの頭痛がした。自分がヒ素をどうしたか確信が持てない。由香里に小瓶の持ち出しを頼む前に、私がこっそり確保していたのだろうか。

私は壁伝いにリビングへ行くと、棚からヤスリを取り出してソファに座り込んだ。ストレスが高じると、これで爪を削るのだ。爪切りは深爪をしやすくて使いづらい。ヤスリで人差し指の爪を削りながら、あの日のことを思い出そうと記憶を絞った。だが、乾いた雑巾と同じく一滴も漏れてこない。

あるいは別の可能性も考えられる。帰省したとき、『精神安定剤の影響で記憶障害が起こる』と由香里が兄に説明した。兄は私の記憶が曖昧だと知っている。それを利用して私に嘘を信じ込ませ、罪をなすりつける気かもしれない。母を毒殺して私を犯人に仕立て上げる——。そうだとすれば、兄は予防線として今ごろ村でも嘘を吹聴しているだろう。弟がヒ素を持ち出した、と。

「痛っ——」

思わず声が漏れた。指先の肉を削ってしまった。指を鼻に近づけると、鉄錆の臭いがぷんと鼻腔を突いた。頭痛が激しくなる。立ち上がってリビングの壁にもたれかかった。

しばらく経つと、壁から背を離そうとし——違和感に気づいた。後ろに手を回し、壁を撫でる。なぜか円柱状だった。上方では、鉄板の上をドラム缶が転がるような轟音が振動を伴い、走り抜けていた。右前方からは木槌《きづち》が大地を打ち据えるような音が断続的に聞こえてくる。そして肌を撫でる微風——。右手には白杖を握っていた。

私は振り返り、円柱を撫でた。そこから真横に左腕を伸ばし、触れた部分を手のひらで確認する。ざらついた壁が広がっていた。私が見つめる闇には何の変化もないのに、触れる物体だけが変化していた。これは——電信柱とブロック塀か？

いつの間にか、私は外に立っていた。道路工事の騒音も聞こえる。なぜだ？　先ほどまでリビングにいたではないか。

恐る恐る音声式腕時計で確認すると、翌日の午後になっていた。時間も場所も飛んでいた。半日の記憶がすっぽりと抜け落ちている。別の人格に一時的に意識を乗っ取られた気分だった。精神安定剤の副作用だろうか。兄を疑ってから服用する量が増えている。

今日は——そう、約束の日だった。残留孤児支援団体の比留間雄一郎と公民館で会うのだ。火木土はそこで孤児たちの相談を受けているという。

私は服装が外出用のものか、撫でて確かめた。何とか動揺を静めると、近くの足音に話しかけ、場所を訊いた。通りまで案内してもらった後、白杖でタッピングしながら通行人の話し声を追って歩いた。他人の声の流れは、自分が歩道を歩いていると安心できる。

都会では、吹きつける風音もビルや車や看板などの障害物に遮られ、いびつに反射して聞こえる。岩手の田舎では、草木を愛撫しながら田畑を吹き渡る涼風を堪能《たんのう》できたのだが――。

人通りが多い場所に出た。私の横をヒールの音と香水の香りが通りすぎ、重い靴音と汗臭さが通りすぎ、聞き取りにくいほどのポップスの歌声が通りすぎる。どこかで自動ドアが開くたびに吐き出されてくる電子音とＢＧＭ、周囲を取り囲む無数の靴音と会話、行き交う車の走行音、スピーカーががなり立てる音――騒音の洪水に飲み込まれ、私は立ち尽くした。進む方向が分からない。音が多すぎると、手がかりになるどころか混乱してしまう。

右側にはブロック塀があった。石突きで打ちながら歩くと、突如、真横から冷風が流れてきた。塀が途切れたのだろう。スイングした白杖も宙を打った。風の流れは場所を知る手がかりになる。

角を曲がって真っすぐ進むと、近くの会話の主に話しかけ、ここが公民館の前だと確認した。だが、十五分が経過しても私に掛けられる声はない。出入りする靴音も今は途絶えている。

私は街灯のない夜道に立っているようなものだ。夜目を持った人間の腕がいきなり伸びてくるかもしれない。それどころか、記憶障害の度合いが強まっている今は、いつの間にか別の場所に立っている恐れもある。公民館の前に立っているはずが、もしビルの屋上に変わっていたら——。そう思うと、沈黙はむしろ恐怖だった。人の声や物音を聞いていないと落ち着かない。待ち合わせ相手が遅れると、場所は正しかったか、時間は正しかったか、気づかないうちに移動していないか、不安になる。

「——村上さんですか」古びた鉄パイプの奥から聞こえてくるような声がした。「比留間です。お待たせしました。孤児の方の就職相談が長引いてしまいまして……」

「時間を取っていただいて感謝しています」私は携帯番号と自宅の電話番号が書かれた名刺を手渡した。「村上です」

私が習慣で握手を求めると、右手ががっしりと握られた。違和感があった。指の感触が——。

「気づかれましたか。満州の冬に食われたんです。雪掻きで凍傷になって……中指と薬指です。さあ、会議室に案内しましょう」

「右肘を摑ませていただけると助かるのですが……」

「もちろん。どうぞ」

　私は比留間の腕を探り、肘部を軽く摑んだ。案内されるまま、硬質の音が反響する廊下を白杖でタッピングしながら進んだ。会議室に着いたらしく、石突きが乾いた音を打ちはじめた。木製の床なのだろう。手探りで背もたれを撫で、パイプ椅子に腰を下ろした。目の前には長方形の木製テーブルがあるようだ。

「比留間さんも残留孤児なんですか」

「いや。幸い敗戦の翌年に引き揚げることができました」

「それまでは満州で生活されていたんですね」

「そうです。私は敗戦の前年、十六歳で家族と渡満しました。新聞もラジオも雑誌も、満州移民を奨励していましたから。宣伝文句どおり満州は十町歩の土地が待つ王道楽土だと信じてしまって……村にとっては国策を建前にした口減らしですよ。一定数の移民を送り出せば、村に補助金が出たのかもしれません」

　声の反響具合から推測して、会議室は想像より狭いようだ。他人の会話は聞こえないので、私たち二人きりだろう。

「帰国してから支援活動をされているんですね」

「二十五年前からです」比留間の深い声は、苦悩を噛み締めているような響きを帯びていた。「難民収容所で母は『喉が渇いた』とうわ言のように繰り返していました。私が水を口に含ませると、『ああ、生き返った気がする』と笑顔を見せて……事切れてしまいました。引き揚げはその一週間後です。今でも悔しくて悔しくて。母に祖国の土を踏ませてやりたかった。満州の地は私の母も妹も奪ったんです」決然たる口調に変わる。「祖国に焦がれる残留孤児の方々の気持ちはよく分かります。私は一人でも多く救いたいと思っています。中国残留孤児問題というと、いまだ中国人の問題、と勘違いしている人たちがいます。それは間違いだともっと知ってほしい。中国残留孤児は日本人だし、日本人の尊厳の問題なんです」

私は比留間の感情が静まるのを待った。

「実は今日お伺いしたのは――兄の永住帰国に尽力された比留間さんにご相談がありまして。唐突に聞こえるかもしれませんが、兄に不自然さを感じるんです」

「長年離れ離れだったんです。無理もありませんよ」

「兄は常に怒りを抱えていて日本政府を敵視しています。自己中心的で、周囲の迷惑も顧みず裁判にのめり込んで……」

「不自然なことではありません。残留孤児の方々は何十年も家族と引き裂かれ、怒りや不満や絶望を抱えています。養父母の見舞いや墓参りで中国へ戻りたいと願ってもお金がありません。生活保護の受給者なら、『旅行期間』は保護費が止められてしまいます」

「……過去には、再会した残留孤児が他人だった、なんて悲劇も数多く起こったんですよね」

比留間は私の言葉を噛み締めるように間を置いた。

「はい。身体的特徴や生き別れた際の状況だけを手がかりにして肉親を捜さねばなりませんでしたから、慎重を期していてもそういう悲劇は起こってしまいました」

「では、私の兄にもそういう可能性はありますよね」

「竜彦さんが肉親ではないかもしれないと？」

「はい。私は兄に感じる不自然さが残留孤児なら当然のものなのか、偽者ゆえなのか。それを知りたいと思っています」

「偽者？」

比留間が当惑する声を聞き、口を滑らせたことに気づいた。『偽者』という単語は強すぎた。

「……まさか、竜彦さんを偽残留孤児だと疑っているんですか」

もう隠し通せはしない。正直に事情を話し、専門家の意見を聞くしかない。

「はい、そうです」

「根拠はないでしょう？」

「それを確かめるために調べています。私たち家族は三江省樺川県の開拓団に入植しました。同じ開拓団の帰国者を捜しています。話を伺いたいんです。どなたでも構いません。住所を調べられませんか」

比留間が鼻から息を吐くような音が聞こえた。

「率直に申し上げて、お勧めしませんね。万が一――あくまで万が一ですが、家族関係が否定されたらどうなります。悲しみと苦しみは計り知れません。肉親が見つかったと確信して開いた祝賀会で、厚生省から『検査で他人だと判明した』と告げられ、泣き崩れた残留孤児の方もいらっしゃいます。悲嘆に暮れ、自ら命を絶たれてしまいました」

「兄がもし自分が偽者だと自覚しているとしたら、真実が発覚しても悲しみはしないでしょう」

「お母様は悲しまれますよ。竜彦さんの永住帰国は確か八三年でしたね。つまり二十七年も我が子と信じて暮らしてきたわけです。それが赤の他人だと知れたら、絶望はどれほどのものでしょう。ご高齢のはずです。最期まで信じさせてあげるべきです。第一、あなたの疑念が杞憂であればどうします。誰もが傷つきますよ」

比留間は訥々と語った。

当時の日本は疲弊していたため、厚生省は残留孤児の帰国に消極的だったという。大部分の孤児は中国籍なので、他の外国人と同じく日本入国には肉親の身元保証が必要だった。保証人は必要に応じて帰国旅費や滞在費を負担し、日本国憲法を遵守させるなどの責任を負わねばならない。だが、大勢は定年退職したり、子に面倒を見られている身だから、義務に応じられる能力がない。結果、肉親だと判明しても、身元保証人を断らざるをえないケースが出てきた。そして大勢の残留孤児が祖国へ帰国できず、中国で泣き暮らした。

「肉親に冷遇された悲しみは、心を引き裂きます。遺産が理由で孤児の帰国に反対する親族もいました。その場合、相続放棄を約束してようやく身元保証人になってもらえたものです」

比留間は知識の甲冑《かっちゅう》を着込み、理論の刀を携えた武将だった。兄の正体を調べ、真実を暴き立てようとする私の意志が切り裂かれる。私も刀を抜くしかない——。

「兄が母の遺産目当てで毒を盛っているとしたら？」

沈黙が返ってきた。

「兄はヒ素の小瓶を隠し持っています。母が倒れたのも、もしかしたら兄が少量ずつ盛っていたからかもしれません」

そのとき、ふいに煙草の残り香が横切った気がした。ぞわっとうなじに鳥肌が立った。つかの間、呼吸を忘れ、口内も喉も干上がった。唾液すら出てこない。

第三者が間近にいる？　気のせいか、それとも——。

緊張に高鳴る第三者の心音が聞こえないか耳をそばだてたが、無駄だった。

私は胸ポケットを探る仕草をした。「比留間さん、どうです、煙草を一本。吸われますか」

「……いや。私は煙草は吸いません」

吸うと言われたら、切らしていたと答えるつもりだった。私は二十年近く禁煙している。比留間が煙草を吸わないなら、一瞬嗅いだ残り香は何だろう。煙草の匂いが染み込んだ服を着ているのは、一体誰なのか。会議室には二人きりのはずだ。足音と気配を殺し、私の真横に立っている者がいるのか？

溺れているように、両腕で周囲を掻きたい衝動に駆られた。誰も存在しないはずの場所で腕が人にぶつかるのではないか。

私は小さく呼吸し、平静を装って訊いた。

「比留間さんは兄を調べることに反対ですか」

「反対です」

「そうですか。しかし、私は諦めません。真実を白日の下に晒《さら》し、母の命も孫の命も救うつもりです」

「……誰しも、知られたくない過去はあるはずです。生半可な好奇心で首を突っ込むと、不幸が訪れるかもしれませんよ」

突然の脅迫に二の句が継げなかった。丁寧な物腰の男から聞く脅しの言葉は不気味で、迫真性を帯びている。返り血で深紅に染まった刀を喉元に突きつけられている気分だ。私が見る彼は今や武将ではなく、夜叉《やしゃ》だった。

比留間は何かを知っている。兄は何者なのだろう。戦犯としての追及を免れるため、敗戦後、ユダヤ人に成りすまして生活していたナチス高官の罪を暴く映画を見た気がする。兄は比留間と結託して大罪を隠しているのだろうか。偽者が残留孤児に成りすます利は何なのか。

「申しわけないですが……」比留間が言った。「私は協力できません。家族の絆を疑い、肉親の過去を嗅ぎ回る行為は不幸を招きます」

断固たる決意を感じた。問い詰めても無駄だろう。

「……分かりました」私は立ち上がった。「お話をどうも」

「玄関までお送りしましょう」

「いや、結構です」

椅子が床を引っ掻く音に続き、比留間の足音がテーブルを回って後方へ遠のいていく。ノブを回す音とドアが開く音。

「出口はこちらです」

白杖でタッピングしながら声の方向に進むと、石突きが前方の障害物に当たった。二、三度打って確かめる。壁らしい。そこから平行に移動すると、先端が空間を突いた。ドアを抜け、廊下に出る。

「では失礼します」

私は頭を下げると、壁を確認しながら廊下を歩いた。角を曲がったとき、「おやまあ」と老婦人の声がした。「これはこれは。目が不自由な方ですか」

「はい。出口はどちらでしょう」

「複雑でねえ、年寄りには困ったもんですよ。壁に大きな地図でも貼っておいてくれないかしらねえ。こちらです」

急に白杖が持ち上がり、ぐいっと引っ張られた。私は躓《つま》きそうになりながら声を上げた。

「白杖を引っ張らないでください。困ります」

「おやまあ、すみませんねえ。ついつい」

白杖が解放されると、先端を床に下ろした。

「よろしければ右肘を摑ませていただけませんか」

「こんな年寄りの枯れ木みたいな腕でよけりゃ、どうぞどうぞ」

私は左手で老婦人の右肘を摑むと、右手の白杖で床をタッピングしながら廊下を歩いた。左足を少し引きずるようにしている彼女の歩行速度は、私には安心できる。

「あなたも残留孤児ですか？」

「いえ」私は答えた。「残留孤児の身内です」

「苦労なさったでしょうねえ、あなたのご家族も。あたしは残留婦人でねえ。満州では――」

老婦人は歩きながら自身の過去を喋り続けた。相手の肘を摑んでいるときは不安が少ないので、話を聞きながらでも問題ない。

「――敗戦後、あたしのように生きるために満人の嫁になった娘が大勢おりました。お前の家族の面倒も一緒に見る、食事にも困らない、と言われたら、断れるもんなんか誰もおりません」

老婦人の話によると、当時の中国には『童養媳《トンヤンシー》』という習慣があったらしい。将来、嫁にする目的で少女を買うのである。一九五〇年に婚姻法で禁じられるまで、売買婚は珍しくなかったという。

「あたしは家族のために満人の嫁となる決心をしました。日本の農村でも、家のための結婚は当たり前でしたし、貧困からの身売りも多かったので、抵抗はありませんでした」

結婚、か。昔、兄になぜ結婚しないのか訊いたことがある。兄は返事に躊躇した後、『アイデンティティを二つ持った半端もんが伴侶なんか持てるか』と答えた。しかし既婚の残留孤児は多い。大半は向こうで中国人の妻や夫を見つけている。七十を過ぎてなお未婚なのは何か理由があるのではないか。例えば――誰かに追われている偽者だとすれば、家庭を持てないのも納得できる。

兄は何者なのか。

「八五年に永住帰国した日本は外国のようでした」老婦人は語り続けていた。「でもねえ、夏の盆踊りで初めて涙が出ましたよ。祖国を実感したんですねえ」

「……過酷な経験をされたんですね」

「その経験もね、生かせるんじゃないかと思いまして。今はここで孤児の相談に乗っております。あなたのご家族も、悩みがおありなら訪ねてきてください。火木土に開いておりますから」

「え？　あなたは支援団体の職員なんですか」

「ボランティアですけどねえ」

彼女は職員の一人だったのか。それなら――。

「あの……周りに聞き耳を立てている怪しい人間はいませんか」

「へ？　怪しい人間ですか」老婦人が立ち止まった。右肘部が揺れ動いた。「誰もおりませんよ。近くには」

「そうですか。実は相談があるんですけど」

「何なりとおっしゃってくださいな」

「私は同じ開拓団で生活していた方を捜しています。何か調べる方法はありませんか」

「そうねえ。『満州開拓史・名簿』がありますよ。分厚い資料でねえ、開拓団家族の氏名、性別、生年月日——それから、本籍、出発日、入植地、消息。分かる範囲の情報が事細かに記されております」

「調べていただけないでしょうか。私の代わりに」

「渡満は同郷が原則でしたし、帰国者同士、繋がりも強いですからねえ、すぐ見つかると思いますよ」

「実は先ほど職員の比留間さんには拒否されまして。ですから内密に調べてほしいんです」

「比留間さんが？　まさか、そんな。親切な方ですよ。残留孤児の方々の相談にそりゃあもう親身になられて」

「当時を知る方から兄の話を伺いたいんです。どうかお願いします」

「ええ、ええ。あたしで良ければ力になりますよ」

私は礼を述べると、連絡先が記載された名刺を渡し、公民館の外で老婦人と別れた。幸い、道路や建物や地形が凸凹の線で描かれている『触地図』が出入り口にあり、タクシー乗り場までの道筋は把握できた。

左のほうで車の走行音が私を追い越していき、数メートル前方でブレーキ音を響かせた。そこまで進むと、前方を左右に横切る複数のエンジン音がしている。私は歩道の建物に近づいて平行に歩き、白杖が振りきれる場所で止まった。爪先が真っすぐ前を向くように調整する。車の音が途絶えたタイミングで渡らねばならない。

歩き慣れた場所なら、横断歩道を渡り終えたときの目印を覚えておくことで安全を確信できる。だが、初めて訪れる場所では、手がかりが少なくて怖い。

渡るタイミングを計りかねていると、白杖の石突きが左側の電柱らしき障害物に触れた。手のひらで撫でると、箱状の物体があり、点字が並んでいた。音響装置付信号機らしい。『視覚障害者用押しボタン』を押すと、しばらくしてからヒヨコの鳴き声の擬音が聞こえてきた。青信号になったのだ。音響装置付信号機なら、方向がズレても、対面から聞こえてくる擬音を頼りに進む方向を修正できる。

私は安心して足を踏み出した。横断歩道を渡り終えると、頭に浮かんだメンタルマップを頼りに角を何度か曲がり、タクシー乗り場を目指した。だが、ここで右へ曲がるT字路があるはずなのに、建物が続くばかりだった。公民館の『触地図』が古かったのか、道に気づかなかったのか。曲がり角にトラックでも停められていると、横から吹く風の流れが遮られ、道の存在に気づかないことがある。

永遠に続く常闇を見回した。闇に取り囲まれていて、正しい道を見つけ出す手がかりが何一つない。現在地はどこだろう。どこでどう間違ったのだろう。人通りのない場所で道に迷うと、立ち往生しなければならない。斜め右前方から、心臓を鷲摑みにする踏切警報機の甲高い鐘の音が聞こえてくる。直後、レールを掻き毟る金切り声じみた轟音と震動が伝わってくる。怖い。離れなくては。

白杖で地面を探り、踏切の反対側に向かった。突如、風が強まった。狼の群れの遠吠えにも似た風音が吹きすさび、暴れ狂う強風に人の声も車の走行音も吹き流された。方向が全く分からない。車道はどちらだろう。右か左か、前か後ろか。音を信用できなくなると、廃墟に取り残されたような不安と孤独を覚える。

私はブロック塀と平行に進んだ。切れ目に着くと、両側から迫るエンジン音が聞こえないか、集中した。強風で車の走行音も渦巻いている。距離感や方向が曖昧になり、近くを走っているのか、遠くを走っているのか、判断しにくい。猛風の咆哮《ほうこう》は、頭の中に描いた街の景色を真っ黒な絵の具で塗り潰していく。

車のエンジン音がふと途絶えた。

一歩を踏み出そうか迷ったとき、背後に気配を感じた。振り返ると、何者かが息を呑む音が聞こえた。直後、猛犬じみたうなり声を上げたエンジン音が真後ろを走り抜けて行った。

何者かが私を車の前に突き飛ばそうとした――。

戦慄が全身を駆け抜けた。体の芯が冷たくわななないている。心臓が耳の真裏で鼓動していた。

私の亀の一歩なら、踏み出すと同時に、迫るエンジン音に気づいて立ち止まっただろう。だがもし突き飛ばされていたら、車の真正面につんのめっていた。耳をつんざくブレーキの悲鳴を聞き、タイヤがアスファルトで焦げる臭いを嗅ぎ、枯れ枝のように宙を舞いながら朱色に染まった視界で走馬灯を見ていたに違いない。

「だ、誰だ！」私の怒声は震えを帯びていた。何者かの気配は存在しているものの、靴音は動かない。眼前に立っているのに正体が分からない。誰だ？　私を突き飛ばし、視覚障害者の事故死に見せかけようとした奴は。

私は相手を捕まえようと足を踏み出した。すると、足音が翻り、駆け去っていった。追いかけて取り押さえることは不可能だ。

私はしばらく立ち尽くした後、諦めて現場から逃げるように歩きはじめた。

奴が戻ってきたとしても私には知る術《すべ》はない。

8

私はソファに座ると、重ね合わせた定規に似た『紙幣弁別板』を取り出した。紙幣を差し入れ、段状になっている端に合わせれば、千円札、五千円札、一万円札の五ミリの長さの差を調べられる。外出先で使うときのため、一枚一枚確認しては二つ折りと四つ折りにして区別していく。五枚目を終えたとき、電話が鳴った。

廊下の電話台を探り、受話器を取り上げた。残留孤児支援団体でボランティアをしている老婦人からだった。

「見つかりましたよ、同じ開拓団で生活されていた方」

「どんな方ですか」

「大久保《おおくぼ》重道《しげみち》さんっておっしゃってねえ。今年で九十になられたそうだけど、溌剌とした喋り方で。村上さんのお名前を出したら、あなたのお母様のこと、覚えてらっしゃるそうよ」

「それなら兄の情報が得られるかもしれません」

「あなたの目のことを話したら、出向いてくださるそうで。明日でも構わないそうですよ。喫茶店が落ち着くとおっしゃっていました」

「明日ですか。それでは――」私は近くの喫茶店の名前を記憶から絞り出した。「ええと、『黒猫』に午前十時半でどうでしょうか。そうお伝えください」

私は喫茶店『黒猫』の大体の場所を説明した。

「他の方もまた捜しておきますね。お役に立てたかしら？」

「はい。本当に助かりました。ありがとうございます」

私は電話を切ると、点字器で住所、店名、時刻を用紙に打った。コンビニ弁当を食べ、風呂に入った。着替えた後、ダイニングのテーブルに手のひらを這わせた。四角形のケースに触れる。これは睡眠薬用だ。隣には――三角形のケースがある。開けて精神安定剤を取り出した。

焼酎で二錠の錠剤を飲み下し、ラジオをつけた。ニュースに耳を傾けているうち、上半身が横ざまに倒れそうになった。突然、意識に靄がかかり、全身の力が抜ける。猛烈な睡魔だった。見知らぬ場所への外出が続き、神経をすり減らしたのだろう。私は意志を受けつけなくなった足でふらふらと寝室まで歩き、ベッドに倒れ込んだ。辛うじて目覚ましをセットすると、意識の手綱を手放した。

耳障りなほどの電子音が夢の中に忍び込んできて、目が覚めた。置時計のスイッチを押すと、「午前九時です」と答えてくれた。曜日も確認した。寝過ごしかけたが、時間は飛んでいない。私は起きて外出の準備を整えた。『液体プローブ』や折り畳み式の白杖、障害者手帳を収めたウエストポーチを締める。安全のための鍔《つば》付き帽子をかぶり、目を守るためにサングラスをした。

喫茶店『黒猫』は近所にあり、ほとんど迷うことはなかった。ドアを押し開けると、頭上で鐘の音が鳴った。焼けたパンとコーヒー豆の芳香が押し寄せてきた。待ち合わせだと伝え、店員の案内に従った。ジャズ風のBGMが流れる中、あちこちでガラスや陶器がカチャカチャと音を立てている。一定間隔で会話している客たちの声の横を通り、テーブル席についた。コーヒーを注文する。

音声式腕時計のスイッチを押した。「午前十時二十五分です」と電子の声が教えてくれた。足音と共に苦みを感じるようなコーヒーの香りが運ばれてきて、目の前のテーブルでカチャッと音を立てた。火傷に注意して半分ほど飲んだとき、低い声がした。

「村上和久さん——ですか」

「はい」私は声の方向に顔を向けた。「大久保重道さんですね」

「そう。三江省樺川県の開拓団にいました。あなたの母親はよく知っています。私を忘れましたか？」

「すみません。四歳だったもので……」

「そうですか……」

私はわずかに安堵の響きを聞き取った。なぜだろう。

テーブルを挟んだ対面の椅子が引かれる音に続き、軋みが聞こえた。「何にいたしますか」と若々しい女性の声が尋ね、「紅茶を」と大久保の声が答えた。発声に中国語訛りが感じられる。

「大久保さんは敗戦後に引き揚げられたんですか」

「そう。村上さんたちと一緒に開拓団を脱出し、同じ難民収容所に入りました。そして引き揚げる船に乗りました。けど、息子を捜して何度も中国へ行きました。日本語を忘れるほど、向こうで生活しました。息子は見つからなかった。残留孤児になることもなく、土の下に眠っているかもしれない」

「おつらい気持ちはお察しします」

「ありがとう」

ウエイトレスの声が「お待たせしました」と告げた。「ええと、紅茶のお客様はどちらで……」

戸惑った声だった。私がコーヒーのカップをテーブルの真ん中に置いていたから、混乱したらしい。大久保が手を挙げたのだろう、ウエイトレスが「ああ」と声を漏らした。

前方の闇から液体を啜《すす》る音がする。

「私に訊きたいことがある、と聞きました。私の話より、村上さんの用件を話してください」

大久保の低い声には、過去の彼方から響いてくるような懐かしさが感じられた。どこか安心感を抱かせる声だ。聞き覚えがあるのは、満州で話したことがあるからだろう。

「実は――永住帰国した私の兄が他人かもしれません」

「偽者だと？」

「はい。私は疑っています。肉親捜しで起きうる間違いではなく、意図的に成りすましている可能性があります。目的は母の少ない遺産なのか、永住権なのか、他の何かなのかまでは分かりませんが」

「……アザは、ありましたか」

「背中の刀傷のことですか」

「違います。右の前腕です。火傷の痕《あと》です」

記憶に残っている感触を思い出そうと努力した。私は永住帰国した兄の腕を摑み、「良かった、良かった」と涙を流したことがある。右腕に火傷の引き攣れは——なかった、と思う。

「たぶん、ありませんでした。兄は右腕に火傷したんですか」

「そう。あなたは幼かったので覚えていないと思います。暖炉の火に触れて火傷しました。あなたを庇ったそうです。あなたの両親は畑仕事でいなかった。だから私が泣き声に気づいて手当てしました」

「母からも聞いたことがありません」

「あなたを気遣ったのだと思います。自分のせいで兄が火傷したと知ったら傷つくものです」

私の中で疑惑は確信に変わりつつあった。だが、違和感もある。兄が偽者だとしたら、背中の刀傷をわざわざ作ったことになる。あれは本物の傷だった。誰かに斬りつけてもらわねばならない。そこまでして兄に成りすました人間が、前腕の火傷はまねていない。

そもそも、背中に刀傷を刻んでまで兄に成りすます動機は？　単なる永住権目当てなら、日本人女性と結婚する方法もある。そのほうが楽ではないか。自ら大怪我をするより。

本物の兄と接点があったのか？　だとしたら二人の関係は？　終戦後の中国で何があった？　親友だったのか。敵だったのか。

本物の兄はまだ生きているのだろうか。

足先から毒蜘蛛《ぐも》の群れが這い上がってくるようなおぞけを覚えた。兄は中国で殺されているのではないか。すでに土中に埋められて白骨となっているのではないか——そんな妄想じみた映像が網膜の裏にちらついた。

殺されているとしたら、犯人は実家にいる偽者だ。

「火傷の痕がないなら——」大久保の声が言った。「信用しないほうがいい。あなたの兄には一生消えない火傷の痕が——大仏のような形の引き攣れがあった。触っただけで分かると思います」

私は大久保の忠告に感謝し、喫茶店『黒猫』を後にした。自宅に帰って留守電を確認すると、一件メッセージがあった。例の老婦人だ。電話してほしいという。

吹き込まれていた番号を押すと、数度のコール後、受話器から老婦人の声が聞こえてきた。

「もう一人、見つけましたよ。残念ながらご本人は亡くなられていたんですけど、二世の方と連絡がつきました。生前の母親があなたの一家に大変お世話になったらしく、一度お会いしてお礼を言いたいとおっしゃっていました」

残留孤児二世か。兄が偽者であることに確信は得られたが、成りすました動機はまだ分からない。兄と偽者の関係は何なのか。接点は？　兄を知る者たちに話を聞けば、隠された糸が見えてくるかもしれない。

「もしかして……ご迷惑でした？」

「まさか」私は答えた。「助かりました。その方を教えてください」

「ええ、もちろんですとも。張永貴《ジャンヨングエ》さん。江東区北砂のアパートに住んでおられるそうです。連絡先は――」

連絡先を記憶に刻むと、感謝の言葉を述べて電話を切った。

リビングに戻る途中、闇の中に、ぴちゃん、と音が響いた。

私は扉がない洗面所に入った。締め方が甘かったらしい蛇口から落ちて跳ねる水音には、したたる生血を想起させられた。

ぴちゃん、ぴちゃん、ぴちゃん――。

タクシーから降りると、白杖でタッピングしながら歩いた。石突きが金属質の障害に当たった。形状を確かめるように軽く叩く。段になっている。外階段だろう。

私は左手で宙を探り、手すりを見つけ出した。足を載せると、鉄製の踏板が体重を受け止めて軋んだ。白杖を垂直に立てて次の一段を確認しながら上る。階段を上るときは、斜めに歩かないように注意が必要だ。足を踏み外しかねない。

十四段を上ると、石突きが次の段に触れなかった。二階に着いたのだろう。手のひらで外壁を撫でながら奥へ進んだ。格子窓、木製のドア、格子窓、木製のドア、格子窓、木製のドア――二〇三号室に着いたと確信し、闇を手探りした。出っ張りに指先が触れた。チャイムを押し込む。

足音に続いてノブが鳴った。右側に一歩避けた直後、ドアに押し流された空気が頬を撫でた。

「村上です。張永貴さんですか」

「違う。張永貴、隣の二〇三号室。ここ、四号室」

中国語訛りがある。在日の外国人が集まっているアパートなのか。部屋は奥から一号室、二号室と数えるらしい。私は手前から数えたので間違えたようだ。礼を述べ、二〇三号室に向かおうとした。背後から男の声が追いかけてきた。

「張永貴、仕事行った。工員、急病。補充要員。呼ばれた」

私との約束は頭から抜け落ちていたようだ。

「工場はどこに？」

「室井工場、あっち」

「近くですか？　具体的に教えてもらえると助かります」

「階段下りて左。真っすぐ。最初の角、右に曲がって……後は誰か通行人、必要。訊いて」

私は階段を下り、進んだ。スイングした白杖の石突きがレンガやブロック塀、電信柱を打つ。何分か歩くと、先端が弾力性の塊に跳ねる感触があった。十センチばかり高めを打ってみる。金属質の板に反響する音。自動車のタイヤとホイールだろう。一歩分、距離を取った。タイヤのそばを歩くと、サイドミラーにぶつかる危険性がある。

自動車の先には障害物が存在しなかった。曲がり角に着いたのだ。慎重に方向を転換する。

立ち止まって進むべき道筋を思案していると、頭上からパンッパンッと布団を叩く音が降ってきた。私は天を仰いで声をかけた。室井工場の場所を尋ねる。主婦らしき女性は懇切丁寧に説明してくれ、案内しましょうか、とまで申し出てくれた。

「いえ。お気持ちだけで充分です。ありがとうございました」

私は鍔付き帽子を脱いで会釈し、またかぶって歩きはじめた。健常者も障害者も関係なく、人はみな誰かの思いやりに支えられ、生かされている。一人で外出してから身に染みて実感する。

教わった目的地を目指すと、右側から機械音が聞こえはじめた。時刻は十一時五十五分。昼休みはあるだろうか。

十二時になると、靴音と喧騒が吐き出されてきた。

私は「すみません」と会話に向かって声をかけ、応じてくれた青年の声に張永貴を知らないか尋ねた。

「おい！」青年が声を張り上げた。「あいつ、何してる？」

「遅れてっからまだ中」誰かが笑いながら答えた。「昼飯よりノルマが大事ってやっと理解したみたいで」

「だってさ。急用なら声かけてくるっすよ」

「お願いします」

青年の靴音が去っていった。五分ほど待つと、靴音が帰ってきて「夜九時すぎにアパートを訪ねてきてほしいそうっす」と告げた。

私は仕方なくいったん自宅に戻った。郵便受けには封筒があった。ダイレクトメールの類いかと思ったが、例の俳句だった。これで八通目だ。横書きの点字を指の腹で撫でて読み取る。

ひ の い ず る く に を め ざ し て ち を あ び る

『日のいずる国』――日本か。日本を目指して血を浴びる？　真っ先に思い浮かぶのは中国残留孤児だ。誰もが祖国を夢見ていた。敗戦当時、大勢が帰国したいと願い、夢半ばで息絶えた。差出人は残留孤児なのか？　もしそうなら、なぜ私に送ってくるのか。

以前の俳句と比べてみたが、目的も動機も分からなかった。音声式腕時計で確認したときには、数時間が経っていた。

封筒を片付け、午後九時半に張永貴のアパートを訪ねた。鳥の鳴き声が上空を飛び交っている。

「お昼に工場を訪ねた村上です」

「私、張永貴です。急に仕事が入って忘れていました」

手を差し出すと、数秒の間の後、握られた。握手する瞬間、指先が金属の腕輪のようなものに触れた。カチャリと音が鳴る。

「どうぞ。私の部屋、こっち」

私は案内されるままドアを抜け、脱いだ靴を洗濯バサミで止めた。部屋に上がると、踏み出す足が様々な物に触れた。ビニール袋、筒状の軽い箱、プラスチックケース、雑誌らしき紙の束――生ゴミの詰まったゴミ箱に顔を突っ込んだような悪臭が充満している。

「座布団、ここ。座ってください」

私は生活用品やゴミを踏まないように注意しながら、座布団を手探りしてその上に座った。

「私、ご飯、食べます。昼、食べられなかったので」右奥から金属を鳴らす音が聞こえてきた。「活力の源は食事です。でも日本人は仕事を優先しろ、言います。中国人と考え方、違います。昼休みになって、真っ先に食べに行っていたら、反感、買いました。最近はノルマ終わるまで我慢です」

「それは大変ですね。私に遠慮せず食べてください」

「謝謝。私、日本語下手で、中国人だから、給料安いです。携帯電話の基板を組み立てる作業、毎日同じ繰り返し。機械と同じ。言葉は不要だから、日本語、上達しません。日本人には馬鹿にされてばかり」

心の奥底にある差別意識に触れられた気がして、相槌を打てなかった。たぶん、私は家族の人生を奪った中国が嫌いなのだろう。満州移民を国策で送り出したのは日本政府だが、幸い私たちは恵まれた生活を送ることができていた。敗戦後、それを踏みにじったのが中国人とソ連兵だった。

「でも、今の工場、まだまし。昔いた工場、日本人が機械で指を切断すると、私の操作ミスにされた。スイッチ触る仕事、任せないくせに……。私、単純作業ばかり。前は日本語もっと下手だったから、説明しても無駄でした。怒鳴られて、給料もなしでクビ」

異国の社会で使い古され、筆で描かれた表情もかすれて消えかけている中国人形――そんなイメージを見るほど、声には感情がない。

私は張の話を聞き、『兄』の日本での生活の大変さを思った。風呂場で背を洗いながら中国での仕事の話を訊いたとき、『兄』は『先進生産者』に選ばれて手書きの賞状を貰った。仕事で評価されたのはそのときだけだ」と言った。もしかすると、『兄』は日本での仕事も含めて語っていたのではないか。そうだとすれば、そんな賞状が唯一の慰めになるほど苦労したのか。

「張さんは――日本国籍を取得していないんですか」

「はい。私は母が残留邦人だったから無理でした。父が残留邦人なら良かったです」

「父親と母親で違いがあるんですか」

「うーん、説明難しいです。残留邦人が男なら二世はいつでも日本国籍、取れます。けど、残留邦人が女なら駄目です。六五年の一月より後に生まれた二世なら、帰国後三ヵ月以内の場合だけ、国籍、取れます。差別です。私は十ヵ月、生まれるのが早すぎました」

足音が近づいてくると、真正面で皿が鳴った。座っている私の腹の位置から聞こえた。

「中国籍の二世は、一年以上の実刑、即、強制送還です。不公平です。九一年の入管――特例法で、在日韓国人や在日台湾人は、特別永住者、なりました。重大な国益――ええと、国益侵害のことをしないかぎり、強制送還されません」張は嘆息した。

「私、危なかったです。今、執行猶予中です」

「……何の罪ですか」

窃盗か傷害か。最近は残留孤児二世、三世の不良グループが暴れ回っているというニュースをよく聞く。

「偽装認知です。それがバレました」

「偽装認知とは？」

「私、中国人の悪いグループと街で知り合いました。金に困った日本国籍の残留孤児を捜していると、聞きました。連中、言った。二〇〇九年に日本で国籍法、変わった。日本人の男が認知すれば、結婚していなくても、届け出を出せば外国人の女との子供に日本国籍、与えられる。ＤＮＡ検査も不要。連中はそれを利用――悪用して、日本人に偽装認知させ、日本行き望む中国人に日本国籍を与えるビジネス、はじめました。私はお金が必要な日本人、捜して紹介しました。私は紹介料貰う。日本人は報《ほう》酬《しゅう》貰う。そういう約束。無毒不丈夫――中国の映画でよく聞く言葉。悪いことの一つくらいできなきゃ男じゃない、という意味です」

「それが発覚したんですね」

「日本の警察、優秀。簡単に見破られました。認知した日本人が中国行った時期や、妊娠の時期、調べられます。ビジネス、成り立ちませんでした。私は送検されました」張はカチャカチャと音を鳴らした。「模造品の手錠、嵌《は》めています。鎖がない鉄の輪。戒《いまし》めというやつです。私、貧乏。気を抜くと、悪いことしてお金欲しくなる。だから手錠を嵌められたときの絶望、忘れないようにしています」

張の口調には、奈落の大口に張られた綱の上で転落しないようにバランスを取ろうとする必死さがあった。

「……村上さんの名前、母からよく聞きました」

「何を話されていましたか」

「私の母の母の葬式に感謝していました。私の母は家族で満州へ渡った。一九四一年です。六歳です。でも、満州は厳しい。着いてすぐ母の母が病死しました。五月十二日が命日です。村上さんは母を慰め、落ち込む母の父に代わって葬式を全部しました」

「初耳です」

「母は中国で毎年、私を連れて墓参りしました。生みの親の墓だから当然です。母は当時の話、私によくしました」物を嚙む微音に続けて張の喉が鳴り、カチャッと皿の音がした。「母は永住帰国しても、母の母の命日になると、村上さんは無事に帰国できたか、気にしていました。残留孤児の集いで、行方尋ねていました」

「お会いできなかったのが残念です。私と母はハルビンの難民収容所で一年間生活してから日本に引き揚げたんです。避難行の途中に兄とは離れ離れになりましたが、無事に祖国の地を踏めました。私の兄については何か聞かされていませんか」

「聞いています。母はあなたの兄の話、一番よくしました。戦争のとき、母の父、兵隊にされました。母、一人きり。まだ十歳です。だから村上さんの家にお世話、なりました」

私は幼いころの記憶を思い出そうとした。食卓を囲む女の子――確か三つ編みの可愛い年上の娘がいたような気がする。

「あなたの兄、私の母に、守る、言いました。木の銃を見せ、ソ連兵が来ても必ず守る、と。母、嬉しかったと言っていました。あなたの兄の話するとき、とても懐かしそうでした」

当時、七歳だった兄は、開拓団に設立された煉瓦《れんが》造りの国民学校に通っていた。高学年の生徒は本物の銃で軍事訓練をしていた。低学年の兄は模擬銃を渡され、体操の時間に扱いを学んでいた。生徒たちが竹槍を持ち、一列に並んだ藁人形に威勢よく突撃する光景を興味深く眺めたものである。だが、戦争と言うのはどこか遠くの絵空事にしか思えなかった。

私は、兄が模擬銃を構え、背伸びして年上の女の子に「守る」と宣言している姿を思い浮かべた。その女の子は確か――避難行でも一緒だったように思う。兄は右手で私の手を握り、左手でその娘の手を握っていた。だが、彼女は途中で高熱を出し、山道を連れて歩くことが不可能になった。仕方なく、他の開拓団跡で中国人夫婦に託した。別れ際、兄が涙声で謝っていたのを思い出した。

ごめんな、ごめんな、守ってやるって約束したのに――。

高熱にうなされた女の子は、汗まみれの顔で『ありがとうね、タッちゃん』とほほ笑んだ。張の母が亡くなったということは、あの別れが兄との永別になったのか。真実を追ううち、忘れていた本物の兄の人間像が少しずつ思い出されてきた。

「そうそう！」張が声を上げた。「他に村上さんの一家を捜している人、いました。あなたの兄の行方、捜している人です」

「どなたですか」

「……待ってください。母の手帳を探します」

左側から紙の束を漁る音が聞こえてきた。

「ありました……ええと、曾根崎源三《そねざきげんぞう》。電話番号も書いてあります」

9

私は『液体プローブ』をコップに装着し、焼酎を注ぎ入れた。液体が針に触れたとたん、ピピピ、とアラームが鳴る。手探りで三角のケースを開け、精神安定剤を二錠、取り出した。まとめて飲み下そうとしたとき、携帯が鳴った。

「もしもし？」応対すると、無言が返ってきた。「どちら様ですか」

探るような間の後、中国語訛りのある日本語が聞こえてきた。

「村上——和久、か？」

「そうです。あなたは？」

答えあぐねているらしく、沈黙が訪れた。逡巡の息遣いがかすかに漏れてくる。

「切りますよ」

「待て！　俺は村上竜彦だ。お前の兄だ」

私は言葉を返せなかった。発しようとした声は喉の奥に絡まり、開いた口から空気が漏れるだけだった。心臓の鼓動は牛に蹴飛ばされたように肋骨《ろっこつ》を内側から打ちつけている。携帯を握る手のひらにじっとりと汗を掻いていた。

兄？　兄だって？

「あなたは――」絞り出した私の声はかすれていた。「私の兄だと言っているんですか？」

我ながら馬鹿げた問いだと思った。言わずもがなの質問を口にし、肝腎な話を遠ざけている。

「私の兄は岩手の実家にいます。悪質な悪戯《いたずら》電話なら――」

「岩手の村上竜彦は偽者だ。俺が本物だ」

自分自身、岩手の『兄』が偽者だと証明しようと調べ回り、その確信を得たばかりではないか。それなのに本物を名乗る男から電話を受けたとたん、庇っている。滑稽《こっけい》で矛盾している。たぶん、唐突な電話の主を信じられないからだろう。

「俺は自分の人生を奴に盗まれた。おかげで俺は……残留孤児として祖国に永住帰国する夢も破れた。だから密入国した。一ヵ月前だ。コンテナ船のコンテナに隠れて。偽者が俺の人生を奪って永住帰国している以上、他に手段がなかった」

コンテナ。密入国。二つの単語が私の記憶を刺激した。以前、ラジオのニュースで耳にした気がする。確か――大勢の中国人密航者が空気穴の塞がれたコンテナで死亡している中、一人が逃亡し、一人が逮捕されて入院中だという。

「そのニュースは知っています。あなたが逃亡した密航者ですか」

「そう。死体の山に隠れて、警察や入管の隙を窺っていた。敗戦後、ソ連兵の目をやり過ごすために同胞の死体に隠れて生きながらえた残留孤児もいると聞いた。同じ方法を使った」

相手の声を聞いているうちに、私は懐かしさを感じた。確かに聞き覚えのある声だ。どこか安心感を覚える声――。

「忘れたのか？　四歳だったお前は、よく俺の後をついてきたな。満州じゃ面倒を見てやっただろ。今度はお前が俺を助けてくれ」

私の本能が――血が、本物の兄だと告げている。だが、鵜《う》呑《の》みにはできない。確証が欲しい。

「あなたが本物の兄なら、私の前に現れて証明してほしい」

「駄目だ、今はまだ駄目だ。俺は追われている。危険な連中に。姿を見せたら殺される」

「危険な連中というのは？」

「言えない。誰も信じるな、俺以外は誰も」

「あなたを信じたわけではありません」

「他人行儀な喋り方はよせ。何を話せば信じる？　避難行の途中で日本兵に背を斬られたことか？　松花江を渡ろうとして流されたことか？　右腕の火傷の痕のことか？」

暖炉での火傷は、手当てした大久保しか知らなかったという。まさか本当に――。

「それとも、中国人養父母に救われ、徐浩然《シューハオラン》という中国名を与えられて育てられたことか？」

「徐浩然――それが名前なんですか」

岩手の『兄』は劉《リュウ》夫妻に拾われ、養子として育てられたという。電話の主が本物だとしたら、劉夫妻も偽者か。養父母を騙《かた》り、三人で――養父は亡くなったそうだが、それも嘘かもしれない――私や母を騙《だま》そうとしているのか。

「聞いていなかったのか。中国名だ。本名は村上竜彦」

「……私にとってあなたはまだ徐浩然です」

確証がない段階で『兄さん』とは呼べない。徐浩然は遠い昔、私が満州で遊んだ現地の子供の一人かもしれない。そう考えると、どこか声に聞き覚えがある気がするのも納得できる。開拓団には中国人労働者も多く、私や兄は彼らの子供とよく一緒に遊んだ。

『タイショウ、シヌナ、マタショウブ。ヤクソク』

開拓団を捨てた日、別れ際に『横綱』の兄と抱擁を交わした中国人の男児がいたことをふと思い出した。

「そうか……」徐浩然の声が嘆息混じりに言った。「まあいい。今はまだ徐浩然で構わない。いずれ、真実が明らかになるときが来る。とにかく、偽者の主張だけは信じるな。お前の命も危ない」

果たして偽者はどちらか。あるいはどちらも偽者か。

「私の携帯番号はどうやって？」

「……調べる方法はいくらでもある」

ごまかそうとする意図を感じた。なぜ隠す必要がある？　私の携帯番号を知っているのは、由香里、昔世話になった視覚障害者訓練センターの職員、そして残留孤児支援団体の比留間と老婦人のみ。誰かが漏らさねば分からないはずである。

徐浩然は私の携帯の番号を誰から聞いたのか。職員や比留間と私の繋がりを調べるのは至難の業だ。密入国して警察や入管に追われている身の人間には特に。では由香里か？　由香里が自分のマンションの部屋に匿《かくま》っているのか？　娘が私の実の兄を見つけたなら、決して放さないだろう。六親等以内の血縁者は夏帆に腎臓を提供できる。腎臓と引き換えに宿を提供した――。

「忠告はしたぞ」徐浩然の声が言った。「偽者に耳を貸すな。偽りの声を聞き続ければ、耳はいずれ腐って削げ落ちる」

電話が切れた。携帯を押し当てている耳には、徐浩然の不気味な警告がこびりついていた。

私は我を取り戻すと、手順を思い返しながら携帯を操作し、着信履歴を選択してかけ直した。ツー、ツー、ツー、と拒絶の電子音が返ってきた。

「接続できませんでした」電話が答えた。

私は舌打ちして携帯を閉じた。徐浩然はもう私と会話する気はないらしい。一方的に電話し、一方的に切った。

携帯を操作して娘に電話した。

「何？」由香里の声は不機嫌だった。「今から夏帆の透析なの」

「いや、それがな――」

「何なの。話があるなら早くして」

「あ、ああ。今電話があってな、その、何ていうか……」

「ねえ、また今度でいい？」

「待ってくれ。一言ですむ。訊きたいことがあるだけだ。お前……部屋に徐浩然を匿っているのか？」

「は？　誰それ」

不意打ちで推測をぶつけたにもかかわらず、由香里の反応に不自然さは感じられなかった。

「あっ、煙草が……」

「煙草？　お前、吸うのか？」

公民館の会議室で比留間との会話中に嗅いだ煙草の匂いのことが再び気になった。

結局、あの場にいた第三者は誰だったのだろう。

「悪い？」由香里が言った。「私には夏帆にあげられる腎臓はもうないけど、早死にすれば残りの一つをあげられるしね――。半分冗談。あの子の前じゃ言えない冗談。言ったらわんわん泣いて謝るから。あの子にはごめんねじゃなく、ありがとうって言ってほしい」

泣き声をこらえているような口調に胸が詰まった。

由香里は「透析があるから」と電話を切った。

私は疲労と共に息を吐き出すと、ソファに腰を落とした。何が真実で何が嘘なのか、誰が何の目的で何を偽り、誰をどう騙そうとしているのか――何も分からない。『兄』の偽残留孤児疑惑を調べはじめてから、謎は深まるばかりだ。残留孤児支援団体の比留間からは、暗に脅迫された。その帰り、私は誰かに背中を押されかけた。振り向かなければ、車に撥ねられていただろう。岩手の『兄』からの電話では、「お前がヒ素の小瓶を持ち出した姿が目撃されている」と言われた。

そして今――自称・本物の兄から電話があった。

一体何を信じればいいのだろう。

高校を卒業した私は、会社員ではなくカメラマンを選択した。だが、写真の世界こそ、絶対の師弟関係とコネと顔の広さが物を言う閉鎖社会だった。それでも挫けずにファインダーで日本各地の景色や歴史、伝統を切り取り続けた。

一九六六年、私は写真集の出版に尽力してくれた女性編集者と結婚した。三年後には由香里が生まれた。私の写真は徐々に認められ、二人の稼ぎでマイホームも手に入れた。難民収容所での悪夢のような一年間を除けば、おおむね幸福な人生だったように思う。

だが満州での過去は捨て去れなかった。血の滴る悪鬼の爪となり、私の体に傷をつけようと忍び寄ってきていたのである。最初の異変は目の霞《かすみ》だった。細かい字が読みにくくなった。しかし、早ければ四十歳前後からはじまる老眼のせいだと思い込んでいた。当時はカメラ片手に全国を飛び回るのが楽しく、体に気を遣っていなかった。

写真に影響が出はじめてようやく眼科を訪ねた。検査の結果、白内障を患っていると判明した。難民収容所で栄養失調になり、一時的に両目が見えなくなったことを思い出した。思えばあのときから眼球に爆弾が潜んでいたのだろう。水晶体には血管や神経がないので、発症しても痛みを感じないという。

薬では進行を止められない。水晶体の濁りは決して消えず、カメラのレンズと違って取り替えることはできない。視力は低下していく。手術をするしかなかった。硬くなっている核を丸ごと取り出し、眼内レンズを入れるという。聞いた話だと、局所麻酔なので体には感覚があり、周囲の声も聞こえて話もできるらしい。

説明を聞いて怖くなり、拒否した。月日をあけ、再び眼科を訪ねたときには手遅れだった。遠からず失明すると知らされ、社会的地位も人間関係も価値観も崩壊した。人生は終わったという絶望感で食事も喉を通らなかった。誤診かもしれないと他の病院を訪ねては打ちのめされ――。

〝初雪で目を洗えば目が丈夫になる〟

母から言われた故郷の俗言を実行したほど、神頼みだった。だが、何の効果もなく、四十一年間見ていた世界を失い、使ってきた文字も失った。私はそのときから常闇に溺れたのだ。

日常生活は全てが困難だった。自宅でさえ一人で歩き回れず、中学生の由香里のテスト勉強すら手伝ってやれない。食事のときは箸でおかずが摑めず、何度も失敗したすえ、苛立ちのあまり手摑みで口に放り込む始末。

失明が避けられないと知らされた時点で、生活訓練をしておけばよかった。点字、歩行、食事、外出——まだ目が見えるうちに取り組めば、後々、差が生まれるという。医者にはしつこく勧められた。だが私は何もしなかった。それをしてしまうと、光を失う未来を認めたことになってしまう。一縷《いちる》の望みさえ失ってしまう。

現実に背を向け続けた結果、私は無力な存在となった。

〝ご飯粒をこぼすと目が見えなくなる〟

子供のころ、行儀が悪かった私に母が繰り返した俗言をよく思い出した。罰が当ったのだろうか。畜生、私は悪いことをしたから失明したのではない。満州が私の目を奪ったのだ。

「白杖を買ったら？」妻の菜々美《ななみ》は何度もそう言った。「使い方を勉強して、一緒に外出してみましょうよ」

視覚障害者は、白杖を持つか、盲導犬を連れなくてはならない。道路交通法の第十四条で定められている。私は抵抗があった。そんなものに頼ったら、積み上げてきたプライドが崩れてしまう。

視力を失ってなお現実から逃げたがっていた。七年間、私の全世界は自宅の中だけだった。外出しても闇が延々と広がっているだけだ。室内と何の違いがある？　人々の喧騒？　都会の騒音？　自然の匂い？　映像がなくては、そんなもの全て幻にすぎない。

人間は視覚から情報の八十五パーセント以上を得ているという。私はそれを失った。残りの感覚で得られる情報が何も信じられず、他人の目に依存した。晴眼者に肩を預ける生活の何と楽なことか。

菜々美も由香里も、私の前でテレビを観なくなった。失明前は、家族でのチャンネル争いすら楽しく、勝った者が選んだ番組を三人で楽しんだものである。

笑い声の絶えた家庭は毎日が葬儀のようなものだった。そう、霊魂となって上空から眺めている自分の葬儀――。

失明した私が沈黙に見るのは、苛立ちの顔、うんざりした顔、不満げな顔ばかりだ。黙られていると、御しがたい怒りを感じた。

「何か言え！　どうせ逃げ出す方法でも考えているんだろ！」

私は些細なことで癇癪を起こした。菜々美が寮制の視覚障害者訓練センターを提案するたび、被害妄想に捕らわれて「厄介払いする気だな！」と怒鳴った。妻の泣き声は、相手の顔が見えないせいで薄気味悪さと苛立ちを覚えた。

由香里の成人式から一ヵ月後、菜々美が私にペンを握らせた。

「大学で必要な書類。父親のサインが必要だって」

真っ暗闇の中で文字を書くのは極めて難しい。だが、長方形の穴が開いている定規のようなサインガイドを使えば、囲いの中で名前を書けるので字が斜めにならずにすむ。

私は言われるまま自分の名前を書いた。

その日、菜々美は帰宅しなかった。私はまさかと思い、キャビネットの上や本棚を手探りした。全て消えていた。

私は妻の私物が日に日に減っていることに気づきもせず、彼女の支えに浸りきっていたらしい。後日、私たちは離婚済みだと判明した。頼み込んでも私が頑として応じないと分かっていたから、騙して離婚届にサインさせたのだ。

空の本棚を薙ぎ倒し、荒れ狂った。しかし、息が上がると、次第に冷静さを取り戻した。妻はそれほどまでに私から逃げたかったのだ。私が重荷となっていたのだ。手遅れになってから思い知った。後悔を嚙み締めてももう遅い。

文書偽造などで訴えることは可能だっただろう。だが私はそうしなかった。彼女がそこまでして逃げたいなら、追わないほうが互いに幸せだと思った。

由香里は彼女の離婚願望を知っていたらしい。当然だ。自宅から母親の私物が少しずつ減っていたら、気づかないはずがない。娘は思いとどまるように訴えたものの、決意を翻《ひるがえ》すことはできなかったという。無理もない。私は視力と共に希望の光も失った。常闇に溺れては引き上げてもらい、また常闇に溺れる――菜々美は、七年間続いた私の我がままや苛立ちにうんざりしていたのだろう。娘は私に同情して出て行かなかった。それ以来、掃除、洗濯、買い物、料理――何から何まで由香里の仕事だった。大学の帰りが遅いと、ポケベルを何度も鳴らした。洗濯一つにしろ、技術が進歩した分、妻が使っていた多機能の洗濯機は操作方法が分からない。

食事中も娘の声が必要だった。

「ご飯は右にあるから」

私は手を右に伸ばした。指先が液体に浸かり、痺れる熱さに襲われた。「熱っ

――」と反射的に腕を引いた。指先が引っかかっていた椀が引っくり返り、味噌の匂いが広がった。右というのは、対面の娘から見た方向だったのだろう。

後始末をはじめた娘に、私はぴしゃりと言った。

「右だ左だと言われても分からん。手渡してくれ」

私は闇に向かって左手を突き出した。茶碗が触れると、しっかり摑んで口に寄せ、箸で掻き込んだ。

私の唯一の楽しみは、思い出の写真を見ることだった。

仕事部屋の本棚には数百冊のアルバムが並び、キャビネットの中にはフィルムが所狭しと収められている。

「見ろ、由香里」私は秘蔵のアルバムを開いた。「右上の写真。父さんが生まれたころのものだ。一九四一年六月二十五日」

「赤ん坊が写ってる。右足首に亀の柄のリボンが巻いてある」

「『背守り』のつもりかもな。当時は、縁起がいい鶴や亀の文様を着物の背に縫いつけて、魔物を追い払っていたそうだ」

私はページをめくった。厳選した思い出の写真ばかり集めたお気に入りの一冊だ。私だけでなく、母や娘も写っている。由香里の生誕、七五三、入学式、卒業式――数えきれないほど見返したので、何ページ目にどんな写真があるか、細部まで思い出せる。

「太陽の光を浴びてお前の笑顔が輝いている」

「うん」由香里が懐かしそうに言った。「公園でピースしてるね」

私はしばしばこのアルバムを開き、娘と思い出を分かち合った。成長していく娘も、発展していく街並みも見られない私には、記憶と写真に残っている過去だけが現実だった。

別れた後の菜々美については何も知らなかった。訃報が届いたのは二年後だった。交通事故だという。指先に刺さった棘程度の痛みしか感じないと思っていたが、葬儀で私は号泣した。

木枯らしが吹きすさぶある冬の夜、私は仕事部屋で煙草を吸いながらアルバムをめくっていた。懐古の念に浸りきっていると、指先から煙草が滑り落ちた。「あっ」と声を上げ、闇の中で這いつくばって絨毯に手のひらを這わせた。どこだ？　どこに落ちた？

吸いさしの煙草は小さすぎ、探せども探せども見当たらない。机の脚の周り、椅子のキャスターのそば、積まれた雑誌の周辺――怪しいと思う場所は探し尽くした。

私は焦げ臭い煙を嗅がないか、鼻をひくつかせた。臭いはない。四つん這いで一帯を探し回っていると、指先が柔らかい物に触れた。ミミズの死骸のような感触。間違いなく煙草の吸殻だった。

ほっと胸を撫で下ろし、テーブルを手探りして灰皿に捨てた。

椅子に座ってしばらくしたとき、何かが弾ける音がした。鼻孔に煙が染みる。愕然として振り返ると、漆黒の闇が濃紺の闇に変色していた。強い光が感じられる。

まさか、と思った。炎が爆《は》ぜる音が広がっている。思わず右腕を伸ばすと、指先に熱を感じた。間違いない。部屋が燃えている。私が拾い上げた煙草の吸殻は、以前に落としたまま気づかなかったものなのだろう。迂闊《うかつ》だった。

私は闇の中でもがき、秘蔵のアルバムを探した。見当たらない。背後で炎が木材や書籍を舐《な》める音がする。

畜生――。

私はアルバムを諦めた。手探りで机を撫で、出入り口が真後ろにあることを確認する。一気に駆けようとした。顔面に炎の熱が押し寄せてきた。たじろいだ。皮膚が一瞬で焦げたような熱さだった。二の足を踏んだ。炎はどこで燃え上がっている？　ドアの周辺が炎に包まれていたら、突進したとたん焼死しかねない。右側の窓から飛び降りるか？　二階だから骨折は免れないだろう。

迷った末、出入り口に向かって猛進した。全身に熱を感じた。木製のドアにぶつかる。ノブを手探りした。煙が目と鼻に染みる。出っ張りを摑んだ。回して引き開け、駆け出た。

「お父さん！　こっち！」

腕を引っ張られた。私は階段を駆け下り、由香里と二人で玄関から飛び出した。野次馬が「火事だ」と叫び声を上げている。遠くから消防車のサイレンが聞こえてきた。

不幸中の幸いか、全焼は免れた。隣近所にも延焼しなかった。

家は修復できたが、数百冊のアルバムは大量のフィルムと一緒に灰になってしまった。人生が燃え落ちたようだった。失明前に家族や風景の美しい一瞬を切り取った写真の数々は、未来がない私にとって全てだった。それがなくなった。

私は打ちのめされた。だが――。

「お父さん！」由香里が分厚い本を差し出した。「無事だったよ。お気に入りの一冊。他の場所にあったから助かったみたい」

恐る恐るアルバムを開き、一ページ目の写真を撫でた。

「それ、赤ん坊のお父さん。右足首に亀の柄のリボンがある」

順番にアルバムをめくった。写真を撫でるたび、写っている景色や状況を娘が説明してくれた。私はアルバムを胸に抱き寄せると、滂沱《ぼうだ》の涙を流した。過去は生きていた。私の人生の証明。たしかにこの世界に存在している証明——。

以来、煙草をやめ、娘に押し切られる形で視覚障害者訓練センターに通うようになった。そこでは陽気な声があふれていた。程度の差こそあれ、同じ障害を持つ者同士の気兼ねなさや安心感があった。

白杖は身長より四十五センチほど短いものを選んだ。白杖には三つの役目があるという。障害物への衝突を未然に防ぎ、自分のいる位置を知り、視覚障害者であることを周囲に伝える——。

私は白杖の持ち方、振り方、リズムの取り方を学んだ。石突きが地面に反射する音の変化で環境を予測するのだ。住宅街の歩行、道路横断、交差点横断、交通機関の利用——様々な環境で訓練した。

「真っすぐ歩けなくても自信を失うことはありません」先生が力強い声で言った。「晴眼者でも、視覚を利用して常に無意識に修正しながら真っすぐ歩いているんです。少しずつ少しずつ、ですよ」

あるとき、外出訓練中に先生の声が途絶えた。今までは、『溝があって危険なのでゆっくり歩きましょう』などと助言してくれたのに……。暗闇のど真ん中に置き去りにされた気がし、私は「先生？」と声をかけた。無言だった。戸惑っていると、先生の声がした。

「助言が多すぎると、いつでも助けてもらえると思って甘えが生じてしまいます。本当に危険な状況ならお教えしますから、頑張ってみてください。困難を乗り越えたら自信に繋がりますよ」

正論だろう。しかし私は助けてほしかった。放置されるより、常に手を貸してほしかった。はじめは仲間意識で居心地の良さを感じたが、独力での生活を求められるにつれ、背中に重石を一つずつ積み上げられていくようだった。

結局、白杖の使い方を学んだだけで視覚障害者訓練センターを去った。むしろ多くを学んだのは由香里のほうだった。アイマスクをつけて視覚障害の疑似体験をし、移動介助や日常介助の技術を学んだ。成果は私との生活で発揮された。

料理店に足を運ぶと、メニューの料理名と値段を読み上げてくれ、届いた皿の位置をクロックポジションで教えてくれた。前、後ろ、右、左ではなく、一時間単位で説明するのだ。一枚の皿の中でも、六時にエビフライ、十時にキャベツ、二時にトマトという具合である。

私は少しずつ娘との外出を楽しみはじめた。

「今日はどんな空だ」

「雲が多い青空」

「どんな雲だ」

娘は優しい笑い声を漏らした。「カスタネットみたいな形」

今までは視覚に関する話を避けていたが、見えないからこそ、情景を教えてくれると想像できて嬉しい。世界に彩り豊かな景色が生まれる。

「クリームの甘い匂いがするでしょ。右にクレープ屋さんがある」

聴覚や嗅覚にアプローチする言葉で、外出が楽しくなるような情報を話してくれる。それだけではない。段差や歩道、混雑、車通りなどの環境的な情報も抜かりなく教えてくれる。

「看板が突き出てるから、一人でここを歩くときは気をつけてね」

「お前がいてくれるから心配ない」

会話が一瞬、途切れた。私は右手で白杖を扱いながら、左手で娘の右肘を摑んでいた。背中は曲げぎみにしている。

「身長差があると不便でしょ。歩行介助の人、頼んでみる?」

「いや、気心の知れん相手は困る。お前がいい」

由香里の声は再び途切れた。

娘が大学を卒業し、旅行代理店に就職しても『視覚障害者と介助者』の関係は続いた。恋人を紹介されるたび、私はその相手に「外出したい」「君に支えてもらいたい」「娘の負担の半分を背負ってくれ」と押しつけた。父親に気に入られようと快諾する若者も、二、三ヵ月も経てば私に関係ない様々な理由で由香里のもとを去る。

十年間で五人ほど追い払っただろうか。私は六十歳になり、娘は三十二歳になっていた。自宅に連れられてきた新しい婚約者を追い返し、椅子に座る。

「まったく、駄目な奴だな。私の言葉に何も答えられん。介助技術を学ぶ努力もできないだと」

「もううんざり!」由香里の怒鳴り声が耳を打った。「言ったでしょ。彼は毎日毎日残業で、そんな時間、ないの」

「時間なんてその気になれば絞り出せるだろ」

「……私はお父さんのおもりで一生を終えたくない」

「何だ急に。お前がいるから私は生きていけるんだ」

「いい加減にして」

「お前を育てたのは誰だと思っている」

「私は自分の人生を生きたいの。親なら応援してよ。一人での生活が大変ならヘルパー呼べばいいでしょ！」

「お前の母親みたいに私を見捨てるのか！」

「褒めておだてて怒鳴って……もう嫌なの！」

私は歯を嚙み締め、立ち上がった。腕がテーブルに当たり、ガラスの塊が床を打つ音がした。這いつくばって闇の中で手探りした。落としたグラス一つ拾えないとは――。苛立ちながら探し回った。丸みを帯びたガラスに触れると、摑み上げた。

「お父さん、私、もう寝るから。明日から朝は一人で食べて」

頭に血が上った。そのときの私は我を失っていた。無力感に打ちのめされ、怒りの衝動のままグラスを投げつけた。去っていく娘への抗議の印に壁を目がけて投げた――つもりだった。悲鳴が上がり、ガラスの砕け散る音が響いた。

私は啞然として立ち尽くした。

「顔が……血が……」

由香里の痛々しいつぶやきが耳に入ってきた。

「大丈夫か」私は声の方向に踏み出した。「こんなつもりじゃ……」

「来ないで！」由香里の声が膝の高さから聞こえた。「ガラスが散らばってるから……痛っ」

結局、これで私たちの関係も粉々に砕けた。由香里は「右の頰に深い傷が残った」と言い、二日後には荷物をまとめて出て行った。私は制止できなかった。衝動的な行動は悔やんでも悔やみきれない。罪悪感の苦みだけがいつまでも残った。

私は視覚障害者訓練センターに戻り、自立訓練をはじめた。月明かりすら存在しない大海のど真ん中に放り込まれたような困難が待ち受けていた。助けてもらえる便利さに慣れてしまうと、それが当たり前だと思い込んでしまう。

視覚に頼った生活はもうできないので、他の感覚を使った方法を身につけなくてはならない。最初は簡単な動作からだった。物を摑む訓練だ。手の中の小指側でゆっくりテーブル上を掃き、物に触れたら摑むのである。失敗を繰り返していると、自信を喪失し、人生に希望を抱けなくなってしまう。だが些細なことでも出来るようになると、自信が持てる。

昔の私は無精者で、物をぞんざいに放り出していた。だが、失明してからは置く場所にこだわるようになった。適当に置くと、次に使うとき、手探りで探し回らねばならなくなる。

　点字は習得が難しく、読める視覚障害者は一割程度らしいが、余生を少しでも快適に生きるために挑戦した。

⠁　⠉

「一段目が点一つか点二つか、この区別がつけばもう点字は読めたも同然ですよ」先生が力強く言った。「一段ずつ下に降りて、点一つか点二つか確かめていくんです」

　六十歳を超え、指の皮膚感覚が衰えているので困難だった。年老いてから第二の言語を学ぶようなものだ。一文字分だけ正確に指をスライドさせることが難しく――点字は横書きだ――、連続する文字が読めなかった。一文字ごとにそれほどスペースがあるわけではないので、点が全て繋がっているみたいで読み取りにくい。

　六点全てが凸になっている『め』が何十文字も並んでいる教材で、一文字分スライドさせる訓練を毎日続けた。行末は不揃いなので、一度読んだ行を行頭まで戻り、それから一段下の行に移る。

　半年以上根気強く努力するうち、点字一ページを一時間半で読めるようになった。先生は一年の訓練で五分を目安にしましょう、と言った。達成はできなかったが、八年経った今では十分前後で読めるまでに上達した。

一人で生活できる程度には全盲の世界に慣れた。が、孤独と喪失感だけは一時も埋まったことがない。家族がいない無縁の人生など、小さな老朽船で荒海に漕ぎ出すようなものだ。私は娘を取り戻し、孫娘と思い出を作っていきたい。

そのためには――夏帆の臓器移植を成功させるしかない。

自宅に九通目の点字の俳句が届いた。

かくいどりちまみれのてはぬぐえない

10

白杖の石突きにビニールの感触があった。叩く場所で音が変わる。段ボール箱のような音、プラスチックのような音、パックのような硬めに弾む音――ゴミ袋か。

今日はゴミの日だった。最近は忙しすぎ、失念していた。今日は諦めるしかない。

私は白杖でタッピングしながら歩きはじめた。

「ちょっと、ちょっと、村上さん」右側から女性の声がした。「うちの前にゴミ袋、捨てました？」

「え？　私はまだ出していません」

「……そう。じゃあ誰かしら。全く非常識な人がいるのね」

苛立たしげにゴミ袋を漁る音が聞こえてくる。中身をチェックして犯人を突き止めようとしているのだろうか。彼女がこちらを見ているかは分からなかったが、私は会釈してから立ち去った。

信号の前で待ちながら、点字の俳句について思案を巡らせた。不穏な響きを帯びた単語の数々。送り主は誰だろう。目的は？

特徴としては季語がないことだ。日本人なら、季節を表現する重要性を知っているはずだ。日本人なら――か。送り主が中国人だったらどうだろう。中国の俳句の『漢俳』では、季語が重視されないと聞いたことがある。

本物の村上竜彦と名乗った徐浩然か？　中国暮らしが長いと、俳句より『漢俳』に親しんでいるだろう。しかし、動機が分からない。一体何を伝えようとしているのか。彼なら謎めいた方法を選ばずとも、言いたいことは電話で話せばすむ。暗号が隠されているとしたら、そうせねばならない状況にいる者が送り主だろう。

私は横断歩道の前で信号が変わるのを待った。目の前を横切る車の走行音は絶えない。体感で二分ほど経ったとき、左側から平行に走るエンジン音が聞こえはじめた。横の車道が青信号になったなら、眼前の車道は赤信号である。耳をそばだてると、迫ってくる車の音が聞こえないか慎重に判断した。白杖で地面をタッピングしながら一歩を踏み出した。二歩、三歩、四歩――ピキッと音が響き、石突きから伝わってくる情報が消えた。腕に感じる重みが半減した。

まさかと思い、白杖を確認した。真ん中から折れていた。老人が三本目の脚にする杖とは違い、白杖には体重をかけない。それなのになぜ折れる？　自転車の車輪に巻き込まれたわけでもないのに。

私は周囲の手がかりが何もない場所に取り残され、パニックに陥った。白杖の石突きは場所、距離、方向、地形、障害物の有無――様々な情報を伝えてくれる。それを失った。

誰かが私の調査を妨害するために細工したのだ。

私ははっと思い出し、ウエストポーチから折り畳み式の白杖を取り出した。予備を常備していなければ、横断歩道の半ばで立ち尽くすはめになっただろう。

折り畳み式でない直杖には耐久性があり、石突きからの情報が直接手に伝わってくる反面、置き場所に困る。一方の折り畳み式は持ち運びに便利だが、折れやすく、繋ぎの部分が振動を吸収するので情報が伝達しにくい。

私は不慣れな折り畳み式の白杖で地面をタッピングし、何とか横断歩道を渡り終えた。

そのとき、いきなり左腕に締めつける圧迫を感じた。誰かに摑まれたのだ。不意打ちで出現した手に心臓が飛び上がる。

「何ですか」視覚障害者の手助けに現れた親切な人かもしれない。声に刺々しさが混じらないように意識した。「あの……」

「村上和久だな」煙草で喉を痛めているようなだみ声だ。

「そうですが、あなたは……？」

「俺たちは東京入管の者だ」

い、い、

私の前には二人の人間がいるらしい。東京入国管理局？ 外国人関係の問題を扱う組織だったと思う。私に用があるとすれば——岩手の実家の『兄』の件か、徐浩然の密入国の件だろう。

私は、左腕を握り締めたまま離さない相手の手を振りほどいた。

「いきなり失礼ですね」

「あの……どうかなさいましたか」若い女の声がした。「警察、呼びましょうか」

「我々は入管の人間ですよ、お嬢さん」別の男の声が答えた。「心配には及びません。入国管理手帳を確認してください」

「……ああ、法務省って書いてあります。顔写真も……同じですね。すみません。早とちりしてしまって」

ヒールの軽い靴音が足早に去っていった。

「いやはや、あなたにも確認していただけたらいいんですが……」

「お構いなく」私は言った。「疑っているわけではありません。唐突に腕を掴まれて驚いただけです。ご用件は？」

「徐浩然」だみ声が答えた。「知ってるよな。連絡は？」

戦時中の関東軍兵士を思わせる高圧的な口調だった。私は安易に答えなかった。密入国したという徐浩然は本物の村上竜彦だと名乗った。事実なら、平成の世が二十年以上も経ってなお、永住帰国できなかった残留孤児を——実の兄を強制送還させることになってしまう。

「誰ですか、徐って。韓国人？」

「しらばっくれるな。中国人だ。接触があっただろ」

「人違いではないですか？」

「徐浩然は中国で警察に追われている犯罪者でな。詐欺が専門だ。日本国籍を持つ人間を取り込んで在留資格を得ようとしている。計画を聞かされた仲間もいる」

「まさか――」慌てて口を閉ざしたときには手遅れだった。

「奴を知っている口ぶりだな」だみ声が嘲笑《ちょうしょう》した。「すでに嘘を吹き込まれた後だったか。居場所は？」

電話があったことを告げるか否か――。徐浩然は残留孤児に成りすますため、村上竜彦の経歴を調べ上げて接触してきたのか？　それとも彼を逮捕したい入管の嘘だろうか。信じるべきはどっちだ？

「居場所は――」私は答えた。「知りません」

だみ声の舌打ちに続き、足音が一歩踏み出した。相手の敵意と苛立ちは肌に伝わってくる。

「まあいいでしょう」もう一人の男の声が言った。「もし徐浩然から接触があったら連絡してください。奴は口車に乗せるのがうまい。作り上げた嘘を語るうちに自分でも信じてしまうタイプです。だから聞く者はみな騙される」

特別養護老人ホームのティールームでは、四方から介護福祉士や老人の話し声が聞こえてくる。残りの人生で一語でも多く喋りたいとばかりに早口で話す声、錆《さ》びついた機械並みにゆっくり話す声——様々だった。だが悲愴感は全くなく、花が咲くような明るさがある。

右からは、駒か碁石を盤上に打つような音も聞こえてくる。

私は椅子に座って緑茶を飲みながら待っていた。やがてキーッキーッと悲鳴を上げる音が近づいてきた。それは私のテーブルの前で止まった。

「わしが曾根崎源三だ。車椅子で失礼する」

渋柿を思わせる声だった。中国残留孤児二世の張永貴から聞いた話だと、曾根崎は元満州移民で私の兄——村上竜彦を捜していたという。

「初めまして」私は立ち上がると、テーブル越しに右手を差し出した。「私は——」

「わしは左利きでな」

私は左手を差し出した。握手した感触は、寒風に打ちのめされた枯れ枝だった。

「村上和久です」

「おお……！」曾根崎のしわがれた声に感嘆の興奮が混じった。『村上さんの次男じゃな』

「はい、そうです。曾根崎さんも満州移民だったんですよね」

「うむ。長野出身でな」

「長野県、ですか。確か満州移民を一番多く送り出したとか」

「そう。県の方針だ。大正のころより、信濃教育会では海外発展主義が主流で、移民は五大教育の一つだった。教師は生徒に海外の素晴らしさを説き、外国へ行け、外国へ行け、と教育しちょった。市町村には信濃海外協会支部が設置され、学校には拓殖科が設立された。わしの父は教育界におってな。よく聞かされたもんだ」

ふと気になった。たしかボランティアの老婦人は、『満州移民は同郷が原則だった』と言った。私たち一家は岩手出身である。

「曾根崎さんは岩手の出ではないんですか？」

沈黙が常闇を支配した。周囲で交わされる老人同士の会話の声が大きくなる。

「……絶対の原則ではない。わしらは同じ開拓団だった。敗戦の報を聞いた後、共に満州の大陸を歩いたのを覚えちょらんか？」

急に歯切れが悪くなった。言いわけがましさを感じる。何だろう。曾根崎は何かを隠しているのか？

「すみません。私は四歳でしたから」

「そうか、そうか。確かに幼い坊主だった。わしは昨日のことのように覚えちょる」

「戦後、曾根崎さんはずっと兄を捜されていたとか」

「……そう、捜しちょった。今でも夢に見る。松花江の逆巻く濁流に飲まれて消えてしまった。わしが背負ってやるべきだった。だが、わしも自分が生き抜くだけで精一杯でな……」

本心だろう。曾根崎の声は傷だらけの老樹だった。一語一語、吐き出すたび、唇を嚙み締めているようなうめきが漏れる。

「曾根崎さんのせいではありません」私自身、彼の語調に煽られたように苦悩が押し寄せてきた。「……あのとき、母は幼い私を負ぶいました。兄ではなく。だから兄は自力で川を渡らざるを得なかったんです。そして――流されました」

思えば、母は全身全霊で私を生かそうとしてくれた。ソ連兵や満人の襲撃がある過酷な満州でも、戦後の貧しい日本でも。だが、四十一歳で失明した私は、苛立ちの矛先を母にも向けた。難民収容所での栄養失調が眼病の原因になったと信じて疑わず――現に当時は両目の視力を一時的に失った――、関東軍が開拓団を守ってくれると信じて避難行を遅らせた母の浅慮を恨んだ。

「……村上竜彦さんのことはよう覚えちょる。避難行では、重いリュックにのしかかられているようにふらふら歩いちょった」

リュック？　私は引っかかるものを感じ、四歳のころの記憶を掘り起こそうと努めた。確か兄は――食料や衣服を詰めたリュックを背負っていた。寝るとき以外、肌身離さず。そう、ソ連機の機銃掃射で馬が引き裂かれ、馬車で荷物を運べなくなったからだ。その光景は鮮明に覚えている。

おかしい。

リュックを背負っていたなら、軍刀で背中を斬られるはずがない。しかし、私は兄が背を斬られた瞬間を見ている。傷も知っている。何かが違う。私の記憶が――どこか食い違っている。思い出そうとすると、激しい頭痛がした。頭蓋を木槌で殴られているようだ。

私は額を押さえてかぶりを振ると、曾根崎に訊いた。

「兄を捜されていたのは、責任を感じていらしたからですか」

「わしは――」

言葉は続かなかった。右隣からは、相変わらず駒か碁石が盤を打つ音が聞こえてくる。

「後悔しちょる。何もかも」曾根崎は一呼吸置いた。「当時、わしは難民収容所で息子と離れ離れになった。病気で死ぬ寸前で、見かねた満人が譲ってくれ、と言った。選択肢はなかった。半年後、生きながらえたわしは日本に引き揚げた。息子の安否は分からなんだ。だが二十数年前、訪日調査に出向き、息子と再会した。顔の火傷の痕で確信した。避難行の途中、爆撃に巻き込まれて火傷したのだ。わしは息子を抱き締めてやりたかった。だが、涙をこらえ、こう言った。『この人は息子じゃない――』」

「なぜそんな……」

「わしは定年退職して細々と生活しちょった。じゃから身元引受人としての重責に耐えられず、否定した。してしまった。身内でなくとも身元引受人になれる特別身元引受人制度ができたときには、息子はもう向こうで病死しちょった」

自分の言葉に押し潰されんばかりの語調だ。私は、誰にも手入れしてもらえず朽《く》ち果てていく孤独な老樹を見た。

「わしが村上竜彦さんを捜しちょるのは――」曾根崎は鼻から息を吐くようになった。「すまんな。しばし覚悟を決める時間が欲しい。だが、いつか本人に会って話をしたい。わしが命あるうちに……」

何だろう。兄と曾根崎の関係が分からない。避難行の最中、私たち一家は他の一家とあまり話さなかった――と思う。四歳のころの記憶だから曖昧で確証はない。

曾根崎は何かを隠している。そう思えてならなかった。

「そうそう」話を変えるように曾根崎のしわがれた声が言った。「当時の開拓団関係者を訪ね歩いちょるそうだな」

「はい。いろんな方からお話を伺っています」

「村上竜彦さんの行方を捜しちょるとき、出会った女性がおる。村上さんの一家と同時期に入植したそうだ」

「本当ですか」私は身を乗り出した。母と同時期の入植なら、満州で兄と長く接していたはずである。「お会いしたいと思います」

「……北海道在住でな。住所が必要なら調べて連絡しよう」

右隣で駒を盤に置く音に続き、老人の声が「ちぇっくめーと」と勝ち誇った。

11

東京は土砂降りだった。金属質の板を打ち鳴らす雨粒の音、無数の葉をざわめかせる雨粒の音——。私は左手で傘を持ち、右手で白杖を使いながら歩いていた。晴れの日は路面を叩く石突きの音も乾いていて威勢がいいが、雨の日は陰鬱な濡れた音がする。しばらく進むと、ビニールを打つ雨音が行き交っている場所に出た。雨粒の弾ける音が大きくなっては真横を通りすぎ、遠ざかっていく。

レインコートはフードで音が籠って聞こえにくく、危ないが、傘なら障害物に先に当たる分、顔の安全が守られる。

今日は点字ブロックの外を歩いた。雨の日はつるつるして危険だ。前に尻餅をついてから避けるようになった。車のエンジン音は、ボートの舳先に切り裂かれる海面のような水音を伴って、右側を駆け抜けていく。

郵便局に着くと、点字ディスプレイで操作手順を知らせてくれるATMで貯金を下ろした。受話器を取ると、音声で金額を教えてくれる。万が一にも他人に漏れ聞かれない工夫だ。個室なので、背後から誰かが覗き込んでいるのではないか、と疑わずにすむ。

昨日、携帯に曾根崎から電話があり、元満州移民の『稲田《いなだ》とみ子《こ》』という女性の住所を教えてくれた。彼女は北海道で生まれ育ち、岩手に移住した翌年に役場の勧めで渡満し、四六年に帰国して北海道に定住したという。方々に問い合わせて調べてくれたらしい。

飛行機に乗るには大金が必要だ。

私は再び豪雨の中に踏み出した。車のエンジン音も雨音の中に消え去り、我が身に迫るまで気づかない。

普段より慎重に歩いた。建ち並ぶコンクリートの建物の外壁を洗う大雨には、セメントの生臭さが混じっている。突然、大地を揺るがさんばかりの雷が耳を叩いた。稲妻が見えないため、遅れて轟く雷鳴は唐突で、炸裂するたびに心臓が飛び上がる。

進むと、鉄板に弾けるような雨音の乱打がエンジン音を引き連れ、数メートル先を行き交っていた。ときおり、クラクションがこだまする。私は恐怖に心臓を鷲掴みにされた。闇の中から突如として現れる車を想像してしまい、立ちすくんだ。タイヤの悲鳴が鼓膜を打ったときには手遅れだ。炸裂する雷鳴の轟きは凄まじく、まるで神の鉄槌が大地を打ち据えているかのようだった。

辛うじてたどり着いた自宅で郵便受けを探ると、封筒があった。リビングで封を切る。

けおされる　しのおおあらし　いきぐるし

送り主は私に何を伝えたいのだろう。過去の俳句を見ると、『裏切りの犬』『血を浴

びる』『血まみれの手』……不穏な単語が使われている。徐浩然が送っているのか？　本物の村上竜彦を名乗り、岩手の『兄』を偽者と断じた男。しかし、入管職員は徐を中国で追われている詐欺師だと言った。一体誰を信じればいいのだろう。

大雨の音に閉ざされた中で携帯が鳴った。応対すると、聞き覚えのある声が聞こえてきた。比留間雄一郎――残留孤児支援団体の職員だ。そういえば名刺を渡していた。

「何かご用ですか」

「北海道の稲田とみ子さんを捜しに行かれるとか」

私の中で警戒心が跳ね上がった。携帯を握り締める。

「……なぜそれを？」

「曾根崎さんが住所を知りたがっていましたから。調べてお教えした後、話を伺ったら、村上さんのお名前が出てきました」

「そうですか。で――」

また脅す気ですか？

「で？」

「いや」私は答えた。「何でもありません。ご用件は？」

「案内役がいらっしゃらないなら、私に同行させてください。北海道の地理には明るいもので」

「一体どのような心境の変化ですか？」私は警戒心を緩めずに訊いた。「比留間さんは私が兄を探るのに反対だったでしょう？」

「……実はですね、警察が竜彦さんを調べています」

予想外の話だった。警察が『兄』を調べ回っている？

「偽残留孤児疑惑の件ですか」

「はい。支援団体を刑事が訪ねてきました」

「刑事は何と？」

「それは——まあ、色々と」

「偽残留孤児の話なら私にも関係があるでしょ」

「まあ、そうなんですが……私も事情はあまり聞かされていないんですよ。ほら、刑事は話の専門家じゃなく、質問の専門家でしょ」

「質問内容で構いません。何を訊かれたんですか」

「竜彦さんに限ったことじゃなく、何と言いますか……私としては残念なかぎりですが、歌舞伎町界隈で偽残留孤児や二世による犯罪が頻発していまして、その件で話を聞いて回っているようでした」

「兄に疑惑があるということですよね」

「……いえ、そこまで強い疑念ではなかったようです。ですが、警察が動いているとなれば、放置してはおけません。私は竜彦さんが本物だと証明したいんです。彼の永住帰国に尽力した責任がありますから。あなたは彼を強く疑われているようですが、出発点は違えど、真実を知りたいという目的は同じです。一緒に稲田さんを訪ねましょう」

以前の不可解な脅迫がなければ、誠実な口調で信じそうになる。比留間と『兄』の関係は何だろう。永住帰国に力を貸しただけとは思えない。彼は一体何を隠しているのか。

しかし、断るのもためらわれた。無下に追い払って妨害されても困る。手綱を握る機会があるならそうすべきだろう。何より、視力を失った私は単独で旅行をしたことがない。案内人をどうするか、昨日から思い悩んでいた。『目』を得られるなら助かる。

「分かりました。一緒に北海道へ行きましょう」

具体的な相談をしてから電話を切った。直後にまた携帯が鳴った。

「もしもし？」

「俺だ」実家の『兄』からだった。「和久か？」

疑っていることを悟られてはいけない。疑われていると知れば、『兄』は母の命を奪おうと、すぐに行動するだろう。まあ、すでに比留間から私の行動は報告されているかもしれないが。

「……携帯の番号は誰から？」

「自宅の電話が通じなかったから、仕方なく由香里ちゃんに訊いた。彼女、今でも時々、電話をしてくる。腎臓の件だ」

「やめさせろってことか」

「何度も言ったろ。腎臓はやれん。ただ、今日はその話じゃないんだ。なあ、和久、お前、実家に帰ってこないか。母ちゃんの世話を一人でするのは大変なんだ」

「……目が見えない私に何ができる？」

「見えなくてもできることはあるだろ。俺が畑に出ているあいだ、母ちゃんの相手をしてるとかな」

「私は自分の世話で精一杯だ。悪いな」

とはいえ、もし『兄』が偽者だと判明したら、一人残された母をどうするか考えねばならないだろう。

「なあ、和久。今年は向こうの母ちゃんに会いに行きたいんだ。そのあいだ、母ちゃんの面倒を見てほしくてな」

偽者の台詞だと思って聞くと、白々しさを感じる。私は一言、苦言を呈《てい》したくなった。「兄さんは生みの母親と育ての母親とどっちが大事なんだ。体が弱い母さんを置き去りにしてまで中国に行くのか？」

「……比べるものじゃないだろ」『兄』は黙り込み、思案するような間を置いた。「まあ、だがやはり、育ての母親は大事だ。何十年も育ててくれたらそれはもう母親だ。絆は血に勝る」

「私は逆だと思う。血は絆に勝る。違うか？」

「普通、自分を棄てた生みの親より、何十年も育ててくれた育ての親に繋がりを感じるものだろ」

本音が漏れた――そう思った。

「兄さんは満州で棄てられたと思っているんだな。母さんが私を負ぶって川を渡ったから――兄さんを負ぶわなかったから。だから私と母さんを憎んでいる」

「ひねくれた受け取り方をするな。さっきのはたとえ話だ。俺は棄てられたなんて思っていない。俺には母ちゃんもお前も大事だ」

正直なところ、『兄』が偽者なのか本物なのか判断がつかない。

「どうだか」

「お前には理解してほしかったが……」『兄』は重い息を吐いた。「今日はもう切るぞ。受話器はちゃんと載せておけ。携帯の番号は覚えていないから面倒なんだ」

私は携帯を切ると、壁を伝い歩きして電話台に向かった。常闇の中をまさぐり、受話器を探り当てる。外れていなかった。しっかりフックに載っている。試しに携帯で自宅の番号を押した。『兄』の言うとおり、通じなかった。

電話機が故障したのか？　本体を撫でながら、電話台の下方を確認した。モジュラーケーブルがある。違和感があった。差込口に向かって持ち上がっているはずなのに、息絶えた蛇のように横たわっている。手繰り寄せると、差込口から抜けていた。

いや、引っこ抜かれていた。

背筋を悪寒が這い上がってきた。氷の刷毛《はけ》で撫で上げられたようだ。早鐘《はやがね》を打つ心音が大きく響いている。胃は絞り上げられてきりきりする。記憶が曖昧な時間に私が自ら抜いた可能性は、さすがにないだろう。理由がない。では誰かが侵入した――？

白杖が唐突に折れたことを思い出した。何者かが家に侵入し、細工したのではないか。

私は恐ろしい想像をした。悪意を持った人間が今も家で息を潜めている可能性はないか？　電話を不通にしておきながら、私に危害を加えず立ち去るとは思えない。

雷鳴が不意打ちで轟き、心臓が止まりそうになった。連続的な炸裂音だった。廊下のガラス窓がびりびりと打ち震える音がしている。

私にとって、悪意ある人間の存在は闇の中に棲息《せいそく》する影と同じく、摑みどころもなく存在が消えている。侵入者がいるなら、邪魔な私を殺すことは容易だ。寝室で息を殺し、私が寝静まるのを待ってから枕を顔に押しつければすむ。

私は緊張が絡んだ息を吐き出すと、踵を返し、廊下を歩いた。普段なら気にならない板の軋みが耳についた。自宅が幽霊屋敷に思えた。屋根を叩く雨音に混じり、私の乱れた息遣いだけが響いている。手探りでドアノブを摑むと、静かに引き開けた。半ば錆びついた蝶番が女の金切り声じみた音を立てた。

昔の娘の部屋だ。裸足の足を踏み入れると、板張りの廊下と違い、絨毯の柔らかな感触が足音を殺した。何者かが真横を通り抜けたとしたら、音は聞こえるだろうか。ただでさえ雨音に閉ざされた家は物音を聞き取りにくいというのに――。

後ろ手にドアを閉めた。これで侵入者が私と入れ違いで出ていこうとしても、ドアを開ける音で見破れる。

一歩ずつ前進しながら両腕を搔き回すも、虚無を撫でるだけだった。指先が硬質の障害物に触れる。手のひらを這わせると、長年の私の心と同じく空っぽの本棚だった。積もった埃が付着した。

本棚から壁を撫で、奥まで進んでカーテンに触る。一部の家具を除いて全てが持ち出された娘の部屋は、だだっ広い空間だった。自分の位置の手掛かりとなる家具が少ないため、不安が増した。心臓は肋骨を折りそうなほど乱打している。

私は相手が見えない。だが相手は私を見ることができる。今も目の前で様子を窺っているかもしれない。

不意打ちで拳を突き出してみた。虚空を打ち抜いただけだった。

私は肺から空気を絞り出すように息を吐くと、再び腕で暗闇を搔き回しながら出口に向かった。壁以外には何にも触れず、廊下に戻った。次は亡き元妻の部屋だった。

しかし、由香里の部屋と同じく誰もいなかった——おそらく。

両腕を真横に広げながら廊下を戻った。侵入者にすり抜けさせない小細工だったが、屈んで避けられたら無意味だろう。続けて洗面所を確認した。もし目が見えれば、眼前の鏡に男のしたり顔が映っているのではないか。恐怖に突き動かされて左腕を後方に振り回したが、壁に弾き返されて痛みを覚えただけだった。

廊下に戻り、足を踏み外さないように注意しながら階段を上った。二階が近づいてくると、突然、何者かに突き落とされるのではないかという妄想じみた恐怖に抱きすくめられた。

無事に上りきると、廊下を曲がって私室に入った。

「誰かいるのか！」

暗闇に向かって声を張り上げた。沈黙が返ってくるだけだった。忘れず後ろ手にドアを閉める。

左手で書棚に触れると、右手で宙を探りながら歩いた。壁から壁までは腕一本で届かないので、向かい側に侵入者がいて私から離れるように室内を移動していたら触れない。濃密なこの闇が液体なら、人が動くたびに波が伝わり、存在に気づくことができるのだが――。

机に触れ、ベッドまで回る。ときおり、唐突に振り返って両腕を振ってみた。無限に広がる常闇を掻いただけだった。

神経が逆立ち、発狂しそうだ。

簞笥に触れた。何げなく手のひらで撫で下ろしたとき、五段目の引き出しに指が引っかかった。最後まで閉まっていない。なぜだ？　私はいつもきっちりと閉める。誰かが開けたとしか思えない。私は中身を確認した。失明してからは不要になった帳簿類のあいだ——緊急時のために常備していた現金入りの封筒が消えていた。

空き巣なのか？　いや、空き巣なら電話線は抜かないだろう。侵入者の目的は何だ。何が欲しい？　私が調べ上げた情報か、私の命か。では誰が？　決まっている。『兄』の正体を探られると都合の悪い人物だ。そいつはまだ私の家のどこかで息を潜めているのか？　数歩前に立っているとしたら？　光景を想像したとたん、背筋が震え上がった。

半日かけて自宅を調べ回った。一度確認した部屋も念入りに調べた。精神が擦り切れると、侵入者はいないと自分に言い聞かせて床に就いたが、目は冴えたままだった。私の捜索をすり抜け、いまだどこかの部屋に潜んでいるのではないか——。朝までそんな不安が拭い去れなかった。

二日後、私への警告じみた点字の俳句が届いた。十一通目だ。

た　え　だ　え　に　も　が　き　く　る　し　む　し　か　ば　ね　よ

12

北海道

北海道の北部にある問寒別《といかんべつ》駅に降り立つと、長靴の靴底が積雪を踏み締めてきゅっと鳴った。横殴りの雪風が顔に襲いかかってくる。シベリアから吹き渡る寒気は、頬がひりひりするほどの冷たさだ。子供のころの満州の極寒を思い出させられた。だが、今や他人の家に思える自宅を離れられてむしろ解放感を覚える。

「本当に駅ですか、ここ？」私は訊いた。「人の気配がありませんね」

「貨車駅舎ですから」比留間雄一郎の声が答えた。「文字どおり貨車を駅舎にしてあるんです。窓があるコンテナをイメージしてください。駅を建てる予算の不足が原因です。北海道には多いんですよ」

私は長靴で雪を踏み締めながら歩き、「ここですよ」と言われた場所で周囲を撫でてみた。錆のざらついたアルミっぽい薄い壁がある。確かに打ち捨てられたコンテナのようだ。

駅から出ると、体を払ってからタクシーに乗った。北海道の雪は東京と違って乾いており、あまり濡れない。払うだけで全て落ちる。

「お客さん、内地の人だべか？」運転席から中年男性の声がした。

「はい」私は答えた。「人を訪ねてきました。北海道は寒いですね。一日じゅうタクシーで外を走り回るのは大変でしょう」

「いやいや、慣れたもんさ。一年の半分は雪と一緒だからね」

窓に打ちつける雪つぶての音に耳を傾けていると、スリップ音が耳をつんざいた。全身がシートに殴りつけられたように押し出され、シートベルトが胸に食い込んだ。重力が右半身にかかり、腰がねじれる。車が反転したのが分かった。

「またエゾジカだべ……」運転手の吐息が聞こえた。「申しわけない。怪我はないかね。雪道ではなかなかフィギュアスケーターみたいに自由自在ってわけにはいかないもんで」

私には全ての危機が唐突で予期できない。身構える余裕がないから危険極まりない。幸い、怪我はなかった。

「平気です。驚きましたが」

タクシーは切り返して再び走りはじめた。三十分ほど経ったころ、急に停車した。

「着きましたか？」私は運転手に尋ねた。

「いや、それが……雪撥ねするもんもおらんほどの積雪だ。これ以上、車で進むのは無理そうだべ。引き返すかい？」

「いえ」比留間の声が言った。「目的地はもう近くでしょ。歩きます」

「でも隣のお客さん、目が不自由なんだべ？」

「吹雪はさほど強くありませんし、約束がありますから」

「……そうかい。気をつけてな」

「ありがとうございます。さあ、村上さん。私が手助けします」

「しかし――」私は即答しかねた。真っ暗闇の中、見知らぬ雪の大地に踏み出して生還できるだろうか。

「車じゃ無理ですよ、村上さん。徒歩ならまだ進めます」

比留間側のドアが開く音がした瞬間、雪風が吹き込んできた。前髪が煽られる。少し経った後、私の真横のドアが開いた。

「さあ、降りましょう」

私は仕方なく積雪に長靴を半分ほど沈めた。

「お客さん、手袋をはき忘れてるべさ！」

比留間が苦笑を漏らした。「ああ、これ以上、指を失ったらスプーンも持てなくなりますからね」

以前、彼と握手したときのことを思い出した。極寒の満州で雪掻きをして凍傷になり、中指と薬指を失ったという。

「てっくり返ってあおたん作らんようにな!」

私は手袋をポケットから取り出し、「どうもありがとうございました」と運転手の方角に頭を下げた。

「かえってどうもね」

エンジン音が去っていくと、比留間の右肘を摑み、歩きはじめた。白杖は役に立たなかった。スイングした石突きは、積雪に突き刺さるだけで何の情報も与えてくれない。

「傘は差せないですね」比留間の声が言った。「片手が塞がるし、吹雪を受けてヤジロベーみたいになりますよ」

私はダウンジャケットのフードをかぶった。ファーの暖かさは、千切れそうなほどかじかんだ耳を覆ってくれる。

「村上さんはまだ竜彦さんを疑っていますか?」

徐浩然の件は隠したほうがいいだろう。入管の職員は彼を詐欺師だと言った。真偽は分からない。だが、『敵対者』が徐を本物の村上竜彦だと信じ込んだら、口封じに狙う可能性もある。

「……兄には中国人的な性格が強く表れている気がします」

喋るたびに喉が凍りついた。私は積雪から足を引っこ抜きながら歩いた。比留間の右肘を摑んでいるだけでなく、一面が雪――だと思う――なので、路上と違って会話しながらでも恐怖や不安はない。

「村上さん」比留間の声には僧侶の説法めいた響きがあった。「残留孤児は様々です。親の死亡による孤児、避難行中に手放された孤児、収容所などで連れ去られた孤児、売買された孤児――しかし、共通点は誰もが幼かったということです。調査によると、敗戦時に六歳以下が多かったそうです。中国で長年生活してきたから、考え方も生活スタイルも中国人に近いのは不自然ではありません」

「そうだとしても、私はやはり兄を疑っています。私は長年、兄と溝を感じてきました。距離を置いてからは深まるばかりです。私も母も兄と四十年の溝を埋めようと努力してきたつもりですが……」

「……竜彦さんもたぶん溝を感じてらっしゃると思います。それはご自身の墓と対面したことがしこりとなっているからではないでしょうか。村上さんの責任ではありませんが、当時、ずいぶんショックを受けられていましたから」

墓――。

一九五九年、未帰還者特別措置法が公布され、戦時死亡宣告制度が新設された。親族だけでなく、国(厚生大臣)にも失踪《しっそう》宣告の権利を与え、宣告を受けた『遺族』に弔慰金を支給するのだ。最新情報から七年経っても生存が確認できない三万三千人の残留邦人に戦時死亡宣告を下し、一万四千人の戸籍を抹消したと聞く。

永住帰国から二ヵ月後、『兄』は親族が眠る墓地に墓参りに行き、自分の名前が刻まれた墓石を見つけたという。戸籍回復の手続きを取り、この世に『生還』したと聞いている。『兄』が本物だとすれば、さぞ傷ついただろう。

「竜彦さんの怒りは、その体験に根差しているのかもしれません。七二年に日中国交が回復したとき、大蔵省は何をしたか。『死亡』した者たちのために調査費や帰国費は出せない』と言い、九年間も訪日調査を実施しなかったんです。どうか村上さん、竜彦さんの苦しみに理解を示していただけませんか」

「実の兄だと確信できるまでは、歩み寄るつもりはありません」

「……そうですか。残念です」

説得が無駄だと思い知らされたような諦念の嘆息を聞いた。

呼応するように自然が荒れはじめた。吹き荒れる雪嵐の轟音は段々強まり、世界の情報を一切掻き消してしまった。タクシーで引き返さなかったことを後悔しそうだ。

突然、比留間の右肘が私の手の中から逃げていった。

「比留間さん――！」

「あっ――」比留間の声は猛吹雪に飲み込まれていた。「携帯が――おと――戻りますから――」

呼び止める間もなく、積雪を踏み抜く足音が遠のいていった。極寒の闇に取り残された私は、ただただ呆然と立ち尽くすしかなかった。全身が凍え、歯はかちかちと音を鳴らしている。

大声で比留間の名前を叫んだ。遠吠えじみた暴風雪に掻き消され、応じる声はなかった。

時間が刻一刻と経過していく。

比留間は携帯がどうのと言っていた。どこかに落として探しに行ったのだろうか。

私はポケットから携帯を取り出し、五番目に登録してある彼の番号を選んだ。吹雪のせいか、通じなかった。

いつ戻ってくるのだろう。吹きすさぶ雪風で足音も聞こえない。比留間を待っていたら凍死しかねない。

凍死――自分の言葉が引き金となり、恐怖に襲われた。心臓が耳の真後ろにあるように、どくどくと脈打つ音が鼓膜の内側で轟いている。

比留間は戻ってくる気があるのだろうか。

彼は私が『兄』の正体を探ることに反対していた。『誰しも、知られたくない過去はあるはずです。生半可な好奇心で首を突っ込むと、不幸が訪れるかもしれませんよ』と脅迫までした。

今回のことが全て彼の罠だったら？　信用させておいて北海道の吹雪の中に置き去りにする――。

頭で否定しても、本能は疑念と不安を鷲摑みにしたまま放さない。先ほどの会話は、最後の説得だったのではないか。それが無駄だと分かり、やはり口封じするしか止める方法がないと悟ったのだ。嘘でも兄への理解を示すべきだった。彼が漏らした諦念の嘆息の意味に気づいていれば――。

私は無力だ。吹雪に閉ざされた見知らぬ土地に同行者もなく放り出されたら、右も左も分からない。体感から察するに、突き出した自分の腕すら真っ白の雪風に飲み込まれて見えないほどの猛吹雪だろう。

比留間は戻ってこない。それどころか、私が雪に埋もれるのを数メートル離れた場所で眺めている可能性もある。翅《はね》を毟ったトンボを池に放り込み、沈んでいく様を観察するように酷薄《こくはく》な目で私を見つめている――。

行動するしかない。私は長靴を積雪から引っこ抜き、一歩だけ前に出た。進むべき道筋を探るため、眼前の雪を撫でた。比留間が立っていた場所だ。彼の足跡の穴が見つかれば、立ち去った方角が分かる。だが、平らな雪の感触が広がっているだけだった。

さらに一歩を踏み出し、積雪を撫でる。平らな雪、雪、雪。体の向きを変え、真ん前を調べた。足跡の穴は見当たらない。少しずつ場所を移動しながら確認していく。

穴があった――。

私は発見した穴に自分の長靴を差し入れ、周囲を探った。九時の方向に二つ目の穴がある。足跡の深い穴から穴へ歩くうち、ふと思った。私は自分の足跡を見つけただけではないか。比留間の足跡はもう吹雪が消してしまっているのではないか。

歯を嚙み締めた。進むべき方向はもはや分からなくなった。私は北海道のどの辺りに立っているのだろう。何十メートル――いや、何キロ歩けば人家があるのだろう。

方向は？

私はとにかく歩きはじめた。立ち止まっていても凍死するだけだ。可能性があるかぎり行動するしかない。

一歩を踏み出すたび、膝まで積雪に沈んだ。足を引き抜くと、長靴が脱げた。舌打ちしながら手探りで穴に腕を突っ込み、雪を掻き分けて取り出した。暴風雪に体が押しひしがれ、ファー付きのフードが剝ぎ取られた。かじかんだ耳たぶは削げ落ちそうだ。息を吸いこむたび、鼻孔や喉が凍りつく。

真っすぐ歩いているつもりで、少しでも曲がっていたら、同じ場所で円を描き続けてしまうかもしれない。

吹き狂う雪嵐は苛烈すぎ、雪の大海で溺れている気がする。進むためにはいちいち積雪から長靴を引っこ抜き、吹雪を掻き分けなくてはならなかった。

気がつくと、私は満州の大陸を歩いていた。極寒、爆撃、怒号、すすり泣き、異国の言葉、寄り添う死の影、地中から助けを求めて痩せ細った腕を突き出しているような白樺の裸木――。呼吸するたび鼻孔に詰まる雪を鼻水と一緒に噴き出し、歩き続ける。一歩ごとに積雪に突っ込む脚は、鉄枷を嵌められたように重く冷たい。

突如、どこからか車のエンジン音が聞こえた――気がした。逆巻く雪嵐のせいで方向が分からない。複雑なジェットコースターのレールさながらに音は曲がりくねり、上昇し、下降し、また曲がり、そして私の耳に届く。右か左か、前か後ろか。車はどっちだ。

私は四方八方に向かって死に物狂いで叫んだ。大声は吹き荒れる猛吹雪に飲み込まれた。エンジン音が遠のいていく。希望の灯火は自然の悪魔に掻き消されてしまった。

絶望感に打ちひしがれ、四つん這いになろうとした。しかし、両膝まで積雪に埋まっていてはそれも不可能だった。

再び気力を奮い立たせ、足を持ち上げて歩きはじめた。雪しぶきは肌の表面だけでなく、体の芯まで凍りつかせていく。

時間の感覚を喪失したまま歩き続けた。犬とも猫とも違う、筒で切り株を打つような鳴き声が聞こえた。キタキツネだろうか。昔話のように人里まで案内してくれ――。

歩き続けていると、顔が後方に弾けた。頭蓋骨に鈍痛が響いている。恐る恐る手を伸ばすと、冷たい円柱だった。電信柱がある。道路か。期待を胸に撫で回した。雪化粧の奥にざらついた感触があった。これは樹皮だ。電信柱ではない。エゾ松か？　街路樹ならいいが、ここが裾野なら奥に進めば山中に踏み入るかもしれない。迷った末に樹木と反対側に向かった。大波のような吹雪を両腕で掻き分けながら歩いた。

進んでいるのか戻っているのか――。

凍結しかけた肌にもはや感覚はなく、全身の血管を冷水が駆け巡っているように感じた。心臓すら凍りつきそうだ。六十九年打ってきた鼓動を今にも止めてしまうのではないか。

歩き続けていると、右腕が障害物に触れた。壁に雪がこびりついていた。払い落としながら撫で回してみる。滑らかな感触があった。ガラス窓だ。人家だ。私は何度もノックし、大声で叫んだ。

「誰かいないのか！　助けてくれ！　誰か――」

だが、違和感に気づいて声が喉に詰まった。窓の位置が低すぎる。まさか――横歩きしながら撫でていく。鉄の感触。上部を確認するのは躊躇した。答えを知るのが怖い。それでも覚悟を決め、腕を伸ばして触ってみた。平たい天板がある。

人家ではない。車だ。停車中の車。雪に埋もれた車。窓を叩いてみるも、反応がない。運転手が中で息絶えているのか、車で進めなくなって乗り捨ててあるだけなのか。

ドアをこじ開けて確かめるのは不可能だ。

ただ、車があるということは、この辺りは車道なのだろう。雪原のど真ん中ではない。歩き続ければ――そして幸運に恵まれれば、人家にたどり着くかもしれない。

歩を進めるたびに上半身が反り返った。背骨が軋む音が聞こえそうだ。剥き出しの顔面に無数の氷の針が突き刺さる。

誰かの呼ぶ声が聞こえた気もするが、幻聴だろう。

今や両脚は鉛の棒と化していたが、それは細く、一歩を踏み出すだけでポキンッと折れそうだった。

私は難民収容所に立ち込める腐敗臭を嗅いだ。死体の山。死肉を貪る野犬の群れ――。

雪崩さながらの暴風雪に叩きのめされ、私は倒れ込んだ。積雪に埋もれ、上下の感覚を喪失した。雪に溺れた。息苦しい。雪の塊が顔を覆っている。柔らかな雪が吐息の熱で溶け、その水で周辺の雪がセメントのように固まった。息が詰まった。腕を掻き回そうとした。無駄だった。雪の圧迫の中では身動きが取れない。

意識と共に恐怖心も遠のきつつあった。

私は死ぬ――。

ただ、漠然とそう思っただけだった。もはや冷たさも感じない。奇妙な感触があった。右腕だ。闇の中から触手を伸ばす食人花に搦《から》めとられたようだった。

全身が引き上げられた。顔が解放された。私は雪の塊を吐き出し――口内の雪が融けていなかったのは、それだけ体内の温度が低下していたのだろう――、肺が凍りつきそうなほど冷気を貪った。心臓は破れんばかりに拍動している。

「あ、あなたは……ひ、比留間さん……か?」

返ってきたのは沈黙だった。

突然、右腕が引っ張られた。手首を握り締める手は力強い。私は前のめりになりながら歩を進めた。引き方は強引だったが、都会のど真ん中ではないのでむしろ心強かった。

「助けてもらって感謝しています。あなたは――」

反応がなく、人間の姿が想像できない。手首を握り締める確かな感触がなければ、現実ではなく幻だと思っただろう。

現地の人間なら黙り続ける理由はない。私を助けた人間は一体誰だ? 私の知っている人物か？　そうだろう。声を出せば正体がバレると恐れている。

私は腕を引かれるまま歩き、考え続けた。

私を殺したい人間が正体を隠すなら理解できる。私を車道に突き飛ばそうとした謎の人物のように。だが、私を窮地から助けておきながら正体を隠す理由は何だ？

体感で十五分は歩いただろうか。除雪されているのか、屋根があるのか、積雪が五センチほどの場所に出た。一歩、一歩、雪に沈み込むような足音が先導している。歩き方がいびつに感じる。滑り止めがないブーツなのだろうか。北海道の人間は専用のブーツを履いていると聞く。やはり本州の人間――私の知る人間なのか。

一体誰だ？　そばにいる無言の恩人は――。

真横から衝撃を受け、私は弾け飛んだ。完全な不意打ちだったので耐えることはできなかった。顔面から積雪に突っ込んだ。突き飛ばされたのだと分かった。直後、右側から遺体袋が落ちたようなぞっとする音がした。そして静寂が広がった。

無言の恩人が私の身代わりとなって襲われた！

言い知れぬ不安に捕らわれ、身動きできなかった。だがやがて右手首が握られ、引き起こされた。

何が起きたかは、一歩を踏み出して分かった。目の前に雪の小山が出来ている。屋根から滑り落ちた雪の塊だろう。無言の恩人は落雪に気づいて救ってくれたらしい。

眼前で扉が滑る音がした。腕を引かれるまま歩を進めると、横殴りの吹雪の猛攻が途絶えた。板の上を歩いてくる足音が聞こえた後、一拍の間があってから老婦人の声がした。

「おやまあ、こんな吹雪の中、よくご無事で……」

「すみません」私は息も絶え絶えに言った。「暖をとらせていただけませんか。人を訪ねる途中で吹雪に遭って――」

「村上さん、ですね」

名前を言い当てられた驚きで、返事ができなかった。

「稲田です。稲田とみ子。お待ちしておりました」老婦人の穏やかな声は安堵を感じさせてくれる。「どうぞ、こちらへ」

私は無言の恩人が立っている方角に顔を向けた。

無言の恩人はなぜ稲田とみ子の家を知っているのだろう。

彼女と知り合いなのか。それとも私が彼女を訪ねると知っている人間なのか。あるいは――一番近くの人家がたまたま稲田とみ子の家だったのか。無言の恩人は私の命を救ってくれた。しかし、安易に信じるべきではないと思う。

上り框に足を載せた直後、扉が滑る音が聞こえた。息急き切った喘ぎ声が駆け込んでくる。

「も、猛吹雪が……」比留間の声に驚きが混じった。「あっ、村上さん。ぶ、無事でしたか。携帯を落としてしまって。はぐれたときはどうなるかと……」

彼の声からは、会うはずのない人間と会ったような――そう、死んだはずの人間が葬儀の最中に現れたような戸惑いが感じられた。私はやはり暴風雪に埋もれて死んでいるはずだったのだ。

私は無言の恩人が立っていると思しき方向に顔を向けた。「こちらの方に救われました」

比留間はしばし黙り込んだ後、緊張した声音で私に言った。

「ご無事で何よりです」

13

闇の中には薪が爆ぜる音がしている。顔を向けると、光の存在が薄ぼんやりと分かる。暖炉の熱は私の体を暖めてくれた。低体温症の寸前で生き延びられた。

「どうぞ」稲田とみ子は温かいカップを手渡してくれた。「手袋はしていましたか？　手はよく温めてくださいね」

「手袋はしていました。それでも凍りつきそうです」

私は両手でカップを包み、ブランデーを数滴垂らしたコーヒーの温かさをしばらく大事にした。手のひらの血管が開き、凍りついた血液が融けて流れ出す心地だった。

ただ、室内には妙な緊張感がみなぎっていた。私を凍死に見せかけようとした比留間、正体を隠し続ける無言の恩人、私の兄をよく知るという稲田とみ子――そして私の四人が黙って座っている。

「先ほどは本当に助かりました」私は沈黙を破り、無言の恩人に言葉をかけてみた。「ぜひお名前を教えていただけませんか」

予想どおりの無言が返ってきた。私には、出会う全ての人間が影に等しい。とはいえ、会話して体に触れ合うことで存在を実感できる。だが彼――手首を握られたときの感触で男だと判断した――だけは幻同然だった。顔を向けた方向に座っているのかさえ分からない。

「稲田さん」比留間の声が私の思考を破った。「連絡を差し上げたとおり、本日は竜彦さん――こちらの村上和久さんのお兄さんのお話を聞かせていただきたく、馳せ参じました」

「はい。満州では、村上さんの一家と家族ぐるみでおつきあいしておりました。よく覚えています。和久さんはお母様が床に臥せられたとき、毎日毎日、揚げ羽根の数え唄で回復を願っておりましたね。胸を打たれたものです」

私は彼女の声に顔を向けた。記憶が刺激され、過去が断片となって蘇ってきた。たしか——私によく声をかけてくれた女性がいた。草の匂いが染みついた泥だらけのモンペ、頭に巻いた手ぬぐい、マメが潰れた手。母が倒れたとき、食事を作ってくれた。兄も私も彼女に懐いていた。避難行でも一緒だったと思う。

「稲田さん」私は頭を下げた。「満州ではお世話になりました。お元気そうで嬉しく思います。向こうでは大変でしたね」

「はい。生きるために毎日が過酷な環境との闘いでした」

「常に死が身近にありましたね。枯れた白樺林は不気味で、地中から突き出た巨大な白骨の腕に見えたものです」

返事が途絶えた。彼女にとっても、満州での避難行は苦難の記憶なのだろう。

「……そうですね。開拓団を見下ろすあの白樺林。本当に薄気味悪かったです。汗も凍りつく地で、その日を生きるために必死でした。生活は苦しかったですが、貴重なトウモロコシを分けていただいたり、村上さんのお母様には本当に感謝しています」

私は避難行の話をしたのだが、彼女は開拓団での生活の話だと誤解したらしい。

「帰国後は苦労されましたか」私は話を変えた。

「……生き別れた息子と訪日調査で再会しましたが、大都市と違って通訳が身近になく、会話に苦労したものです。息子は日本語を忘れていましたから。政府が戦後すぐに帰国を支援してくれていたら、と思います。あるときなど、日本語が話せる中国人観光客を見つけて、親子の会話の橋渡しを頼んだほどです」

「家族間で言葉が通じないのは――不幸ですね」

「はい。苦しみを人に話しても、『我が子を置き去りにしたくせに』と訳知り顔で非難されて……お兄さんも帰国されたそうですね。中国に取り残され、激動の時代を生き抜いたと聞きました」

「はい。そうです」私は少し言いよどんだ。「ただ……その兄が本当に私の兄なのか、自信が持てないんです」

「まさか、そんな。そのために本州からわざわざ？」

「真実を知りたい――その一心でした」

「お兄さんを疑う根拠がおありなんですか」

「背中に刻まれていた刀の傷が逆でしたし、血縁関係が分かりかねない病院の検査も頑なに拒絶されました」

「それだけですか？」

「……性格が攻撃的で自己中心的です。生き別れる前の幼い兄には、思いやりがありました」

「村上さん」比留間の声が割り込んだ。「理解してあげてください。竜彦さんはセンターで学ぶ機会がなかったんです」

誠実な人間を白々しく装わないでくれ。指を突きつけて先ほどの卑劣な悪行を告発したい衝動に駆られた。だが、落とした携帯を探しに行って運悪く猛吹雪ではぐれた、と主張されたら反駁の証拠は出せない。私は辛うじて自制し、言った。

「センターというのは、埼玉の研修センターですか」

比留間は「そうです」と答えると、説明をはじめた。

埼玉県所沢市に『中国帰国孤児定着促進センター』が作られたのは、八四年二月だった。白亜の研修棟があり、教室は二十室だ。宿泊棟には数畳の部屋が六十室ほどある。台所、トイレ、風呂は共用で、一部屋に家族が詰め込まれた。朝は支給された食費で自炊だ。昼と晩は弁当が配られる。永住帰国する残留孤児とその配偶者、未成年の子女は、四ヵ月五百時間の研修が受けられる。日本語、礼儀作法、生活習慣、社会常識を学ぶのである。小学生の社会見学のように、郵便局や市役所や銀行に全員で行き、利用法も教わる。

「四ヵ月で全てを学べますか？　無理です。八三年に帰国した竜彦さんは、独力で日本に馴染むしかありませんでした。当時の支援策は、帰国した残留孤児たちに一晩のオリエンテーションをさせ、日本語学習テープを渡すだけだったんです。独学は大変なことです。歳を取っているので言語の再習得も至難の業だったでしょう」

私は自分の体験をふと思い出した。失明して点字を学んだとき、それは第二の言語に思え、ずいぶん戸惑ったものだった。長年の中国生活で忘れてしまった日本語を覚え直すのは、視覚障害者が点字を覚えるより困難かもしれない。

「残留孤児は誰もが苦労しています」比留間が続けた。「研修後は、公営住宅で八ヵ月間生活保護が受けられ、日本語教室に通うことが許されていました。しかし、それではいつまでも子を呼び寄せられないので、働くしかありません。働いて働いて、中国から子を呼び寄せても、成人には支援がないので、右も左も分からないうちに社会へ放り出されます。そしてはみ出します」自分の無力さを嚙み締めているような苛立ちが声に混じった。「五、六十代で帰国したら、子は成人しているに決まっています。それなのにセンターで研修が受けられる子は、未成年者だけです。私たちは支援団体を立ち上げ、諸々の手助けをしていますが、限界があります」

真摯な語り口を耳にしていると、私を猛吹雪の中に置き去りにして事故死に見せようとしたことも被害妄想に感じてしまう。根は真面目で本当に残留孤児の現状を憂えているのだろう。そんな彼が人の死を願うほどの何かが『兄』にはあるということか。

存在するはずの無言の恩人は沈黙を守っている。衣擦れの音すら聞こえない。

無言の恩人は実在するのだろうか。室内にいるのが実は——実は三人だけだとしたら？

無言の恩人が比留間の一人二役だったらどうだ。私を無言で助けて稲田とみ子宅まで案内した後、扉を内側から開け、さも今駆け込んできたように見せかける——。思い返せば、救出された私は右腕を引かれた。彼が左手で私を掴んでいたのは、右手の指が欠けていることを知られないようにではないか。ただでさえ実体のない無言の恩人が突如、闇に溶けて完全に消えてしまった。

だが、比留間がそんなことをして何の意味がある？　自分を殺人未遂犯に見せかけるメリットがあるとは思えない。それとも、私に想像できないだけで、そうせざるをえない理由が何かあるのか？

果たして無言の恩人は実在するのか。稲田とみ子が彼に触れないのは、存在しないからではないか。だが確かめるのは躊躇した。比留間が必要に迫られて一人二役を演じたとしたら、それに私が気づいていると知らせるのは得策ではない。私の命に危機が及ぶ。

「……稲田さん」私は彼女に声を向けた。「兄の右腕には火傷の痕があるそうです。暖炉を触っていて火傷したとか」

思案するような――深く沈んだ記憶を探るような間があった。暴風雪が戸をがたがたと揺らす音が聞こえてくる。大自然が人間を威圧しているように思えた。

「農業を手伝うとき、お兄さんはいつも腕まくりをしておりましたが、火傷の痕などありませんでしたよ」

思わぬ証言だった。大久保の記憶と彼女の記憶――どちらを信じるべきだろう。

「実は――」彼女の声が言った。「あなたのお兄さん、私を訪ねてきてくださったことがあるんですよ。三年ほど前です」

「本当ですか。どのようなことで？」

「日本政府を訴えようと思っている、と」

「訴訟の話、ですか。私は兄の行動に迷惑しています。裁判費用を無心されたことも一度や二度ではありません。なぜ今さら――そんな思いが強いです。偽者が生活に困って、金目当てで難癖《なんくせ》をつけているのではないか、と疑っています」

「お兄さんをそんなふうに言わないであげてください。残留孤児たちが行った署名活動はご存じですか？」

「いえ」

彼女は説明した。孤児たちは老後のため、特別給付金を要求する十万人署名の嘆願書を国会に提出したという。残留孤児が日本人か中国人かも知らない若い国会議員もいる中、満場一致せず、廃案になった。

二回目の嘆願書提出のため、再び署名集めをはじめた。だが、七割近くが生活保護で暮らす残留孤児たちに活動費は捻出《ねんしゅつ》できず、参加できる者は少なかった。

「お兄さんは協力者の交通費を援助されておりました。借家も引き払って安アパートに引っ越し、貯金も使い果たされたそうです。それもこれも、将来の保証が何一つない残留孤児たちのためだったんです。我欲が強い偽者が他人にお金を出すでしょうか」

初耳だった。我がままな『兄』の別の顔を見せられた気がした。他の残留孤児のために私費を投じたとは……。

「……二度目の嘆願書はどうなったんです？」

「同じですよ。残留孤児に特別給付金を与えれば、他の被害者——原爆被害者、空襲被害者、シベリア抑留者にも与えねばならなくなるからです。そんな事情があったので将来のために国を訴えざるをえなかったんです」

彼女は二千人訴訟について語った。国には残留孤児の帰国を促進し、自立を支援する義務があるのに怠った、と国家賠償を求めた訴訟だ。全国十五ヵ所の地裁で約二千二百人が原告となった。それは帰国孤児の八十八パーセントに及ぶ。祖国を訴えることで身元引受人に迷惑をかけるのではないか、生活保護を止められるのではないか、国民から売国奴扱いされないか、と躊躇したらしいが、二〇〇二年十二月、残留孤児とその家族、計八百人は国会から霞が関周辺をデモ行進した後、訴状を提出した。長期の裁判が続いたすえ、大阪や東京で請求が棄却された。国が早期帰国実現義務や自立支援義務を怠ったと認めつつも、国家賠償法上の義務違反とまでは言えない、と。

一方、神戸地裁では国に賠償命令が下された。国は控訴した。判決前に亡くなる残留孤児も少なくなかったという。最終的には、国が支援を約束したことで訴訟が取り下げられた。

「兄が今さら訴訟を起こし、迷惑に思う孤児もいると聞いています。せっかく和解したのに波風を立てているんですから」

「和解案に誰もが賛成していたわけではありません」彼女のはっきりした声が答えた。「盛り込まれた内容は老齢基礎年金の満額と、単身世帯で月最大八万円の給付金の支給でしたが、厚生年金や収入があれば、その七割が給付金から引かれるのは変わらずです。実際、賛否両論ありましたが、残留孤児のあいだに溝を作りたくない、と仕方なく訴訟を取り下げたんです」

「しかし、敗訴が確実な裁判を今さら起こしたのは不自然です」

「それは時効のせいです。永住帰国から五年が経過した時点から二十年以内でないと、請求が棄却されるんです。お兄さんは焦っていたんだと思います」

八三年に永住帰国した『兄』は、二〇〇七年に訴訟を起こした。時効が一年後に迫っていたということか。

「村上さん」稲田とみ子の声が真剣な響きを帯びた。「裁判は尊厳を取り戻すためのものです。お金目当てではありません。お兄さんは間違いなくあなたのお兄さんですよ。三年前にお会いしたとき、私は当時の満州での生活について、思い出話を交わしました。本人でなければ知りえない話ばかりでした」

力強い口調は確信に満ちていた。

「偽者が本物の兄から中国で聞いた可能性はありませんか。昔、満州でこんな生活をしていて、こんな経験をしたんだ、と」

「顔に当時の面影が残っていました。あなたのお母様も息子だと確認されたんでしょう？ 母親の目をごまかすことは不可能です」

「しかし、訪日調査では間違いもありました。四十年も離れ離れになっていたら、勘違いは起こりえます」

「いいえ」断固たる口調だった。「お兄さんの具体的で詳細なお話は私の記憶とも一致しました。私が保証します。あなたのお兄さんは断じて偽者ではありません」

無言の恩人は最後まで一言も発さず、気配すら殺していた。稲田とみ子にその存在を尋ねたかったが、警戒心を剝き出しにする比留間が常に寄り添っており、二人きりになる機会を与えてくれなかった。

14

東京

病院の透析室には、透析器の機械音が響いている。私は丸椅子に腰掛け、両手の指を膝の上で絡めていた。

実家の兄が偽者でなかったなら――私の携帯に電話してきた徐浩然が本物でなく詐欺師だったなら、もう臓器提供の可能性は潰えた。兄が拒否する以上、誰も腎臓を移植できない。週に三度、毎回五時間の拘束から解き放ってやれない。

「私の腎臓が使い物にならんですまなかったな……」

私が腕を伸ばすと、手のひらに幼い手が触れた。確かな温かさがある。

「仕方ないよ、おじいちゃん」

夏帆の声は明るかった。だが、十歳に満たない子供が未来を諦め、それでも笑う――そんな境遇に置かれていることが不憫でならない。

「……移植できれば透析から解放されたのにな」

「今日は腎臓さん、元気だし、吐き気もないから楽ちん」

私が実の兄だと信じてきた男が——母が実の息子だと信じてきた男が永住権と金目当ての赤の他人だった——そんな悪夢のような真相を望んでいたわけではない。だがしかし、本物の兄が存在していたなら、ドナーになれたかもしれない。そう思うと悔しさが募る。

「解放されたらサッカーだってまたできただろうに……」

「できないことを考えてもつまんないよ。できることを考えたほうが楽しいよ。最近ね、漫画読んでるの。お母さんの腎臓貰ったときは、遊んでたら、勉強しなさい、ってよく言われたけど、今はあまり言われないし、漫画読み放題。あっ、でも勉強もちゃんとしてるよ。やれって言われなかったらやりたくなるの、あれ不思議」

幼いながら懸命に前を向こうとする言葉に胸を打たれた。夏帆に比べて私はどうだ？　光を失った日から、満州を憎み、母を責め、世の中を敵視してきた。支えようとしてくれた家族に当たり散らした。相手の我慢強さを試すかのように非難の棘を刺し続けた。

結果、何を得た？　——全てを失っただけだ。

「先生が言ってた」夏帆の声が言った。「神様はね、何でも知ってるから、その人が乗り越えられる試練しか与えないんだって。でね、試練を乗り越えたらね、ご褒美に幸せをくれるんだって」

「……そうだな。今はまだできないことが多いかもしれん。だけど、小さなことからコツコツ学んでいけば、少しずつできることが増えていく。それは楽しいことだよ、夏帆」孫娘に語るうち、それはいつの間にか自分自身への言葉となっていた。「完全な暗闇に思えても、必ず光は存在する。それに気づかないと、自分で自分を不幸にしていくだけなんだろう。時間はかかるかもしれないが、闇の中で座り込まず、光を探していこう」

難しい言い回しを理解できたかは分からないが、夏帆は「うん」と明るく返事した。

「そうだ！」私は孫娘に負けないほど明るい声を繕《つくろ》った。「今日は夏帆に土産《みやげ》があるんだ。退屈しのぎになればと思って――」

「え？　なになに？」夏帆の声が少し乗り出した。

「秘蔵の――難しい言葉だったな、つまり、とっておきの、私のアルバムだ。お前のお母さんも写っている。驚くほど若いぞ」

「見たい、見たい！」

後ろから「あっ……」と由香里の声が漏れた。「お父さん、昔のアルバムなんて夏帆には退屈でしょ」声が夏帆のほうに向かう。「漫画のほうが好きよね？　ほら、最新巻が――」

「アルバムのほうがいい！　お母さんの若いころ見たい！」

煙草の不始末による火事で一冊を除いて焼け落ちたから、夏帆は母親の思い出の写真の数々は見たことがないはずである。

私は鞄を探り当てると、アルバムを抜き出した。何ページ目にどの写真が収められているか、見えなくても覚えている。

一ページ目の右上には、足首に亀の柄のリボンが巻かれた赤ん坊の私。五ページ目の左下には、七五三で着物を着ている由香里。七ページ目の右下には、小学校の入学式の由香里――。

私は娘が写っている最初のページを開き、アルバムを差し出した。

「ほら、生まれたばかりのお母さんだ」

夏帆の息遣いが聞こえる。写真に見入っているのだ。

「……え？」戸惑った声だった。「おじいちゃん、真っ白で何も写ってないよ。消えちゃったの？」

「感熱紙じゃあるまいし、写真は消えないぞ」

「でも……本当に何も写ってないよ。あっ、ページが違うんじゃないの？」アルバムをめくる音がする。「あれれ？　他のページの写真も全部真っ白」

「そんなはずはない。誰かがすり替えないかぎり――」

「お父さん」由香里の声が割り込んだ。「すり替えられたんじゃないの」言いよどむ間があった。「元から何も写ってないの」

「そんなわけがあるか。私が失明前に撮影した写真の数々だ」

「違うの。その……本当は火事のときに、全部焼けちゃったの。お父さんのお気に入りの一冊だけ無事だったって話、あれ、嘘なの」

「馬鹿な。あの後、何度も一緒に鑑賞しただろ。お前が一枚一枚、写真の解説もしてくれた」

「飽きるくらい見せられてたから」照れたような苦笑が漏れる。「何ページ目のどこにどんな写真があるか、全部覚えちゃった」

「なぜそんな嘘をついた？」

今や察しがついていたが、本人の口から聞きたかった。

「……本当のこと言ったらお父さんが悲しむと思って。あのアルバム、お父さんのお気に入りだったから。だから同じようなアルバムを買ってきて、真っ白の写真を入れておいたの」

当時の私は、過去の記憶でしか世界を見られなくなったと思い込み、眺めることもできない写真の数々に慰めを見出していた。現実の音や声より実感があった。もしそれが全て消えたと知っていたら、歩んできた人生を失ったような喪失感に打ちのめされただろう。

私がアルバムを開くたび、娘は覚えていた写真の内容を語った。優しい嘘だった。私は思いやりに気づかず、我がままを繰り返し、娘の婚約者の重石となって交際を潰してきた。結果、娘は未婚で夏帆を産み、腎臓を提供できるはずの父親を失ってしまった。

私は何と詫びればいいか分からず、幻のアルバムをめくった。八ページ目だ。心の目で思い出を見る。

「この写真。運動会でお前が転んで大泣きしている。覚えているか」

「……もちろん。向こうから先生が心配そうに駆けて来てる」

「そうそう、そうだったな」私は次のページをめくった。「ほら、お前が弁当を食べている写真だ」

「口元にご飯粒がついてる」

私は苦笑いした。「私にはご飯粒までは見えないな」

「本当だってば」由香里は自信ありげに笑った。「口元にご飯粒つけておにぎりを頬張ってる」

私の記憶のイメージにディテールが上書きされ、より鮮明な写真となった。

「次のページの右上は――」私は胸が詰まった。「母さんが撮った写真だ。風鈴が揺れる縁側で、お前が私の肩を揉んでくれている」

「うん。私の好きな写真。蟬の鳴き声が聞こえてきそうな真夏の一枚。お父さんは庭のひまわりを眺めながら、太陽の光を横顔に浴びてる」

「懐かしいな、何もかも」私はアルバムをぐっと握り締めた。「お前は思いやりを忘れない、いい子だった。昔からずっと」感情に揺さぶられ、胸が締めつけられた。

「私は失明した苦しみをお前にぶつけ続けてしまった。お前の人生を――狂わせてしまった」

沈黙が降りてきた。

「……お父さん、私、謝らなきゃ」由香里の声は苦しげにひび割れ、一語一語が重々しかった。「お父さんの目が見えないことを悪用して嘘をついたの。一度だけ。絶対に許されない嘘」

「何だ」

「お父さんが私に投げつけたグラス」

「お前に投げたわけじゃない。壁に叩きつけようとしたんだ。目が見えないくせにあんなまねをするべきじゃなかった」

「壁に当たったの。ちゃんと壁に当たった。そして割れた。破片が飛んできたけど……私は怪我をしなかった。顔に怪我をしたっていうのは嘘なの。一生の傷が残ったっていうのは嘘。卑怯な嘘」由香里の声は湿っていた。「私はお父さんの世話から逃げ出したくて、残酷な嘘をついた。お父さんの障害を悪用したの」

疑わなかったと言えば嘘になる。晴眼者の知り合いに頼めば、傷の真偽は確かめられただろう。しかし私は怖かったのだと思う。私を騙して離婚届にサインさせた妻と同じく、娘がそんな嘘をついてまで私から逃げたがっていた事実を知ってしまうことが。

「全ては私の責任だ。私がお前に嘘をつかせた。そこまで追い詰めた。お前が苦しむことはない」

ずっと助けてもらうことが当たり前だと思っていた。風呂で背中を流してもらっても、着替えや食事を手伝ってもらっても、感謝の一言すらなく、さも介助が娘の義務であるように振る舞った。無償の善意を強要した。それは私の傲慢だった。

健常者であれ障害者であれ、悪いことをしたら謝り、助けてもらったら礼を言う――そんな〝人間として〟当然のことを忘れていた。娘だからと甘えてしまっていた。

今になって気づいた。無償の善意とは、子から親ではなく、親から子に与えるべきものである。夏帆への腎臓移植のように。

「私、家族を取り戻したい……」由香里の湿った声はやがて濡れ、明らかな嗚咽に変わった。「離れ離れで憎み合っていたくない」

私も同感だった。自分の疑心暗鬼から兄を疑い辛辣《しんらつ》な態度を取り続けた。兄が遺産目当てにヒ素を盛っている、というのは思い過ごしだろう。兄は岩手の実家で体が弱った母の世話をしながら生活している。そこには思いやりがあった。

人生は固定された大きな砂時計だ。砂が残り少なくなってきても、引っくり返せない。私には後悔がないだろうか。愛すべき人を愛し、支えるべき人を支えてこられただろうか。私には砂がどれだけ残されているだろう。年老いた母には？

一度母と旅行してみるのも悪くない。稲田とみ子の言葉を信じ、兄を疑うのをやめよう。三人で――思い出を作ろう。

15 京都

京都駅のプラットホームは騒音であふれ返っていた。吹き抜ける風の轟音や、駆け足で喧騒の中を突き進んでいく靴音、親子連れらしき話し声、サラリーマン同士の愚痴があちこちから聞こえてくる。

ホームでは寿命を削る緊張を強いられる。谷に架せられた橋に欄干《らんかん》がないなら、晴眼者は目を閉じて歩く度胸があるだろうか。

兄は母の車椅子を押している。帰省したときに手料理を振る舞ってくれたのは、ずいぶん膝に無理をしていたのだろう。電車の乗り降りは、駅員に前もって連絡しておいたから快く手伝ってもらえた。私も助けてもらった。健常者に一方通行のサポートを要求するだけではない。障害を抱えていようとも、健常者を気遣えること――それが今の私のささやかな誇りだった。

京都駅は私にとって空港同然に広く、複雑に入り組んでいた。クリームの甘ったるい香りが右側から漂ってくる。

「岩手を出るなんて、何十年ぶりかねえ」母の嬉しそうな声がした。

渡満しなかった岩手の伯母が他界すると、家を譲《ゆず》り受けた母だけが故郷に戻った。それ以来、母は数えるほどしか村を出ていない。

私たち三人はタクシーに乗った。裏庭に竹林が広がる宿――娘が予約時に確認した情報だ――に着くと、荷物を置いた。窓を開けると、鹿《しし》おどしの竹筒が水を受けて石を打っているのか、コーン、コーンという音が聞こえてくる。風流な日本庭園の映像が鮮やかに浮かび上がってくる。

「和久」兄の声が言った。「俺は湯を入れてくる。お前は母ちゃんの靴下、脱がせてやれ」

自分で脱げる、と母は言い張ったが、私は向こう脛《ずね》を探し当てた。撫でると、骨ばっていて鉄骨のように硬かった。

「母さんの脚、こんなになっていたんだな……」

「大事な息子をずっと支えてきた証だからねえ。でもなあ、もう支えてやれそうにないねえ。お前が苦しんどるときに立ち上がることもできんなんて、情けないよ」

「何言っているんだ。俺は一人で立てるよ。歩けるよ」私は母の靴下を脱がせた。

「できないことがあったら何でも言ってくれ」

「馬鹿言うな。息子に負担かける母親がどこにおる」

母にとって子はいつまでも子なのだろう。四十歳になろうと、五十歳になろうと、六十歳になろうと――。

「お前の目の病、母ちゃんがあの世に持っていけるもんなら、持っていってやるのに……」

胸が詰まり、胃がきゅっと締まった。娘を取り戻す前なら、贖罪の台詞《せりふ》に聞こえただろう。以前の私は、満州で母が判断を誤ったせいで過酷な避難行になった、と思い込んでいた。そして難民収容所で目に爆弾を抱えた、と。

「俺は平気だ。だからそんなこと言わんでくれ」私は母の手を握り締めた。「死なんでくれ。長生きしてくれ」

母は答えなかった。代わりに私が話した。

「俺は母さんに苛立ちをぶつけた。何度も何度も。悪かった。……恨まれても仕方ない」

「アホな。親が子を恨むもんかね」

母の声には呆れたような調子があった。それでどんなに救われただろう。重荷が下りたようだった。

　風呂には順番に入った。母が転倒したり溺れたりしないよう、兄が介護した。扉ごしに浴室から聞こえてくる兄の気遣わしげな声は、心底、母を大事にしていると感じた。偽者のはずがない。消えたヒ素の小瓶は何かの間違いだ。私の記憶障害を利用して兄が母殺しの罪を押しつけようとしている、という考えは疑心暗鬼の産物だろう。

　夕食は京料理だ。私が娘にインターネットで探してもらった。朝掘りの京タケノコである。タケノコの釜炊きご飯、若竹煮、タケノコの刺身――。

「〝初物を食べると、寿命が七十五日延びる〟」私は言った。「昔、母さんが言っていたよな。故郷の俗言」

　タケノコは顎に少し力を入れるだけで半分に分かれ、ダシの旨みが染み出した。

「柔らかくておいしいだろ。歯が悪くても食べられる」

「本当！」母の声は子供のようにはしゃいでいた。「おいしいねえ」

　母の喜ぶ声を聞いたら、旅行を計画した甲斐があったと思った。母の声は子守唄のように優しく、私は心地よい安心感を抱いた。連日の苦悩は過去の深奥に消え去り、幸福感に満たされた。七十代を目前にして人生を取り戻した――そんな思いがあふれる。

「母さん、もっともっと長生きしてくれよ。俺よりも」

「アホ。息子より長生きしたい親がおるもんかね」

「それでも長生きしてほしい」

私は笑った。母は苦笑いを漏らした。

翌日、足を運んだのは産寧坂だった。失明する前——確か三十代半ばに訪れたことがある。当時は石畳の坂道や虫籠窓付きの伝統家屋、茶店風の住宅、土産物店、陶磁器店、料亭が並んでいた。風情があった。

「江戸時代の町並みみたいだろ」

「そうだねえ」母の声が感慨深そうに答えた。「歴史を感じるよ」

「桜はどうだ」

私の記憶の映像では、真っ黒い瓦屋根の上から、枝垂《しだ》れ桜が垂れ下がっていた。緑と花の生臭さを含んだ春風が吹き渡るたび、天から下げられたピンク色のレースのカーテンのようにさわさわと揺れ動き、桜吹雪が舞い散る——。

「綺麗な桜。さすが京都だねえ」

私はふと思った。母は気遣って近代化を隠しているかもしれない。産寧坂が三十年前と変わっていたらどうしよう。江戸時代を思わせる建物が軒並み潰れ、雑居ビルが建ち並んでいたとしたら――。

　白杖で地面を打ちながら歩くと、頬に軽い感触が触れた。指先で摘まんでみる。花びらだ。もし町並みが台なしになっていたら、桜は存在しなかっただろう。たぶん、京都は昔ながらの風情を留め、観光客の目を楽しませているに違いない。

「母ちゃんはな――」兄の声が言った。「〝赤ん坊を洗った湯水を日の当たるところに捨てると、順調に育たない〟って言ってな、お前の体を洗った湯を日陰まで毎日捨てに行ってたんだぞ」

　故郷の俗言だろう。母は私を大事に大事に育ててくれた。今になってようやくそのことに思い至るとは――。

　四条通りを目指してゆっくり進み、八坂神社の楼門《ろうもん》に出ると、祇園の喧騒が広がっていた。肌に柔らかく貼りつく春の陽射しが感じられる。前髪をさらう風は優しい。

　祇園白川は、昔と同じなら、格子戸の茶屋が並ぶ石畳の道が伸びているはずだ。艶《あで》やかな着物姿の舞妓が行き交い、満開の桜並木から散った無数の花びらが川のせせらぎと共に流れている――。

　花びらがこすれ合うざわめきが天から降ってきた。桜並木のトンネルか。春風と共に肌を撫でるかすかな感触は桜吹雪だろう。

「どうだ、母さん。綺麗か」

「綺麗《きれい》な景色だねえ」母の声に濡れた感慨が混じる。「あの世に近い母ちゃんに見えて、まだまだ先が長いお前に見えんなんて、神様は本当に不公平だねえ」

「やめてくれよ。今じゃ、もう慣れたよ」

兄が押す車椅子の車輪が石畳を進む音と並行して歩いた。白杖がカツッカツッと規則的な音を立てている。

胸がちくちくと痛んだ。母はいまだ罪悪感を抱いているのか。全ては私のせいだ。失明が避けられないと分かったとき、母は私の家に来て世話をしてくれようとした。だが私は突っぱねた。

『敗戦のとき、母さんが判断を誤らなきゃ――』

当時、母は何度も謝った後、私の目の回復を祈って揚げ羽根の数え唄で願掛けをはじめた。だがそれは耳障りで、苛立ちが募り、私は羽根を叩き落とした。母はそれを拾い上げると、文句も言わず、また突きはじめた。私はそんな母に背を向けた。物悲しげな数え唄が追ってきた。

悔恨の過去を噛み締めながら歩いていると、車椅子の車輪の音の上から母の声が言った。

「そういえば……和ちゃん。昔、母ちゃんが倒れたとき、数え唄の願掛けしてくれたなあ。あれ、嬉しかったんだよ」

母の声が数え唄を口ずさんだ。

一番初めは一の宮
二は日光の東照宮
三は佐倉の宗五郎
四は信濃の善光寺
五つ出雲の大社

私も思わず声を合わせた。

六つ村々鎮守様
七つ成田の不動様
八つ八幡の八幡宮
九つ高野の弘法様

十で東京招魂社
これだけ心願掛けたなら
我が子の病も治るだろう

私は最後の節を『我が母』と改変した。唄い終わると、桜の花びらの囁きだけが聞こえる沈黙がしばらく続いた。

「最近はねえ、命が自分の体から逃げていくのを感じるんだよ。それを引っ張って、何とか引き留めてるの」咳が聞こえた。「あんたたち息子を残して逝くのは心配で心配で……」

彼岸を見据えているような口ぶりに胸が締めつけられた。車椅子は桜並木の石畳をゆっくりと進んでいく。

「和ちゃん。もし母ちゃんが死んだら、夏帆ちゃんに臓器をやっておくれ。今のうちに意思表示というやつをしておくよ」

「……駄目なんだよ、母さん。それは夫婦間か親子間のみなんだ」

最近、臓器移植法が改正され、死亡者が親族に臓器を優先的に提供できるようになったが、祖父母や曾祖父母は対象にならない。腎臓移植には原則として年齢制限がないものの、七十歳を目安にしているところもあり、高齢の母では生体腎移植も難しい。

「母さんが死んでも、赤の他人に臓器が渡る。順番待ちの後列に並んでいる夏帆には移植されないんだ」

「……そうなのかい。母ちゃんの死が役立てばと思ったんだけど、難しいもんだねえ」

「やめてくれ、縁起でもない！　母さんは長生きしてくれよ。夏帆だってそのほうが嬉しいさ」

「苦しんでいるひ孫の姿を見るのはつらいよ、和ちゃん」

「夏帆は——何とかなるさ。きっと」

半ば自分に言い聞かせながら、車椅子を押す兄の気配を窺った。なぜ母にこんな悲しいことを言わせておくのか。親思いの兄なら、一度適合検査を受けてみてもいい、と口にし、母を安心させるのが当然ではないか。それなのに検査は拒んだまま——。

疑惑が再び頭をもたげてきた。北海道で話を聞き、兄が偽者ではないと思い直した。しかし、確信はない。自分の心を騙し続けることはできない。

謎は依然として残っている。何通も届く不穏な点字の俳句、携帯に電話してきて本物の兄だと名乗った徐浩然――入管職員は彼を詐欺師だと言った――、お前がヒ素の小瓶を納屋から持ち出す姿を見た村人がいる、と語った『兄』の目的。

『兄』は本物の兄なのだろうか。一度疑心に捕らわれると、容易には振り払えない。

「和ちゃん……」母が探るような声でつぶやいた。

「ん？」

「兄ちゃんとなんかあったんか？」

「何で？」

「お互いによそよそしかったらすぐ分かる。母親だからねえ」

「……何もないよ。心配いらん」

「仲良くしなきゃいかんよ。兄弟なんだから」

兄弟、か――。

私の代わりに『兄』が答えた。「心配すんな、母ちゃん。俺らは力を合わせて生きていくよ。だから縁起でもない話はするな」

『兄』の言葉は私の胸に空々しく響いた。

私たちは茶屋で一休みした。ヒノキの芳香が漂う店内でカウンター席に座り、仄かに桜の香りがする饅頭を食べた。

途中で『兄』が用を足しに席を外すと、私は深呼吸した。

母に話すべきか否か。

私の疑惑を知れば母は悲しむだろう。『息子が生きていた！』と大喜びした母の涙声が忘れられない。赤の他人だと判明したら、心臓が止まってしまうほどのショックを受けるのではないか。

だが、偽者が兄に成りすまし、何かを企んでいるのだとしたら、胸にしまっておくことはできない。母が疑うつもりで見れば——先入観を捨てれば、我が子かどうか判別できるだろう。

「……母さん。兄さんは？」

「まだトイレ」

「そうか」

「どうしたんだい、和ちゃん」

私は深呼吸した。いつの間にか拳を握り固めていた。私の一言が家族の関係を全て変えてしまう。そう考えたら、怖くて唇は縫いつけられた。母は私の緊張を見て取ったたろうか。

「実は……」私は墓石のように重い口を辛うじて開いた。「兄さんが本物かどうか疑っている。成りすましかもしれない」

息を呑む音がした。「和ちゃん、あんた、どうしてそんな……」緊張を帯びた母の声は、若干震えていた。「何をアホな」

「疑いはじめたら不審なことが多すぎて、開拓団で一緒だった満州移民や残留孤児に会って話を聞いたんだ。一度は思い過ごしだと思ったが、やっぱり気になってしまうんだ。思い当たる節はないかな。本当に兄さんなのか？　息子に再会できたって信じたい母さんが思い込んでいるだけで、もしかしたら——言いにくいんだけど、騙されているかもしれない」

母はしばし黙り込んだ。離れた場所に座っている観光客のはしゃぎ声だけが聞こえてくる。

「和ちゃん、あんた、いかんよ、いかん」観光客の会話が止んだほど強い語調だ。

「そんな……そんなことしちゃいかん。今さら兄ちゃんを調べ回っちゃいかんよ」喉に真綿でも詰まったように苦しげな咳をした。「本物か偽者かなんて……もうどうでもいいことだよ」

母の言い回しを聞いて私は愕然とした。長年信じてきた世界が突如引っくり返り、瞬く間に崩れ去ったような衝撃だった。心臓が破れ鐘となって高鳴り、汗が噴き出した。

母は兄が本物ではないと知っている――。

そうだったのか。得心が行った。日頃から母が『兄』より私に優しいのは、私が次男だからではなく、母が『兄』と四十年間離れていたからでもなく、『兄』が偽者だったからか。

「一緒に実家で暮らしはじめてから他人だって気づいたのか？　それとも訪日調査のときか？　全てを承知で認知したのか？」

最初から全てを承知した上での認知なら、母はなぜ偽者を我が子として迎えたのか。何か特別な理由があるのか？　兄に成りすましている男と母の関係は？　本物の兄と名乗った徐浩然のことは知っているのか？　何一つ分からなかった。

「母ちゃんには何も答えられんよ、和ちゃん。お願いだから墓を掘り起こすようなまねはやめておくれ。後生だから……」

16

東京

夏帆の腎臓病が悪化したとの報が入り、三泊四日の予定を二泊で切り上げた。由香里からの電話によると、できるかぎり早く腎臓移植が必要だという。伯父さんにもう一度頼んでほしい、と懇願された。だが私には無理だった。今では『兄』が偽者だと知っている。適合検査をすれば他人だと判明し、医師が移植を許可しないだろう。

それにしても、母が他人だと承知しながら訪日調査で認知し、涙を流して感動の再会を装ったとしたら、なぜ？　赤の他人の中国人を残留孤児として迎えて何の利益があるのだろう。

中国人——？

『兄』が日本人だったらどうだろう。身元引受人がおらず、日本に帰国したくても帰国できない中国残留孤児を同情から引き取ったのだとしたら……いや、同じ日本人だからといって、母が赤の他人にそこまで親切にする理由がない。母が息子と再会してしまったら、ボランティア団体も『村上竜彦』をもう捜さない。偽者を生き別れた実の子として認知したことで、本物を捨てることになる。

避難行を決意した日、母は家屋の柱に自分たちの名前と実家の住所を日本語と中国語で刻んだ。『お父ちゃんが戻ってきて、お母ちゃんたちの行方が分からんと困るだろ』と母は説明した。冷静に考えてみれば、渡満前に暮らしていた実家の住所を父に教える必要はない。刻むなら、岩手の実家に帰る、という一言でよい。住所は不要だ。

中国語を併記した理由も解せない。実は私が読めない中国語で誰かへの符牒《ふちょう》が刻まれていたのだとしたら――？

京都旅行は仮初《かりそめ》の幸福だった。新たな謎と疑惑を生んでしまった。夜の都会に迷い込んだ一匹の蛍《ほたる》に似て、希望に見えた仄明かりは広大な闇に飲まれて消えてしまった。

東京に戻った私は、そのまま病院に足を運んだ。入院中の夏帆を見舞った後、私は由香里に「どうしても無理だと断られた」と伝えた。娘の悄然とした声には――一抹の希望が消えた暗い声には、息苦しいほど胸が締めつけられた。

本物の兄は生きているのだろうか。死んでいるのだろうか。数日間、思い悩んだ。

自宅で夕食を摂っていると、チャイムが鳴った。手探りで壁のインターホンを見つけ出して応じた。

「どちら様ですか」

「村上和久さんですね」三十代くらいの男の声だった。「東京入管、入国警備官の巣《す》鴨《がも》と申します」

東京入国管理局？　本物の村上竜彦と名乗った徐浩然の件だろうか。彼とは携帯で一度話したきりだ。

「ご用件は？」

「中でお話ししても構いませんか」

私はつかの間迷ったものの、「はい」と答えた。闇の中で壁を伝い歩きし、玄関のドアを開けた。入国警備官は二人組らしい。改めて挨拶してから彼らを招き入れ、リビングのソファに腰を下ろした。

「『例の詐欺師』の件ですか」

単刀直入に切り出したのは、他人に長々と居座られたら落ち着かなくなるからだ。必要以上に踏み込まれると、目隠しして素っ裸を晒しているように無防備な感じがしてしまう。

「詐欺師？」巣鴨の口調には訝しむ響きがあった。「二週間ほど前にあなた方の同僚から聞きましたよ」

「はて。入管の者があなたに接触するのは初めてですが」

接触、か。犯罪者に対するような物言いに腹が立ったものの、私は感情を押し殺した。

「路上で声をかけてきたでしょう。東京入管を名乗りましたよ」

入管を名乗った――私は自分の台詞でおぞけ立った。そう、あの二人組は入管を名乗っただけだ。証明したわけではない。いや、確か通行人の女性が入国管理手帳を確認してくれた。だが、もしそれが芝居だったら？　三人目の仲間を用意しておき、通りすがりを装わせて入管だと保証させるのだ。私はまんまと信用する。ではあの二人組は何者だ。中国語訛りはなかったので、日本人だろう。徐浩然が詐欺師だと言い、居場所を知りたがっていた。

「どうやら――村上さんを欺いた人間がいるようですね」

「……あなた方の目的は何でしょう。本物の入管職員だとして」

「証明が必要なら、信用できる方を呼ばれても構いませんよ」

巣鴨の声に動揺は微塵もない。

「結構です」

「そうですか。では前置きはなしにしましょう。実は二月の半ば、日本のコンテナ船による密入国事案がありました」

「ラジオで聞きました。大多数が死亡したとか」

「はい。生存者は二人。一人は隙をついて逃亡し、もう一人は入管が拘束中です」

逃亡したのは徐浩然だ。以前、電話でそう言っていた。

「村上さん、あなたはどう関与しているんですか」

一瞬、言葉が耳を素通りした。

「関与？　私がコンテナ船を操舵したと言えば満足ですか」

「お気を悪くされたらすみません。正直に申し上げますと、村上さんが密入国に関与しているとは思っていません」

「でも私が何か疑われているんでしょう？　理由を教えていただきたい」

「……点字の俳句、です。実家のほうに届いているでしょう？」

例の俳句の件がここで出てくるとは予想していなかった。

「確かに届いています。不穏な内容で意味不明な。名前がないので差出人に心当たりもありませんが」

「差出人は先ほど話した拘束中の密航者です」

「は？　密入国した中国人ですか。ますます意味が分かりません」

「何か隠していらっしゃるのでは？」

「なぜそう思うんです。中国人に知り合いなどいません。あなたが生まれるよりも前なら、満州で遊んだ中国人はいますが。六十五年も昔です。その中国人の名前と年齢は？」

「名前は馬孝忠《マーシヤオジヨン》。年齢は三十五歳だそうです。正確には分かりませんが。なにぶん、向こうはお金次第で身分証明書が作れますからね」

私が想像したとおり、俳句の送り主は中国人だったのか。漢俳では季語が重視されないという。不穏な句の中に季語が用いられていなかった理由は正しかった。

そのとき、離れた場所――棚がある方向から小さな物音がした。私は神経を尖らせ、眼前の相手の気配を探った。今、目の前には一人しか座っていないのではないか。

「捜索令状を見た覚えはありませんよ」私は棚の方角を睨みつけ、確信を持った口調を心掛けて言った。「視覚障害者の部屋をこっそり漁るのは、メディアが喜びそうな行為ですね」

しばしの沈黙の後、棚の方角から神経質そうな男の声がした。

「もちろんお宅の臨検の許可は取っていません。誤解しないでください。手持無沙汰で何となく置物に触っていただけなんです」

「鈴でもお貸ししましょうか。手持無沙汰なら鈴で遊んでください。居場所が把握できて助かります」

「……失礼しました」足音が近づいてくると、テーブルを挟んで対面にあるソファが体重を受け止める微音がした。

「とにかく、その馬という中国人が私の知り合いとは思えません」

「それは妙ですね」巣鴨の口調に厳しさが忍び込んだ。「無関係の人間に俳句を送るでしょうか。私どもはそこに暗号が隠されていると考えています。句の内容は密航の様子を匂わせています。馬孝忠は空気穴が塞がれたコンテナ内で妻子を亡くしているんですよ。天后宮のお守りを握り締めたまま息絶えている姿は哀れなものでした」

覚えている俳句の一部を記憶の底から引っ張り出してみると、確かに『我が子と妻は夢破れ』『日のいずる国を目指して』『死の大嵐』という単語が用いられていた。ただ、それよりも――。

「入管は俳句の内容を摑んでいるんですね。二週間前、侵入者の存在を疑ったことがありました。あなたがたの仕業ですか？　俳句を盗み読むために忍び込んだんですか？」

「侵入者の存在が疑われるなら、警察に相談されるべきですね。私どもが俳句の内容を知っている理由は、法を犯したからではありません。入管が送付の手助けをしたからです」

「は？」私は眉を上げ、表情で疑問への答えを要求した。

「職員の監視下にある中国人が目を盗んで何通も封筒を送れるとお思いですか。私どもの協力が必要不可欠でしょう？」

「入管がなぜそんなまねを？」

「順に説明しましょう。馬孝忠は、密入国の手段や斡旋者について尋問しても、黙秘し続けていました。調べたところ、彼は二年前まで日本で十年間不法滞在を続けていたようです。だから日本語は流暢でした。辛抱強く問いただすと、不法滞在が発覚して強制送還され、再び不法入国を試みたと分かりました。退去強制の処分を受けた場合、五年間再入国ができませんからね」

「その中国人が密入国した理由は金ですか」

「それもあるでしょう。しかし、主な動機は別のようです。一人っ子政策を推し進めている中国では、役所に届けられない二人目の子は、『黒孩子《ヘイハイツ》』と呼ばれています。

戸籍がなく子を自国で育てられないため、家族四人で日本を目指したようです。当人から聞き出せたのはその程度です。何にせよ、私どもは困り果てました。逃げた一人を除けば、唯一の『情報提供者』ですからね。ですが、ある日、彼は『日本の知り合いに手紙を送りたい』と言いました」

「……なるほど。それを利用しようと思ったわけですね。手紙の内容を検閲すれば、何らかの情報が得られる」

「察しがいいですね。当然、馬孝忠もそれは承知の上でしょう。彼は『相手は目が見えないので点字で送りたい。点字の本が欲しい』と言いました。用意してやると、彼は本を丸一日眺めた後、受け取った点字器で四苦八苦していました。ですが、やがて一句打ちました。宛先はあなたの実家でした。私どもは俳句を調べましたが、何も読み取れませんでした。すると、彼は一日置きに一句打ちました。全てが揃ったときに暗号が浮かび上がるのでしょう。彼は先日、計十四通の俳句を送り終えると、『もう点字器はいらない』と言いました。しかし、全ての俳句を並べて読み解こうとしても、不可能でした。そこで仕方なくあなたを直接訪ねることにしたんです」

「私が共犯者なら、暗号ではないと答えるでしょうね」

「……実のところ、入管はあなたが中国の密入国斡旋組織——蛇頭《じゃとう》の仲間だとは考えていません。失礼ながら何日か監視させてもらいました。ですが怪しい行動はなく、早々に監視を解いています」

「正直、私には全く心当たりがありません。……いや、待ってください。俳句は本当に私宛だったんでしょうか」

「村上和久、と書いてありました」

「実家に届くので兄が『転送』してくれていました。考えてみれば、兄には俳句を盗み見する機会があります。馬孝忠が私宛に見せかけて、実は兄に暗号を送っていた可能性は？」

「それも考えましたが、点字で送った以上、違うでしょう。それともお兄さんを疑う理由がおありですか」

――母ちゃんには何も答えられんよ、和ちゃん。お願いだから墓を掘り起こすようなまねはやめておくれ。後生だから……。

母の切実な懇願が胸に迫ってくる。兄の正体を探るな、と訴えた母の真意は何だろう。兄に成りすましている男は何者だ？　入管に暴露したら母を悲しませるだろうか。

しかし――偽者だとしたら、私は兄と認められない。いかなる事情があろうと、母は私を信じてくれなかったではないか。信用していたなら、隠し立てせず事情を語ってくれたはずである。

「兄は中国残留孤児なんです」私は天を仰いで息を吐いた。「私は兄が偽者ではないかと疑っています。何者かが村上竜彦に成りすまし、実家でのうのうと生活しているのではないか、と」

「ほう。興味深い話ですね」

目が見えれば、巣鴨の瞳がきらりと光ったのを見たかもしれない。そんな口調だった。

「他には何も分かりません。力になれず申しわけありません」

「……いえいえ。貴重なお話、ありがとうございました」巣鴨の声が立ち上がった。「俳句の謎が解けたらぜひ連絡を」

疑惑を口にしたことを後悔するはめにならねばいいが――私は母の顔を思い返しながらそう願った。

巣鴨が電話番号を教えて立ち去ると、私は届いた点字の俳句を全て取り出し、ソファに座り込んだ。京都旅行中に実家に届いていたものを含めた計三通を『兄』が送ってくれていた。それを含めると、確かに十四通になっていた。順番に並べる。

まいそうも　されずさまよう　たましいよ
おんねんが　こころのほのお　もやさせる
んもなくし　われとらわれて　かごのとり
さいおうの　うまはかえれど　われひとり
もうあえぬ　わがことつまは　ゆめやぶれ
にげまわる　うらぎりのいぬ　おいつめる
ろがおどり　こころもへやも　ゆれうごく
ひのいずる　くにをめざして　ちをあびる
かくいどり　ちまみれのては　ぬぐえない
けおされる　しのおおあらし　いきぐるし
たえだえに　もがきくるしむ　しかばねよ
はがれづめ　かきむしるかべ　ちがはねる
やえざくら　つみかさなりて　あらしのよ
このあたま　さかさまにして　こえをきく

入管の監視下で検閲を承知で送るのだから、点字の俳句に暗号が隠されていることは間違いない。

横書きの点字を撫でながら、意味を読み取ろうと努力した。縦に読んでみた。斜めに読んだり、文字を入れ替えたりしてみた。隠された文章などは現れず、ただの不気味な俳句でしかなかった。

だが何十回と指先で撫でているうち、ふと不自然さを覚えた。コンテナの中で妻子を失った苦痛を語る俳句の中、一句だけ毛色が違う。最後の句――。

『このあたま　さかさまにして　こえをきく』

これだけ他の句のような恨みがましさを感じない。『声』とは一体誰の声だろう。おそらく――送り主の声だろう。つまり、最後の句が暗号を読み解くヒントなのだ。『頭』を逆さまにしたら暗号が解けるということか。では『頭』とは何だろう。『子の頭』か？　それとも『この頭』――頭文字か？

『まおんさもにろひかけたはやこ』

頭文字を順に読んでみた。文章にはならない。問題は『逆さま』の意味である。『逆さま』にするにはどうすればいいのか。とりあえず末から読んでみた。

『こやはたけかひろにもさんおま』

小屋は岳か広にもさんおま――意味は通らない。だが、考え方は間違っていないと思う。『頭文字』と『逆さま』が鍵だ。

別の理由で不自然な一句『んもなくし　われとらわれて　かごのとり』がある。頭文字が『ん』だ。普通なら『うん』＝『運』と書くはずだ。字数を合わせるなら、『うんなくし』でいい。そこをあえて『ん』と表記した理由――そうせざるをえなかった理由があるのだろう。それは『逆さま』にするには『ん』でなければならなかったということだ。三つ目の句の頭文字『ん』は、『逆さま』にされる前提で無理やり当てはめられたのだろう。つまり、『ん』が頭文字の鍵となる証拠ではないか。

だが、『逆さま』とはどういう意味なのか。

私は考え続けるうち、巣鴨の話を思い出した。

『点字の本を用意してやると、彼は本を丸一日眺めた後、受け取った点字器で四苦八苦していました』

馬孝忠はなぜ丸一日も点字の本を眺めていたのだろう。日本語が流暢に話せる晴眼者なら、点字の対応表を見るだけで点字は打てる。墨字――点字でない普通の文字の暗号を考える時間が必要だったなら、点字の本と睨めっこをする必要はない。

実は点字の中にこそ暗号が隠されているのではないか。

私は頭文字の点字を撫でながら、点の形を想像した。

ま　お　ん　さ　も　に　ろ　ひ　か　け　た　は　や　こ

⠵ ⠊ ⠴ ⠱ ⠾ ⠇ ⠚ ⠧ ⠡ ⠫ ⠕ ⠥ ⠌ ⠪

私は頭の中で点の左右や上下を入れ替えてみた。

ま　つ　ほ

⠵ ⠝ ⠮

『ま』の上下を入れ替えると、『つ』になった。『ま』の左右を入れ替えると、『ほ』になった。他の文字も試してみた。だが、『お』の上下を入れ替えた点字は記号のようなものだ。『ん』は『る』になり、『さ』は『よ』に、『も』は『せ』になったが、『つおるよせ……』では意味不明だった。左右を入れ替えた場合も同じく、文章にならない。

私は小休止し、ダイニングに行って冷蔵庫を開けた。扉の裏側の位置を撫で、一番右に収めてある牛乳パックを取り上げた。屋根型パックの上部に半円に欠けた切欠きがあるのは、生乳百パーセントの印だ。

リビングに戻ると、グラスに取りつけた『液体プローブ』で八分目まで注ぎ、飲んだ。ふと、舌に残る牛乳に妙な苦みを感じた。賞味期限が大幅にすぎたのか？　日付が読めない私はコンビニを信用して購入するしかない。賞味期限切れの食品が混ざっていたら、予想より早く腐りはじめても気づかない。

グラスを置くと、不快感が残る舌を口内でもてあそびながら暗号の解読を再開した。体感で三十分ほど経つと、頭の中で文字を想像し続けるのに疲弊したので、点字器でメモしながら考えることにした。専用のタイプライターやパソコンを持っていないので、昔ながらの道具を使っている。巨大な定規のようなものに、六行三十マスの四角い穴が開いているプラスチック製懐中点字器だ。それに点字用紙を挟み、一マスに一文字ずつ、先端が針になっている点筆で点字を打っていくのである。

読むより打つほうが面倒だ。点字用紙の表側に凸部が必要なので、点筆を使うときは裏側から打たねばならない。当然、右から左へ書かねばならないし、点字の六点の配列も左右が逆になる。

逆、か――。

私は頭文字を打った点字用紙の裏側を撫でた。凸部ではなく、凹部が並んでいる。もしかすると――私は自分の閃《ひらめ》きを確かめるため、新たな点字用紙を懐中点字器に挟んだ。『逆さま』というのは、点字を凸部で読むのではなく、凹部で読むのではないか。

頭文字の凹部を点筆で打っていく。

ま　お　お　ま　ん　え

『ま』の凹部を凸部に替えると『お』になり、『お』は『ま』に、『ん』は『え』、『さ』は『の』、『も』は『あ』になる。ただし、左側の三点が凸になっている『に』に対する点字――右側の三点が凸――は存在しないので、『に』は『に』のままにした。『ろ』は『は』になる。『に』と同じく『ひ』に対する点字もない。『か』は『と』になり、『け』は『を』になる。

文章が意味を成していくにつれ、背筋が凍りつくおぞけを覚えた。点筆を握る手は汗ばんでいる。

『た』は『こ』になり、『は』は『ろ』になる。

まさか――。

早鐘を打つ心臓は今にも破裂しそうだった。

『や』は『し』になり、最後の『こ』は『た』になった。

密入国に絡んだ暗号文などではない。これは私に宛てた告発だ。送り主の馬孝忠は、兄に成りすましている男の罪を告発している。

お　ま　え　の　あ　に　は　ひ　と　を　こ　ろ　し　た
⠊⠵⠋⠎⠁⠇⠥⠧⠞⠔⠪⠚⠳⠕

お前の兄は人を殺した――。

全身の産毛が逆立った。首の真裏がひりひりする。

誰だ。私の兄に成りすましている男は誰を殺した？　場所は？　馬孝忠は強制送還される二年前まで、十年も日本で暮らしていたという。兄に成りすましている男の殺人を知ったのはそのときなのか。それとも、偽者が訪日調査で永住帰国する前――中国でか。殺されたのは私の本物の兄ではないだろうか。母は全てを知っているのか？　承知の上で認知したのか？　そうだとしたらなぜ？

何も分からない。母に問いただすしかない。

急に胃が気持ち悪くなった。泥まみれの手で内壁を搔き回されているようだ。人を一人殺した人間は二人目にも躊躇しないだろう。消えたヒ素は誰に使われるのか。母か、それとも――。

胃の不快感は心理的なものに違いない。

私は自分に言い聞かせると、グラスを摑んでダイニングに行き、腐りかけている牛乳をシンクに流した。

17

岩手

故郷は大雨に閉ざされていた。密集する建物のせいで空が狭い東京と違い、農村では雨がそのまま地表に降り注ぐ。畦道の泥水が雨粒で弾ける騒音だけが全てだった。湿った草と土の生臭い香りが足元から立ち上ってくる。

私は白杖の石突きで水溜まりを破りながら、実家に向かった。

——お前の兄は人を殺した。

兄に成りすましている男は誰を殺したのか。なぜ殺したのか。冷酷な殺人者なのか。次の標的はいるのか。私が持ち出したことにされたヒ素は何に使われるのか。

まるで滝に囲まれているようだ。周囲の状況の手がかりとなる音は消えている。不意打ちで大木を引き裂くような雷鳴が炸裂した。心臓が飛び上がる。雷雲の中を歩いているかのように轟音が間近で聞こえた。暗い空を真っ二つにする青白い稲光が見えた気さえした。

私は立ち尽くした。足は一歩も前に出ない。村に着いたとたん、大雨に襲われたのは不運だった。右に進むべきか左に進むべきか、実家までの距離はどのくらいなのか、何も分からない。雨のせいで人通りがなく、助けも求められない。

十分か二十分、雨ざらしになりながら歩き回った。鳥すら撃墜しそうな豪雨だ。天を仰ぐと、顔面に叩きつける猛烈な雨粒で溺れそうなほどである。老婦人の声が背後から聞こえたのはそのときだった。困っていることを伝えると、私の実家まで案内してくれた。糠床の上で足踏みしている感触と音を引き連れ、歩いた。

「戸に馬鍬《まぐわ》があっから、気をつけな」

馬鍬か――。昔、母がよく口にしていた故郷の俗言を思い出した。〝三月の雷と四月の雷には馬鍬を吊るせ〟。膝を痛めて寝込む日が多くても、ゲン担ぎは続けているらしい。私は礼を言い、吊るされた馬鍬に注意しながら戸を滑らせた。実家は静まり返っていた。靴を脱いで洗濯バサミで摘むと、玄関棚に白杖を立てかける。

「おーい!」呼びかけた声は、大雨に掻き消された。私の体重を受け止めた板張りの廊下が軋んだ。が、騒音が足音を殺している。ざらついた土壁を撫でながら茶の間に向かった。濡れそぼった体から廊下にしたたり落ちる水滴の音は、血のように思えた。

ふと奈落に続く洞穴を進んでいる気がした。なぜだろう。前に帰省したときは、懐かしき故郷の農家だったのだが……。今は異質な空気を嗅ぎ取っている。

下着とシャツは雨でべっとりと濡れ、不快なほど体に張りついていた。泥水に浸した雑巾に包まれている気分だ。

土壁が途切れると、ふすまを滑らせた。縁を握り締めながら茶の間に入る。かすかにガスの残り香を嗅いだ。わずかにたわむ畳を踏み締めながら進む。

「……誰かいないのか？」

返事はない。人の気配もない。不安に喉頸《のどくび》を締め上げられる。外出中か？　だが『兄』はともかく、膝が弱っている母まで大雨の中、外を出歩いているとは思えない。

不吉な予感に胸が掻き毟られた。

一歩を踏み出した瞬間、何かに蹴躓いた。砂袋のような物体の上に倒れた。四つん這いになりながら手を這わせる。盛り上がった布団だった。中には――明らかに人間が寝ている。

「……母さん？　それとも、兄さんか？」

恐る恐る声をかけた。胃は痛く、心臓は激しく動悸を打っている。私は胸を押さえつけた。静まれ、静まれ――と念じ続けた。無駄だった。鼓動は加速する。

私は息を呑むと、布団をそっとめくり、手探りした。痩せさらばえた体を衣服が包んでいる。兄ではない。母だ。

心臓の鼓動がますます高まった。手のひらを滑らせ、肌に触れる。あまりの無反応に思わず手を離した。

まさか……まさか、そんな……。

触れるのが恐ろしかった。現実を否定したかった。覚悟を決め、腕を伸ばした。耳の真裏で聞こえる血流の音が不快だ。手のひらが肌に触れた。生命の温かさがない。

私は息を喘がせながら両手で撫で回した。そんな、そんな――やめてくれ。母の体は全く反応がない。

母は――息絶えていた。

私はかぶりを振った。手遅れだった。殺された。『兄』に殺された。殺されてしまった。茶の間に足を踏み入れたときに嗅いだかすかなガスの匂い。『兄』が元栓をひねり、ガスを漏れさせたのか？　母は一酸化炭素中毒で死んだのか？

全身を駆け巡る血液は煮えたぎっているのに、頭の中と臓腑は冷たくわなないている。自分の上半身が揺れているのに気づいた。気が遠くなりかけたが、畳に手をついて持ちこたえた。

――生半可な好奇心で首を突っ込むと、不幸が訪れるかもしれませんよ。

母が殺されたのは、私が偽残留孤児疑惑を入管職員に告げたからかもしれない。母は『兄ちゃんを調べ回っちゃいかん』と懇願したのに、私は話してしまった。自分を偽者だと知っている母を『兄』が口封じに殺したのではないか。母の死は――私が過去を探ったせいなのか。私は自分の迂闊さを呪った。

母の声が永遠に消えてしまった。自分の体調より私の人生ばかり心配していた母の声は、二度と聞けない。これが私の愛した母の最期なのか。喉に感情が込み上げてきた。震える唇を噛み締め、嗚咽をこらえた。

警察に――警察に通報しなければいけない。

立ち上がったときだった。雨音が支配する闇の中、衣擦れの音を聞いた気がした。心臓が一際強く脈打った。心拍数が跳ね上がった。何歩か先だ。闇に溶け込む影が存在している。人の気配がする。

茶の間に犯人がいる。

私は唾を飲み込んだ。渇いた喉が鳴る音は、相手にも聞こえるほど大きかった。

「……誰だ。そこにいるのは誰だ」

私が一歩を踏み出すと、足音が躊躇なく動いた。大回りするように畳を蹴立てる音が駆け抜けていく。

「待て！」私は足音を追おうとした。硬質の障害物に脛をぶつけ、それが揺れ動いた。何かが滑る音に続き、重厚な音が畳に落下した。液体が飛び散る音。

向こう脛の鈍痛に歯を噛み締めたときには、板張りの廊下を踏む足音が遠のいていた。悔しいが、逃げる晴眼者に追いつくことはできない。

畜生！　茶の間に踏み入ったとき、犯人と対面していたのだ。雨音と雷鳴で私の訪問に気づかなかったのだろう。ふすまが開いた瞬間、心臓が飛び上がったに違いない。だが、視覚障害を患っている私だと気づき、息と気配を殺して逃げる隙を窺うことにした――。

母を殺した犯人が目の前にいたのだと思うと、前歯が折れそうなほど歯嚙みせざるをえなかった。

両膝をつき、座敷机と畳に手のひらを這わせた。先ほど落ちたのは何だ。これは……？　長方形の硬い物体――陶製だろうか。いや、形状から察するに、すずりだろう。では飛び散った液体は墨汁か。母は手紙でも書いている最中だったのかもしれない。

私は座敷机の上を確かめた。紙は載っていない。母の死体を前にしながらも、妙に気になった。書き終えたなら、すずりも片付けてあるはずだ。放置してあったということは、筆で文章をしたためている途中で襲われたのだろう。では、なぜ手紙がない？　犯人が持ち去ったのか？　それとも、すずりと一緒に畳に落ち、私が探り当てられないだけか。母は誰宛に何を書いていたのだろう。

そのとき、遠くから『兄』の大声がした。

「戸が開けっ放しだぞ！　畑は心配ない！」

18

何もかもあっという間に進んだ。

私がガスの残り香や不審者の存在を訴え、警察が動いた。諸々の状況から、母が死んだのは午後六時五十分から七時半までのあいだと考えられた。『兄』が警察に「戸に馬鍬が吊るしてあったから、母は雷が鳴りはじめた時間には生きていたはずだ」と説明したので、降雨後から私が訪ねるまでが死亡推定時刻らしい。

『兄』は雨が降りはじめたころから帰宅するまで、畑で三人の村人と一緒だったという。鉄壁のアリバイがある。しかし、『兄』が犯人だった場合、馬鍬の件は鵜呑みにできない。降雨を予測し、雨が降る前に母を殺害しておいて、戸に馬鍬を吊るしてから出かけた可能性があるからだ。それなら茶の間にいた人間は何者なのか。

　私は全ての真相が警察の捜査で判明すると信じていた。だが司法解剖の結果が出ると、警察は『事件性なし』と判断した。死因は急性の心臓死だという。私は一酸化炭素中毒やヒ素中毒の可能性を主張したものの、「妄想」の一言で片づけられた。あげく、「逃げていく不審者が確かにいた」という私の懸命の訴えは、『相手の姿を見たわけではないんでしょう？　雷が落ちる音を足音と聞き間違えたんじゃないですか』と切り捨てられてしまった。

　通夜が行われ、村人たちが出席した。焚かれた抹香《まっこう》の匂いが立ち込める中、僧侶の読経が続いている。ときおり、辺りから数珠《じゅず》がジャラッと鳴る音が聞こえてくる。

　喪主は不本意ながら『兄』が務めていた。由香里は、退院した夏帆をルームメイトの女性看護師に預け、出席している。

　『兄』は母の死にどんな表情で向き合っているのか。悲しみの言葉を口にしておきながら、油断して唇の端を緩めたとしても、全盲の私には知る術がない。その顔を撫で回して造形を確かめたい衝動に駆られた。記憶の中の兄の顔と永住帰国した『兄』の顔の造りの違いを感じ取れたらいいのに――。

僧侶の合図があると、『兄』に続いて焼香に立ち上がった。由香里の腕を借りて焼香台まで進む。おそらく、私の真正面には母の遺影が掲げられているだろう。私は死体を発見したにもかかわらず――そのときはあれだけ動揺したのに――、今では母がこの世から永遠に消えてしまった実感がなかった。失明して以来、私は声だけの常闇に住んでいる。だから母が死んでしまっても、母が黙り込んでいる状況と変わらない。

私は左手に数珠を持ったまま合掌し、娘の腕に誘《いざな》われて抹香を三本の指で摘み上げた。額の高さまで持ち上げ、香炉に落とす。

通夜が閉式し、通夜振る舞いの席が設けられた。食事は田舎らしく精進料理だ。大往生だと信じている参加者たちの会話に悲愴感はなく、誰もが明るい口調で思い出話に花を咲かせている。

「――嫁っこはどうした？」

老人の質問に若者の声が答えた。

「〝妊婦が葬式に出れば難産する〟って、欠席しました。僕はその手のゲン担ぎは信じないんですけど……」

「いやいや。先人の教えは守っだほうがええぞ。〝鶏の初卵を屋根越しに投げると、卵をたくさん産む〟と言ってでな。うっかり忘れだ年はほんどにあまり産まん」

「……僕は都会っ子ですから」

私は話に交ざる気も起きず、持参した精神安定剤を二錠、酒で飲み下した。最近はやめていたが、母の死で飲まずにはいられなかった。

私が飲み干すたび、「じゃーじゃー飲むべシ」と誰かが注ぎ足した。

「なあ、和久」隣から『兄』の酒臭い声がした。「通夜の日に言うのもなんだけどな……」

「何だ？」

「ああ、実はな、この家を売ろうかと思っている。土地も一緒に」

「代々続いた家だぞ」

「墓や葬儀で入り用だろ。それに俺一人で暮らすには広すぎる」

「裁判費用に充てる気だな」

「……いや」少し間があった。「訴訟はやめるつもりだ。思えば、お前にもずいぶん迷惑をかけたな。すまなかった」

急な心変わりの理由は何だ？　あれほど裁判に固執し、勝訴のために人生を捧げてきた男が一体何を企んでいる？

「和久、俺は裁判費用のために家を売りたいんじゃない。ただ――諸々の状況を考えれば、今が売り時だと思っている。それだけだ」

「株の売り買いみたいだな。好機を逃さず、即断即決」

「母ちゃんが死んだんだぞ。好機もクソもあるか、馬鹿たれ」

「……母さんが殺されたとき、私の前にいたのは誰だ。あんたが雇った実行犯じゃないのか」

　急に周囲の会話が途絶えた。

「いい加減にしろ！」『兄』の声には鞭打つ響きがあった。「警察が心臓死だと診断しただろ」

「私はガスの残り香を嗅いだ。警察が到着したときは霧散していたが、たしかに嗅いだんだ。雇った実行犯がいないとしても――元栓を開けて家を出たら、アリバイを手に入れられるもんな」

「酔いすぎだ、和久。妄想も大概にしろ。ガスが漏れていたら、母ちゃんは匂いで気づいたはずだ」

「母さんが寝た隙を見計らったんだろ」

「七時前だぞ。寝ているものか」

『兄』の口調に苛立ちが混じりはじめた。相手が感情的になれば、本音や隠し事が漏れるかもしれない。私は酒の勢いを借りて言った。

「年齢を考えたら、疲れて布団に入っていてもおかしくない」

「……そもそも台所のガスで人が死ぬのか」

「ガスじゃなきゃ、ヒ素を盛ったんだろ」

「あの小瓶を持ち出したのはお前だろ」

「私に罪をなすりつける気か」

「お前こそ——！」

「……お前こそ、何だ。最後まで言ったらどうだ」

「ああ、言わせてもらう。母ちゃんが死んだ後、あの小瓶、石熊神社に埋めたよな。使ったヒ素を隠したんじゃないのか」

唐突な反論は意味不明で、私の耳を素通りしかけた。アルコールと精神安定剤の回りはじめた頭で考える。

「新しいデマが登場したな」

「目撃した村の人間がいる。母ちゃんが死んだ日の夜、お前が白杖を突きながら石熊神社に歩いて行った、小瓶を持ったまま神木《しんぼく》の根元をスコップで掘っていた、ってな」

『兄』の確信と自信に満ちた台詞を聞き、胸がざわっとした。当夜の記憶は精神安定剤の副作用で濃霧に包まれている。その中から神社の真っ赤な鳥居が浮き上がってくるようだ。

私はコップを空にすると、自分で注ぎ入れた。『液体プローブ』を使わなかったので、液体があふれて手の甲を流れ落ちた。気にせずに口をつける。

「私の記憶を操作する気か」

「岩渕《いわぶち》さんに聞いてみろ」

「どうせグルなんだろ。母さんの遺産を山分けするのか？」

諦観の籠った『兄』の長息が聞こえた。

「ちょっとちょっと」正面から老年の女性の声がした。「こんなとぎに馬鹿な兄弟喧嘩なんがして」

私は無視して『兄』に言い放った。「あんたは私の本物の兄か？」

「……お前の兄は俺だ。昔からずっとな」

「例の点字の俳句、告発だったよ。『お前の兄は人を殺した』。そんな暗号が隠されていた。入管に捕まった中国人が送り主だった。名は馬孝忠。彼はあんたの過去を知っているぞ」

「俺は誰も殺したことはない。馬孝忠なんて中国人も知らん」

右隣から老人の声がぴしゃりと言った。「おめだ、いい加減にしろ！　お母さんが悲しむぞ。それにな、お兄さんはずっと一生懸命にお母さんの世話をしとったんだ」

私はコップの酒を呷《あお》り、喉を焼きながら胃まで流れ落ちていく液体の刺激的な辛さに酔った。

「私は真実を調べ上げ、全てを白日の下に晒してみせる！」

決意表明――いや、『兄』への挑戦状だった。

「馬鹿野郎！　お前が余計なまねをしなけりゃ――」

余計なまねをしなければ何だ？　殺さずにすんだのに――。『兄』はそんな責任転嫁の言葉を漏らしかけたのではないか。

「村上さん……」誰かの声がした。「車椅子に乗った曾根崎源三さんちゅう人がヘルパーの人と来とるよ」

来てくれた――と思った。一瞬で酔いが醒めた。通夜の日取りが決まると、私は母や兄を知る元満州移民たちに連絡を取った。祖母の命日――五月十二日が近い二世の張永貴は、墓参りに帰国する費用を貯めているから仕事を休めないという。『満州では村上秀子《ひでこ》さんに母の母の葬儀で世話になったのに、すみません』と断られた。

「私がお呼びしました」私は声の主に言った。「曾根崎さんをここに案内していただけませんか」

曾根崎は『兄』と対面したらどんな反応を見せるだろうか。

数分後、畳を踏み締める複数の足音が入ってきた。ヘルパーらしき男性の声が「どうぞ」と言い、曾根崎が「うむ」と応じた。特別養護老人ホームを訪ねたとき、彼は私の兄を捜していると言った。だが、理由は語らなかった。

『いつか本人に会って話をしたい。わしが命あるうちに……』

曾根崎は感嘆の声を上げた。

「おお！　村上――村上竜彦さんだな。日本に引き揚げてから会いたいと思っちょった。何十年も中国に残留していたと聞いたが」

「……あなたは？」『兄』の声が怪訝そうに訊いた。

「同じ開拓団の満州移民だよ」私が答えた。「忘れたのか？」

「いや……ええと、曾根崎？　覚えがない」

「だろうな」私は侮蔑と皮肉を込めて言った。「あんたは他の一家の名前だってろくに知らないんだろ」

「そんなことはない。大河内さん、金田さん、高村さん、稲田さん、平野さん、原さん、大久保さん……まだまだ思い出せるぞ」

「開拓団名簿は便利だな、え？　支援団体にあったのか？」

「俺を疑うならその名簿を調べりゃいい。曾根崎という名があるか」

「聞いてくれ、村上さん」相変わらず傷だらけの老樹を思わせる曾根崎の声が割り込んだ。「彼がわしを知らんのも無理はない。実はわしは――開拓団の人間ではないのだ」

私は突然の告白に返す言葉を見出せなかった。曾根崎は私の一家と同じ開拓団で生活していた、と言っていた。彼は避難行に同行し、難民収容所で息子と離れ離れになったという。そして後年、訪日調査で再会した息子に金銭的な理由などから『息子じゃない』と言ってしまい、責任を放棄した自分を責めていた。

「わしは村上竜彦さんに謝るため、馳《は》せ参じたという次第だ」

謝る？　私は曾根崎の真意を測りかねた。

「わしは――」老樹の樹皮に刻まれた傷が増えたかのような口調だった。「わしは――満州に移民した農民ではない。元関東軍なのだ。村上さん一家とは開拓団で一緒だったのではなく、避難行の途中で出会った。あの軍人たち——その中の一人がわしだ」

　思い出した。私たちと遭遇した関東軍兵士らは、死者の衣服を剝ぎ取り、民間人に成りすました。敵軍に捕らわれたとき、軍人のたどる運命は過酷だったからである。あの子連れの兵士が曾根崎だったのか。彼が同郷でなかった謎が——長野県出身だった謎が——解けた。言われてみれば、口調にも軍人っぽさが残っている気がする。

「空襲、爆撃、襲撃……わしらは極限状態で疲労困憊し、松花江にソ連の軍艦が待ち構えちょると思い込んでいた。子供の泣き声は敵兵に存在を教えることになる。だから——」曾根崎の声は自責の念に押し潰されんばかりだった。「あの日のあの瞬間のことは今でも忘れちょらん。子の泣き声は銅鑼も同然だ。口を封じる——わしはそう言った。そして軍刀を抜くと、君の弟を斬り捨てようとした」

「ああ。そこで俺が和久を庇った」

「そう。君が飛び込んできた。わしの軍刀は君の背を切り裂いた」

　私は耳を通り抜けかけた言葉を辛うじて捕まえた。

　軍刀で私が斬られそうになった？　私の記憶の中の兄は、赤子を庇って傷を受けた。実際は違ったというのか。そう、たしか、兄はリュックを肌身離さず背負っていた。背を斬られるはずがない。傷を受けたとしたら——何があったのか。

思い出そうとすると、相変わらず脳に激痛が走った。だが、私が逃げるわけにはいかない。現実と向き合わねばならない。

リュックを背負った兄。避難行。空腹——。

そう、避難行では誰もが飢えていた。ソ連機に馬車が破壊され、食料はリュックに詰め込めるだけしか持てなかった。すぐに乾パンすら尽きた。四歳の私は腹を空《す》かせて泣きわめいた。関東軍の兵士たちが苛立ちをあらわにし、母は——慌てふためき、私のために食えるものを探しに森へ行った。野草があるかもしれない、と。

残された私はただただ泣き続けた。兄はリュックを開け、食料が残っていないか探していた。そして——。

『子の泣き声は銅鑼も同然だ。口を封じる』

関東軍兵士の言葉は、私に向けられたものだった。兄は私を庇い、背に傷を受けた——。私は精神を守るために記憶を改竄したのだ。四歳の子供にとって、自分のせいで兄が死んだという現実を抱えて生きるのはつらすぎた。

「君が流されたのは、わしが刻んだ傷のせいだ。高熱を出したまま川を渡らねばならず、濁流に飲まれた」

いや、私のせいだ――。兄は私を庇って大怪我を負った。にもかかわらず、母は私を負ぶって川を渡った。

「敗戦の混乱の最中、わしは人間の心を見失っていた。だがあの日、幼い弟を命懸けで庇った男児の姿に打ちのめされた。君は人間の心を取り戻すきっかけを作ってくれたのだ」

思えば、濁流の中、対岸の大木に麻縄を巻いて引き返してきたのは、軍刀で兄を斬りつけた関東軍兵士だった。足手まといの女子供は見捨てることもできただろう。だが彼はそうしなかった。わざわざ『命綱』と一緒に戻ってきた。

「後年、人づてに君が生きて帰国したと聞いたときは、安堵すると同時に、悔恨の念に捕らわれた。君が残留孤児となり、中国の地に長年置き去りにされた責はわしにある。だから謝罪せねばならぬと思っていた。許されぬことだが」声が畳に落ちた。

「申しわけなかった。すまぬ。本当にすまぬ……」

謝罪の必要はないと思った。偽者に謝る必要はない。だが、『兄』が吐き出した長い息には、押し殺した怒りが籠っていた。私を庇った兄は目の前の『兄』かもしれない。自信がグラついてくる。

「俺は関東軍を許す気はない。あんた個人じゃない。関東軍そのものだ。連中は開拓団員を見捨ていち早く撤退した。本来、団員を守るのが使命ではないのか」

「……違う。軍の使命は国益を守ることだ」曾根崎の声には悔恨と苦悩が混じっていた。「それは満州開拓団も同じだ。満州は軍事上、極めて重要な場所だった。だから、わしらは関東軍特務部の命令で満人の土地を買い叩いた。印鑑を差し出させ、譲渡の委任状に同意させたのだ。第一次開拓団が手に入れた土地の三割は――今では周知の事実だが、既耕地だった。昭和九年三月には、農地を奪われた中国人農民が暴徒と化し、三千人が武装蜂起した。土龍山事件だ。それを機に各地で反乱が相次いだ。わしら関東軍も匪賊相手に六百回を超える交戦を繰り広げ、四万人近く討伐した」

私は黙って耳を傾けていた。いや、幼心が長年封印していた真実を思い出してしまい、口を挟めるほどの余裕がなかった。

「満州とソ連の国境地帯を中心に移民が集められたのは、そこに肥沃な農地があったからではない。防衛のためだ」彼が続けた。「日本人が大勢住めば体裁が取り繕える。思想が堅実で身体強健な貧農が選別され、同郷が原則だったのもそれが理由だ。かの地は軍事的、政治的に必要不可欠だったのだ」

「俺たちは日本政府に利用されたのか……」

「利用、か」曾根崎の声に自嘲が忍び込んだ。「あの当時、軍人も農民もお国のために——日本を守るために団結が必要だった」

「使い捨てだろ。俺は国策で人生を狂わされ、政府を憎んで今まで生きてきた。恨みが生きる糧だった」

私は『兄』が分からなくなった。曾根崎に向けられた言葉には、関東軍の裏切りで中国に棄てられた人間の怒りがみなぎっている。成りすましの演技とはとても思えない。

「敗戦のせいだ」曾根崎が言った。「忘れもせん、昭和二十年八月九日、午前零時。ソ連が侵攻した。大半の関東軍は撤退していた。二年も前から南方へ転移していたのだ」口調に混じる苦悩の度合いが強まった。「本土決戦に備えるためだ。命令だった。戦争に勝つためだ」

「軍の論理に興味はない」『兄』の声が吐き捨てた。「俺たちは軍の怠慢と欺瞞の犠牲になった」

「怠慢と欺瞞——そう、そのようなそしりは受けねばならん。『関東軍は盤石《ばんじゃく》だ、開拓団の諸君は安心して生業に励むがよろしい』。新京放送局は開拓団にそうデマを流した。そして軍関係者——将官や佐官の家族が一足早く避難列車に乗った」

「軍は開拓団を犠牲にした。見殺しにした！」

「……弁解はできん。軍は橋や道路を爆破しながら撤退した。列車を停めては鉄橋と電話を吹き飛ばしていった。ソ連軍に利用されないためには、やむをえなかった。軍が東安駅を爆破した際は、避難列車も吹き飛ばしてしまい、千人もの死傷者が出たと聞く」

「あんたはなぜ列車に乗っていなかった？」

「避難列車は軍部の大物の家族が最優先だった。わしの仕事は、乗り込もうとする民間人を追い払い――いや、正確には蹴り落とし、列車の安全を確保することだった。だが発車間際、暴徒と化した民間人の腕が阿修羅《あしゅら》の腕のように何本も伸びてきて、わしも息子も引きずり下ろされた。そして取り残された。仕方なく数名の仲間と森を進み、山を越え、ハルビンに向かって歩き続けた。ソ連兵の短機関銃《マンドリン》の前に同胞が次々と倒れていく。その途中で君たちと出会ったのだ」

私たち開拓団は関東軍の残党と行動を共にし、兄は軍刀で背を斬られた。本物の兄なら、元関東軍兵士と対面すれば、怒りと憎悪を剝き出しにしてもおかしくない。目の前の『兄』は、心底、曾根崎に敵意を向けている。なぜだ？　『兄』は村上竜彦ではないが、本物の残留孤児の一人ではある――そう考えれば筋は通る。

「君が日本政府を憎む気持ちは重々理解できる。当時、『東北地方連絡日本人救済総会』が訴えた。『満州各地で死者続出、模様は地獄の有様』と。だが政府は無視した。むしろ、日本人を満州に土着定住させようとした。証拠もある。九三年、ソ連――いや、今はロシアだったな。ロシアの公文書館で関東軍文書が公にされた。それによると、日本政府は『満鮮に土着する者は、日本国籍を離れても支障なし』と応じている。決起する日に備え、日本人を残留させる作戦だ。真意は違ったかもしれん。満州移民に大挙して帰国されても、敗戦で疲弊した国では養えん。確かに開拓団員は棄てられた」

「俺たちが日本を助けたんだ。いいか。大勢が戦前の大恐慌の最中に渡満し、戦後に満州に残留したからこそ、日本は貧しい国民たちに押し潰されずにすんだ。俺たちの犠牲のおかげだ。それなのに政府は日本が復興してからも、帰国を支援してくれなかった」

「日本国だけに責があるのではない。技術労働力の流出を阻止したい中国も、引き揚げを強硬に拒んでおった。図らずも利害が一致してしまったのだ。君が日本政府を訴えておるのは聞いた。憎しみを抱くのも無理からぬことだと思う。だが国を憎んで生きると、身近な幸せも忘れる」

「残留孤児の苦しみは残留孤児にしか分からん。アイデンティティが二つあると思う孤児もいれば、一つもないと思う孤児もいる。中国じゃ『日本人』と差別され、日本じゃ『中国人』と差別され……」

「怒りに捕らわれると、やがて人間全てを憎むようになる。わしはそれが心配なのだ」

「早々に帰国して恩給も貰った人間は言うこともいちいちご立派だ。中国の片田舎で育った俺には学がないんでね。俺は俺の感情に従うだけだ」

裁判をやめる決心をしても、憤怒《ふんぬ》の火種は燻《くすぶ》っていたのだ。曾根崎との対面で一気に燃え盛ったらしい。

「戦後の日本は、君が帰国したころと違い、誰もが生きるために必死だった。だが、四十年も中国に放置されてきた君の怒りが理解できぬわけではない。わしの息子も同じだった。わしは——そんな息子を見捨てた。訪日調査で再会したにもかかわらず、他人扱いした。特別身元引受人制度が作られたときには、もう病死していた。わしは国を憎んだ。日本政府を憎んだ。自分の罪を直視することが怖く、責任を転嫁した。国を赦せと言うのではない。〝大切なもの〟を見誤ってほしくないのだ。わしのように家族に棄てられ、施設で孤独に死んでいく無縁の人生を送ってほしくない」

曾根崎の言葉はむしろ私の胸に響いてきた。

私自身、無縁の常闇で一歩一歩死に向かう人生を生きていた。家族には見放されていた。孤独死は免れなかっただろう。だが、前向きに生きる決意をし、世と人を憎むことをやめたとき、縁が切れていた由香里と夏帆を取り戻すことができた。

「すまぬ……本当にすまぬ」苦しみを吐き出して身が軽くなるどころか、逆に重くなったようだった。「君に幸せであってほしいのは、君の人生を狂わせたわしの我がままかもしれん。死を前にして、自分の罪を清算したいだけかもしれん」

『兄』は何も答えなかった。ただ、自分の感情を押し殺したような息遣いが聞こえるのみである。

『兄』の怒りを身に感じていると、感情を爆発させれば何でもしそうな気がする。激情に任せて母を殺してしまった可能性はある。しかし――しかし、果たして本当にそうなのだろうか。もしかすると、という恐怖と不安がなぜだか付き纏っている。

私は記憶が曖昧な自分を初めて疑った。

19

体さえ飲み込む深い夜霧を感じるほど、湿った空気が漂っていた。私は顔も知らない村人の案内で石熊神社に着いた。三十年前から誰も改修していなければ、部分部分が剝げた朱色の鳥居が眼前にあるだろう。白杖が土の柔らかさではなく、石段の硬さを打った。

通夜振る舞いを抜け出していた。

私は本当にヒ素の小瓶を持って神社に行き、神木の根元に埋めたのか。目撃した村人がいるというのは『兄』の虚言だろうと思う一方、確かめずにはいられなかった。

「神木はどこにあります？」

「御神木がい」村人の声が答えた。「本殿の右のでっけえ木だ。樹齢五百年の杉だ。しめ縄が張られてっがらすぐ分かる。案内すっが？」

「いえ、ここで結構です」

神木の根元を掘り返す罰当たりな行為を目の当たりにすれば、村人は激怒するだろう。

足音が遠のいていくと、私は石段を一段一段、白杖で打ちながら上った。硬質な音が反響している。靴底の感触で、ひび割れた石の隙間から雑草が生えているのが分かる。石突きがそこに突き刺さらないように注意した。土と石と草木の濃密な匂いが入り混じる中、腐植質の臭気が鼻先をくすぐる。

私は『疑心の底なし沼』に足を踏み入れてしまった。前に進むたび、泥濘《ぬかるみ》の中に沈んでいく。

石突きが硬い物体を打った。障害物の正体を確かめるため、万遍なく叩いてみた。腰を曲げ、手のひらで撫でてみる。苔むした石塊だ。その真横には円柱状の塊がある。石灯籠か。だが、灯籠の上部である火袋《ひぶくろ》がない。足元に落ちていた先ほどの石塊だろう。

参道の石畳には、密生する雑草が両側から押し寄せ、一歩ごとに白杖と足音に絡みついてくる。

私は胴震いした。濃密な闇が全身の毛穴から染み込んでくる。

爪先が何かを蹴り飛ばした。軽妙な音が石畳を二度跳ねる。何歩か歩き、白杖の先端で足元を探った。軽い物体に触れた。取り上げて撫でると、木製の柄杓《ひしやく》だと分かった。口の部分に手を差し入れたとたん、中指を何かが這い上ってくる感触があった。反射的に柄杓を投げ出し、腕を振った。昆虫が棲《す》みついていたのか。

左手で腰の高さの石壁を撫でた。指先が生温い液体に浸かった。水面には葉っぱがあふれている。放置された手水舎か。今や参拝者が身を清めることはないだろう。石熊神社は棄てられたも同然だ。

苔だらけの狛犬《こまいぬ》の像を撫でると、私はそこから右へ進んだ。参道を囲む鎮守の森に踏み入った。湿った腐植土の匂いが鼻腔を汚しそうなほどぷんと立ち込めている。一歩を踏み出すたび、濡れた枯れ葉で靴底が滑りそうになる。幽霊の金切り声じみた夜風が吹きすさび、頭上で交錯して夜空を隠しているだろう枝葉がざわめいた。その隙間から月明かりは射し込んでいるのだろうか。

靴底が枯れ葉や雑草を踏みしだく音を聞いているうち、棄てられた墓場を歩いているように思えてきた。林立する樹木群ではなく、満州で息絶えた人々の数えきれぬ墓を見た。辺りにはどす黒い苦しみと怨念《おんねん》が立ち込めている——。

石突きが木を打つたび、樹皮を撫でて確認した。八本目でしめ縄に触れた。手のひらを滑らせていき、筋肉が盛り上がった腕のような根っこを探り当てた。

母の死後、私は本当に神木の根元にヒ素の小瓶を埋めたのか。記憶を掘り起こそうとしても、濃霧が漂う墓の地中深くに埋もれているようで見当たらない。

緊張が絡んだ息を吐くと、心臓と胃が氷の手で握り締められたようにきゅっと痛んだ。私は覚悟を決めると、枯れ葉が積み重なった土を撫でた。そしてスコップを突き刺した。

夜風がすすり泣くと、枝葉は骸骨の骨が軋むような音を立てた。私は自分の墓を掘っている。そんな気がした。がさがさと無数のゴキブリが蠢《うごめ》いているような音がする。虫が這い回る音なのか、生い茂る雑草の葉擦れなのか。

突如、草葉の塊が蹴破られるように鳴った。心臓が跳ね上がる。私は振り返り、「誰だ！」と怒鳴りつけた。しかし、枝葉を千切らんばかりに吹く夜風の音がするだけだった。

誰かが私を観察しているのか。それとも、柳を幽霊と見間違うように怯えからくる妄想なのか。

私はかぶりを振って恐怖を追い払い、再びスコップで神木の根元を掘りはじめた。常闇に土を掘り返す音だけが響いている。二十センチばかり掘って何もなければ、少しずつ位置を変えた。

土に突き刺したスコップの先端がカンッと何かを突いた。皮膚が粟立った。私は指で土を掻き分けると、それを掘り出した。ガラス製の小瓶だ。振ってみると、中で粉が上下する音がする。

『兄』が言うとおり、私が埋めたのか？　当夜の記憶は土中深くに埋まっており、小瓶のようには掘り起こせなかった。いや、掘り起こす勇気がなかったのかもしれない。母をヒ素で毒殺した後、私が証拠隠滅で埋めたとしたら——。

もしくは、私にそう思い込ませるため、『兄』が村人と結託して出鱈目《でたらめ》を語ったのか。警察に毒殺がバレたとき、『容疑者』が必要だろう。あるいは小瓶の中身が小麦粉か何かの可能性もある。ヒ素が私の手元にあると安心させ、密かに私に盛るのだ。私は先入観で混入に気づかない。ただでさえ無味無臭の毒だというのに。

私は小瓶を握り締めた。真実は何だ？　割れた鏡の破片に映る記憶の映像は、断片ばかりで反射し合い、まともに像を結ばない。光が射し込まない迷路に迷い込んだも同然だ。同じところを徘徊していても気づくことなく、私は出口を探してさ迷い続けるのだろう。

帰宅すると、由香里の声が言った。

「頼まれたとおり、伯父さんの机、調べたよ」

「手紙はあったか？」

以前、『兄』が神経質になっていた手紙だ。私は中国の誰かとの密通を疑っている。

「バレると困るから持ち出せなかった。それに中国語だから漢字の印象しか分からなかったんだけど……偽装認知がどうとか、内容はそんな感じだった」

偽装認知――？　二世の張永貴から聞いた。改正国籍法を悪用して中国人に国籍を与える密入国ビジネスがあるという。『兄』は何か関与しているのか？

「送り主は分かったか」

「封筒に名前があった。徐浩然だって」

実兄を名乗って電話してきた男の名前がなぜ出てくる？　徐浩然が本物の村上竜彦なら、『兄』は戸籍と人生を奪った偽者だ。実際、「岩手の兄は偽者だから信じるな」と忠告された。何が事実で何が嘘なのか。『兄』と徐には何らかの接点があり、手紙を送り合う仲なのか？　それとも、手紙を送り合う仲だったのがこじれ、今は敵対しているのか？

自分を疑うべきなのか、『兄』を疑うべきなのか。当夜の自身の行動を思い出そうとするも、私の記憶は糸が切れた風船のように空高く昇り、小さな点となって消えてしまった。

20

茶の間で『兄』の気配が立ち上がった。

「どこへ行くんだ」

「畑だ」『兄』が答えた。

「葬式から三日も経ってないぞ」

「だから？」

「……母さんが昔から言っていたろ。〝産婦の見舞いや葬式に行ったときは、三日間畑に入るな〟って」

「手入れを怠ったら収穫が減っちまう。死活問題だ」

「母さんが死んだのに、畑を気にするのか」

「生きてる人間はこれからも生活が続く。この家を売らないなら、仕方ないだろう」

「もう――」私は音声式腕時計で時刻を確認した。「――七時だぞ。陽は暮れているんじゃないか」ふと気になった。今回は帰省してから何度も腕時計の声を聞いている。「カッコウが鳴かないな」

「古い鳩時計だったからな。残念ながら壊れた」

「お気に入りだって言っていただろ。修理に出さなかったのか」

「……ああ、ちゃんと修理に出している。直すのに時間がかかるんだ」

答えるまでに一瞬の間があった。曾祖父母の代から時を刻んでいた古時計だが、実は金のために躊躇なく売ったのではないか。職人の手作りである。結構な値がつくだろう。

私の沈黙に警戒した気配を見せた後、『兄』の足音は離れていった。ヒ素の小瓶の件は追及できなかった。お前が埋めたんだろ、と反論されたら、記憶が曖昧な私には否定できない。

木とイグサの香りに包まれた中、携帯のコール音が鳴った。電話に出ると、朝一番で東京に帰っている由香里からだった。

「お父さん、夏帆が……夏帆が……」

緊迫感がみなぎった声は揺れていた。心臓が凍りついた。腎臓病が悪化したのだ。夏帆は無事なのか。それともまさか――。

由香里の次の言葉を聞くのが怖かった。

「夏帆が――どうした？」

「……小学校から帰ってこないの。担任の先生は二時間前に校門を出たのを見たって。でも……でも、帰ってこないの」

「何だと？」予想外の言葉だった。「心当たりはないのか」

「公園も調べたし、友達の子のお宅にも電話したけど、駄目」今にも折れそうな口調だ。「もう少し捜して見つからなかったら、警察に行こうと思ってる。あっ、キャッチ。また電話するね」

電話を切ると、座り込んで連絡を待った。落ち着かず、壁に手を添えたまま室内を行き来した。

やがて尿意を覚えると、屋外にある厠へ向かった。外壁を手探りし、場所を間違わないように進んだ。強風に打ちのめされた枝葉が屋根をこする音が降ってくる。蝶番が軋む扉を開け、用を足した。厠を出ると、再び外壁を撫でながら歩いた。

背中にドンッと何かがぶつかってきた。私の首に大蛇が絡みついた。心臓が喉元までせり上がった。

何者かに羽交い絞めにされたのだと分かった。

「な、何をする！」

右腕で肘打ちを食らわせようとした瞬間、巻きついた腕に反らされた喉元に冷たいものが押し当てられた。

「村上さんよ」煙草で喉を痛めたようなだみ声だった。「あんたに危害を加えたいわけじゃねえんだ。抵抗はなしだ」

「……私に何の用がある」

「可愛いお前の孫娘の話だよ」

心臓が反射的に引き締まり、緊張感が跳ね上がった。握り締めた拳にますます力が入る。

「夏帆が何だ！」

「娘に連絡してみな。可愛い孫娘はまだ帰ってねえはずだ」

「……あんたは誰だ」

「名無しの権兵衛だよ」だみ声が笑った。「赤いランドセルのウサギのキーホルダー、可愛いじゃねえか」

「夏帆を——」私の声は震えていた。「誘拐したのか」

「徐浩然を差し出せば日常が戻る」

不意に喉から冷たいものが消え、拘束から解放された。足音もなく気配が離れる。

私は本能的に後方へ腕を振り回した。常闇を薙いだだけだった。

「徐浩然の居場所など知らん」私は相手がいるだろう方向を睨みつけた。「会ったこともない」

「奴はお前に接触したはずだ」右斜め前方からだみ声が返ってきた。「庇っても幸せは戻ってこないぞ」

私は拳を握り締め、一歩を踏み出した。そこで思いとどまった。たとえ男を取り押さえることができたとしても意味はない。夏帆は二時間前に学校を出て帰ってこないという。誘拐後、そんな時間で東京から岩手まで移動するのは不可能だ。だみ声の男には仲間がいる。私が抵抗すれば夏帆が危険に晒されてしまう。

「徐浩然は一度、電話を寄越してきたきりだ」

闇の奥から、縄をしごくような音が聞こえてきた。そしてガラス同士をこすり合わせるような音――。音の正体が分からないと、不安と恐怖を掻き立てられる。数歩前で男は何をしているのだ？　私を拷問する準備なのか、単に癖で何かをもてあそんでいるのか。

「嘘はよくねえな。徐浩然はお前の実の兄だろうが」

「違う。徐浩然は詐欺師だ。私の兄に成りすまそうと目論んでいる詐欺師だ。そう入管の職員が――」

いや、それを話したのは偽の入管職員二人組だった。私が徐浩然を信じて匿わないよう――居場所を連絡するよう仕向けたのだろう。彼が本当に詐欺師かどうか、今となっては確信がない。

私は偽の入管職員との会話を思い出し、はっとした。目の前の男のだみ声に聞き覚えがある。

「あんた——入管の職員を騙った一人だな」

「嗅ぎ回る犬ってのは、自分がトラバサミに近づいてることに気づかねえもんさ。痛い思いする前にやめときな」だみ声が低くなり、脅迫の度合いが強まった。肉切り包丁を振り下ろす大男を見た。「もし警察に通報したら、可愛い孫娘を見つけるのに川底をさらわなきゃならねえようになるぞ」

「お、おい――」

男の気配は溶けて消えた。

私は携帯を取り出し、娘の番号を選択した。

「もう通報したのか？」

「まだ。どこにいるのか、全然」

「そうか。実は――」私は一呼吸置いた。「誘拐されたかもしれん」

「え？　何馬鹿なこと言ってるの」

「今、何者かに襲われた。夏帆を返してほしければ、徐浩然を差し出せ、と要求されたんだ」

「な、何で夏帆が……」由香里の声は震えを帯びていた。「徐浩然って――伯父さんの手紙の人？　お父さん、何に関わってるの」

「徐浩然ってのは、私の本物の兄だと名乗った男だ」

「……どういうこと？」

私は順を追って事情を説明した。『兄』を偽残留孤児ではないかと疑い、正体と過去を探っていたこと。残留孤児支援団体の比留間に脅迫されたこと。元満州移民の大久保は兄の腕に火傷の痕があったと言ったが、北海道の稲田とみ子はそれを否定したこと。私が調べ回っている最中、徐浩然から電話があり、『岩手の実家にいる男は偽者だ。俺が本物の村上竜彦だ。自分が永住帰国したことになっていたせいで、日本に密入国するしかなかった』と語ったこと――。

話すうち、声が喉で堰き止められた。だみ声の男は逃げ去ったと思わせ、そばで聞き耳を立てているかもしれない。私が徐浩然の居場所を話すと考えて。闇の中に悪意の存在を感じた。それは妄想か現実か。私には何も見えない。私は盗み聞きを意識しながら喋った。

「以前、偽の入管職員が徐浩然の居場所を聞き出そうとした。夏帆を誘拐したのはそいつらだと思う。声が同じだった」

「何者なの」

「分からん。徐浩然を追っている悪党だ。とにかく、私も東京に帰る。徐浩然を見つけなきゃ、夏帆が帰ってこない」

「通報するべきだと思う？」

「……警察に連絡したら夏帆の命は保証しないと言われた。たぶん本気だ。身代金目当てじゃないから犯人と接触できないし、逮捕は難しいと思う。相手が複数なのは間違いない。連絡してくる奴を上手く捕まえても、仲間が報復に何をするか……」

由香里は身が引き裂かれそうなほど痛切な息を漏らした。

「時間がないのよ。明日は透析の日なの」

21

東京

マンションの由香里の部屋には、娘の怒気がみなぎっていた。フローリングの床を歩き回る足音が絶えない。昨日は一睡もしていないらしく、息遣いにも怒りが籠っている。ルームメイトの女性看護師は出勤しているらしい。

「もうすぐ透析なのに……」バンッと何かを打つ音が響き、皿がカタカタと鳴った。「夏帆に何かあったら……」

腎不全で苦しんでいる患者は、週に三度の透析で血液の毒物を除去しなければ生きられない。放置すれば死に至る。

私は音声式腕時計で時間を確かめたい衝動と闘った。無機質な電子の声が時刻を喋ると、由香里の焦燥感を煽るだろう。ただでさえ、秒針から目を引き剝がせないだろう娘を苦しませたくない。

「徐浩然って人、どうやって捜せばいいの」由香里の声が苛立たしげに言った。「伯父さんに訊けない?」

「二人の関係が分からない以上、安易に話さないほうがいい。追っ手が近くまで迫っていることを徐浩然に告げられたら、捜し出すことが極めて困難になる」

「じゃあ、電話で話したときの内容に手がかりはないの」

「言っただろ。自分は本物の村上竜彦で、他に手段がなかったから密入国した、と聞かされただけだ」

「他には? よく思い出して」

「確か——」私は記憶を探った。「本物の兄なら姿を見せて証明してくれ、と言ったら……俺は危険な連中に追われてる、姿を見せたら殺される、と拒否された」

「その危険な連中が夏帆を……」

「徐浩然は、俺以外は誰も信じるな、お前の命も危ない、と言った。後は——私の携帯番号をどうやって調べたか訊くと、調べる方法はいくらでもある、とごまかされたよ」

「携帯?」由香里の声が探るような色合いを帯びた。「お父さんの携帯に電話がかかってきたの?」

「コールバックなら無駄だった。三十秒で通じなくなっていたよ」

「そうじゃないの。相手の電話番号が残ってるでしょ」

電話番号——か。着信履歴を見れば数字は分かる。そんな当たり前のことに気づかなかった。長年、視力を失っていたせいだろう。

「だが、公衆電話からかけていたらどうする？　無意味だぞ」

「他に可能性がないなら、何でも確かめてみなきゃ。携帯貸して」

私は携帯電話を手渡した。

「ええと、徐浩然って人から電話があったのはいつ？」

「先月の——十九日だ」

携帯を操作する間があった。

「十九日で間違いない？」

「あんな電話があったら忘れない」

「でも、お父さん……その、日時の感覚、あるの？」

「あるさ。目が見えないからこそ、日時や曜日を意識している。それが世間との繋がりに思えるんだ。なぜ？」

「それが……十九日の着信は一件だけど、お父さんの自宅の電話番号が残ってるの」

一瞬、意味を理解しかねた。私の自宅の番号が残っている？　私の携帯電話に？

理解が及んだ瞬間、冷たい刷毛で背筋を撫でられた。全身がおぞけ立ち、心臓が暴れはじめた。

「徐浩然は——」口に出すのが怖かった。「私の自宅の固定電話から私の携帯にかけてきたのか」

私ははっと思い当たった。以前、『兄』から『お前の自宅の電話が通じないぞ』と告げられた。調べると、電話線が抜かれていた。私が助けを求められないよう、侵入者が抜いたのだと疑った。だが、実は違ったのだ。徐浩然が自分の居場所を知られないように抜いたのだ。私がコールバックしたら私の自宅の固定電話が鳴る。彼はそれを避けるため、電話線を抜かざるをえなかった——。

「そうか。密入国して住む場所に困った徐浩然は、私の自宅に隠れ住んでいたんだ。手持ちの金がなければ、寝泊まりできる場所は限られてくるし、公共の場だと目立ってしまう」

そういえば、以前、洗面所の蛇口が緩んでいた。ぴちゃん、ぴちゃん、と水滴が落ちる音が響いていた。私の締め方が甘かったのではなく、徐浩然が使ったのだとしたら？　空き巣なら他人の家の水道は使わないだろう。

箪笥の現金が消えていたのは、生活費が必要だったからだ。洗面所やトイレは私の留守中に利用していたに違いない。

ゴミの日、隣の主婦に言われた。誰かがうちの前にゴミ袋を捨てた、と。徐浩然が犯人ではないか。隠れ暮らしていたら生ゴミは出る。家に放置しておけば、悪臭で私に気づかれてしまう。かと言って、私の家の前にゴミ袋を出せば、ゴミの日に白杖で周辺を探った私にバレてしまう。だから他人の家の前に捨てた——。

自宅に隠れ住んでいたなら、携帯番号も容易に調べられただろう。私の入浴中や就寝中にオーナー情報を盗み見ればいい。

「私の家へ行こう！」

三十分後、私と由香里はタクシーで自宅に着いていた。玄関の鍵はなぜか開いていた。娘の足音が駆け込んでいく。

「お父さん、廊下にいくつも靴跡がある」

足音が階段を駆け上がっていった。私は靴を脱ぎ捨てて上り框に上がった。上方から扉を激しく開け閉めする音が聞こえてくる。

「徐浩然！」私は声を張り上げた。「いるのか！」

無反応だった。聞こえてくるのは、由香里が板張りの廊下を踏み抜く足音だけだ。追っ手はすでに徐浩然が私の自宅で隠れ暮らしていたと突き止めたのではないか。だが、乗り込んだときにはもぬけの殻だった。いち早く逃げた後だった。だから夏帆を誘拐し、私に見つけさせようとしている——。もしそうなら、徐の居場所をどう捜せばいい？

私はリビングルームに入ると、いつもどおり壁のスイッチを探り当てようとし——手のひらに妙なざらつきを感じた。何だ？　壁に画鋲を刺したような穴がいくつも開いている？

若干光の存在を感じる私は、普段から部屋の電気を点けている。昨日はこのような穴はなかった。毎日、壁を撫でているから分かる。意図的に穿たれた無数の穴——。

まさか、点字か？

私は壁を指先で撫でた。確かに規則的な穴がある。錐《きり》か画鋲を使ったか、私の点筆を拝借したか。点字器を使っていないせいか、点字は右上がりになったり、右下がりになったりしている。

突如、足音が駆け込んできた。私は驚いて振り返った。

「駄目」息を弾ませた由香里の声だった。「いない。飲み物の缶が机の下に押し込んであったり、生活の痕跡はあるけど……」

「今、壁に点字らしき穴を見つけた」私は壁を撫でた。「ここだ」

由香里の息遣いが私の真横に並んだ。「よっぽど顔を近づけて目を凝らさないと分からないけど、確かにスイッチの横に穴がある。あっ、テーブルに点字の本が出しっぱなし」

「私の点字の本を利用して打ったのか。たぶん私へのメッセージだ。私がいつもリビングのスイッチを手探りしているのを見て、ここなら私だけが気づくと思ったんだろう」

「何て書いてあるの」

私は壁の穴を何度も指で撫でた。普段は凸部で読むので、凹部で読むのは困難だった。だが、繰り返し撫でることで読み取れた。

て　き　が　く　る　お　れ　は　し　ま　だ　や　こ　う　じょ　う

「『敵が来る。俺はシマダヤ工場』」私は言った。「敵の追跡を察したから、慌てて居場所を残して逃げ出したんだろう」

「早くシマダヤ工場に行かなきゃ」

「密入国してから知った工場だろうから、遠くじゃないはずだ」

「任せて。携帯で場所を調べられる」

由香里が検索するあいだ、私は黙って待った。

「あった！」娘が声を上げた。「大田区に『シマダヤ工場』がある。正確にはあった、だけど。三年前に倒産して廃工場になってる。海に浮かぶ『島』に田んぼの『田』、そして『谷』」

「廃工場なら身を隠しやすい。他に『島田谷工場』はないのか」

「検索しても一件だけ。早く行きましょ」

私たちはタクシーを利用し、大田区の島田谷工場に向かった。降り立つと、由香里の右肘を摑んで歩いた。コンクリートを打つ石突きの音が全てだった。闇に滲む街灯の仄明かりすら感じられず、一歩一歩が奈落へ向かう一本道に思えてくる。

私は徐浩然を見つけてどうしようというのだろう。夏帆を救うため、実の兄かもしれない男を悪党に差し出すのか？

「……今にも崩れそう」由香里の声が言った。「入るよ」

慎重に踏み込んだが、当然ながら私の視界に変化はない。

「真っ暗。お父さんがいつも見てる世界はこんなに不安なの？」

「懐中電灯を使え」

廃工場に来るために準備してきた。

「うん」カチッと音がした。「あっ、足元にガラス。気をつけて」

靴の下でパリッと鳴った。真横から夜風が金切り声めいて吹き込んできている。爪先が重い塊を蹴り飛ばした。

「痛っ――」私は舌打ちした。「工場の中はどんな感じだ」

「……ええとね、コンクリートの柱のあいだをたくさんの鉄パイプが這っていて危ない。泥と赤錆がこびりついたパイプが縦横に――数百人分の複雑なアミダクジみたいに這い回ってる。私の腕みたいに細いものもあれば、人間が潜り込めそうなほど太いものもある。それから……折れ曲がった階段や、壊れそうな鉄の梯子、ドラム缶、巨大なコンプレッサー。何もかも錆びてる。辺りには私の拳くらい大きなナットやネジが散らばってる」

私は周囲を歩いた。辺りには油染みた鉄錆と腐植土の悪臭が立ち込めていた。縦横に入り組んだ鉄骨や鉄パイプ、巻かれた電線、捨てられたバルブやタンク――カメラマン時代に訪れた廃工場のイメージが網膜の裏側に浮かび上がってくる。

「お父さん。ワイヤーが×印に張ってあるから気をつけて」

私は白杖の先端で探った。ワイヤーにはロープが結ばれ、そこから油っぽい布が垂れ下がっているようだった。まくり上げ、頭を下げてくぐった。埃が舞い落ちてきた。一帯が血なまぐさく感じるのは、充満する鉄錆の腐臭が血を連想させるからだろう。

注意していても、何度か爪先でコンクリートの破片を蹴ってしまった。

「誰かいるんですか！」私は大声で呼びかけた。声は壁に跳ね返り、空気に吸い込まれていった。その反響具合から、天井は十メートル以上の高さだと推定した。廃工場は相当な広さがある。

「お父さん、本当にここにいると思う？」

「……たぶんな」

私たちは廃工場を進んだ。疲れてくると、肘が曲がり、白杖が右に寄りはじめる。石突きが届かない左に死角が生まれるし、一人だと真っすぐ歩けず片側に曲がってしまう。だから今は先導してくれる由香里の存在がありがたかった。

「今にも巨大なパイプに押し潰されそう。車のエンジンをそのまま巨大化したような、バルブやメーターだらけの機械もある。あっ、頭上に気をつけて。切れた電線が何本かぶらぶら垂れ下がってる。感電はしないだろうけど、不気味で嫌な感じ」

「物陰に注意しろ。誰がいつ飛び出してくるか分からん」

「うん。あっ、右に解体されたブルドーザーがある。油圧機が剝き出しだから、手を挟まないように」

私は闇の中で白杖の振り幅を大きくした。右側に振ったとき、石突きが鉄の塊を打った。

ブルドーザーに当たらないよう、左寄りに歩いた。コンクリートの地面を這う電線を靴底が何度も踏みつける。石突きで障害物を察し損ねたら、つまずいていただろう。

「和久か！」

突如、斜め上方から聞き覚えのある声が降ってきた。老朽化したプラントに反響し、正確な方向は判別しにくい。

「壁の点字を見た！」私は大声で返した。

「一人じゃないな。隣は誰だ！」

電話で一度聞いた徐浩然の声に間違いない。

「私の娘だ。一緒に話がしたい！」

「駄目だ！　目が見える奴とは会わない。今はまだ」

「しかし――」

「娘を連れてくるなら俺は逃げる。逃げ道を確保してあるぞ」

「お父さん」由香里の声が言った。「私はいいから。二人で話をして。言い争ってる時間がもったいない」

「……分かった」私はうなずくと、由香里の右肘から手を放し、一歩を踏み出した。

「お父さん、目の前にZに折れた階段がある。上ったら二階だけど、柵は鉄の棒が抜けてるから注意して」

私は白杖の石突きで前方を打った。コンクリートの反響音から鉄の反響音に変わった。段になっている。慎重に踏み出し、一段目に靴底を乗せた。踏板が折れそうなほど軋んだ。

白杖を垂直に持ち替え、目の前の段を確認しながら上った。十五段上ると、平らな場所に着いた。階下から娘の声が聞こえてくる。

「そこ、踊り場だから。次の階段は四時の方向」

懐中電灯で照らしながら助言してくれているのだろう。白杖で位置を確かめ、次の段に靴底を乗せた。一段一段、確実に上っていく。

「こっちだ」徐浩然の声が常闇の前方から聞こえた。「真っすぐ歩けばいい」

私は言われたとおり、白杖の石突きで鉄製の踏み場を打ちながら歩いた。眼前に徐浩然の息遣いを感じる。手を伸ばせば届く距離で彼と向かい合っている。

「ようやく会えたな。あんたは私の家で隠れ暮らしていたんだろ」

「弟の家に住んで何が悪い」

「……私の実の兄だと言い張るのか？」

「事実だ。俺が本物の村上竜彦だ」

私の手首が摑まれ、徐浩然の腕に導かれた。肌に引き攣れた火傷の痕がある。

「覚えてないか、和久。お前を庇った火傷だ」

喫茶店で大久保から聞いた。私は覚えていないが、兄は私を庇って暖炉で火傷したという。大仏のような痕が残っていると言われた。

「だったら――私の実家にいる村上竜彦は何者だ？」

「偽者だ。俺たちは中国で知り合い、友達になった。俺はあいつに何でも話した。開拓団で大豆やトウモロコシの畑を作り、家族四人で生活していたこと。日本の敗戦で村を捨てたこと。日本兵から弟を庇って背を斬られたこと。松花江の支流を渡る途中、綱から手が抜けて流されたこと。下流で中国人夫婦に助けられ、養子となったこと――俺は全てを話した」

「日本人だと知られたらいじめられるんじゃないのか」

「あいつは俺と同じ中国残留孤児だ。日本人だ。だから心を許して全て話した。そうしたら――俺の人生を乗っ取られた」

「何のために？」

「……あいつは孤独だった。親が見つからなかった。訪日調査で家族と再会できなかった。失意のまま中国に戻ってきた。その後、俺の家族が日本にいると知り、俺に成りすまして永住帰国した」

「そのときに真実を訴えればよかっただろ」

「『俺』がもう永住帰国している――それに気づいたときには、何年も経っていた。日本人ボランティアに訊いたら、俺の母は涙を流して再会を喜び、『俺』と暮らしているらしかった。今さら名乗り出たら悲しませると思った」

「偽者だと告げて終わりなら悲しませるだろうが、本物が現れるんだから何も問題はなかっただろ。むしろ喜ばせたはずだ」

「……そうかもしれない。今はそう思う。だが、あのときは俺も混乱していた。冷静に考えられなかった」

「ただ、疑問がある。母はなぜか『兄』を偽者と承知で認知し、永住帰国させたらしい。生前、母がそう匂わせた」

徐浩然は黙り込んだ。常闇の中に聞こえてくるのは、割れた窓ガラスから吹き込んでくる夜風のすすり泣きと、どこかに垂れ下がった布がはためく音だけだった。

「……母が何を考えていたかは知らん。あいつと母がどういう関係なのか、俺には何も分からん」

母の真意は謎のままだった。母がなぜ赤の他人である中国残留孤児を我が子として迎えたのか。実の息子が死亡していると思い込み、『代わり』を求めたのだろうか。

「で、あんたは真実を告げるために密入国したんだな」

今となっては徐浩然を詐欺師だと疑ってはいないが、私の人生に現れて間もない人間を『兄さん』と呼ぶことはまだできなかった。

「そう。実家の住所を知っていたから、俺はコンテナから逃げ出した後、手持ちの金で岩手に向かった。観光客を装えば、行き方どころか切符の買い方まで教えてくれる日本人が多かったから、迷わなかった。母は偽者を息子だと信じているから、先にお前と話したかった。俺は納屋に隠れ住み、隙を窺った。偽者が畑仕事に出て行くと、家に忍び込んで手がかりを漁った。すると、実家宛のお前の手紙を見つけた。そこにはお前の自宅の住所が書いてあった」

――昔、お前から届いた手紙が消えている。

帰省した日、『兄』から言われた言葉を思い出した。なるほど、徐浩然が私の住所を知るために盗んだのか。

「その後、私の家で隠れ暮らしたんだな。だが、なぜ私に会って真実を話してくれなかった？」

「……俺にも事情があった」

徐浩然はそう言ったものの、『事情』を語ろうとはしなかった。彼はまだ何かを隠している。何を隠しているのだろう。

「あんたを追っている連中は何者だ」

「蛇頭という中国の密入国斡旋組織だ」徐浩然が答えた。「俺は最初、密入国を蛇頭に依頼した。そいつらは、大金を払えば偽装認知で日本人になれる、堂々と入国できる、と説明した。日本で国籍法が改正されたらしく、日本人が実子だと認知すれば、DNA検査もなく、外国に住んでいる外国人が日本人として認められる、と。だが、俺はそれが嘘だと見破った。日本の入管や警察は、矛盾がないか厳しく追及するから、偽装認知は成功しない」

残留孤児二世の張永貴の話を思い出した。彼は一年以上前、偽装認知に協力して発覚し、逮捕された経験がある、と言っていた。手錠を掛けられたときの絶望を忘れないため、鎖のない鉄の輪を手首に嵌めて戒めにしている、と。

「俺が頼った蛇頭はただの詐欺集団だった。日本の法律に無知な貧しい中国人たちを騙し、金を掻き集めてとんずらするって寸法だ」

張永貴が話した連中かもしれない。そうならば、偽装認知ビジネスを実行して失敗したから、詐欺に方針を変更したのだろう。

「俺は中国人たちに真実を話し、全員で逃げ出した。金づるを連れ去った俺は、連中にとって裏切り者だ」

「追っ手の声に中国語訛りはなかった。日本人だと思う」

「在日中国人だろ。蛇頭には密航者を受け取る役目の仲間がいる。日本で仕事や住む場所を斡旋する奴らだ。密航費は前払い半分、後払い半分だからな。貧しい中国人たちは家族や親戚から借金して金を掻き集め、まず半分を支払う。残りは日本で働いて毎月返していく。だから入国後すぐ捕まって強制送還されたら、借金だけ残って、密入国者も蛇頭も損をする」

話を聞いても、私には追っ手が何者なのか決めかねた。流暢な日本語は生粋の日本人のものだったようにも思える。

私は一体どうすればいいのだろう。彼に事情を隠したまま敵からの連絡を待ち、隠れ場所を密告するのか？　捕まれば彼が残酷に体を切り刻まれて殺されるかもしれないと承知で、夏帆の命と引き換えにするのか？　実の兄かもしれない男を。

「……なあ」私は重い口を開いた。「実は困った事態なんだ。私の孫娘が――まだ八歳の孫娘が連中に誘拐された。あんたを差し出さないと助からない」

目の前で息を呑む音が聞こえた。「俺を売ったのか」

「……いや。連中には何も話していない。点字のメッセージを見て娘と二人で来た。正直、私にはどうすればいいか分からない」

「警察に頼れ。日本の警察は優秀だろ」

「身代金目当てじゃないんだ。接触する機会がなければ、正体も居場所も突き止められない。それに――もう時間がないんだ。孫娘は重度の腎臓病で、今すぐ透析しなきゃ、命を落としてしまう。本当は今日の夕方には病院に行っているはずだったんだ」

「……お前は中国マフィアの残酷さを知らん」徐浩然の声には、自分の墓穴を見下ろしているような恐怖があらわになっていた。「蛇頭のオーナー《老板》は危険な男だ。俺は指を一本ずつ切り落とされ、耳や鼻を削がれ、死よりも恐ろしい苦痛を長く長く味わわされながら殺される。冗談じゃない」

彼の気配が遠のきたがっているように感じた。私は慌てて腕を伸ばし、触れた衣服を握り締めた。

「待ってくれ。逃げないでくれ。夏帆の命が――」

彼のジャケットの内ポケットに封筒の感触があった。私は思わず抜き取っていた。

「盗んだ私の手紙か？　それとも偽者からの手紙か？」

岩手の『兄』は、中国語で偽装認知について書かれた手紙を引き出しに隠していた。由香里いわく、差出人は徐浩然だったという。

だが手紙を開いたとたん、墨の微香を嗅いだ——気がした。墨？　私も『兄』も筆は使わない。墨の匂いがするはずがない。

「……あんた、だったのか」

「何がだ」徐浩然の声に少し動揺が混じっていた。

「母が殺されたとき、茶の間にいた犯人だよ」

「意味が分からん。俺の手紙だ。返せ」

私の手から手紙がすり抜けた。あっと叫ぶ間もなかった。

「説明が必要ならしてやる」私は怒気を強めた。「私は逃げる足音を追おうとしてテーブルにぶつかり、墨汁をこぼした。すずりを落としたんだ。つまり母は手紙を書いている最中に殺された。だが、茶の間に手紙はなかった。おそらく母を殺した犯人が盗んだ」

「俺は殺してない。実母を殺す息子がいるものか」

「だったらなぜ母の手紙を持っている」

「……目が見えないのになぜ分かる」

「墨の残り香だ。都合が悪い手紙だから持ち去ったんだろ」

「違う。そうじゃない。俺が手紙を持ち去ったのは――」

突如、由香里の悲鳴がした。心臓が飛び上がり、私は足場で体勢を崩しかけた。本能的に摑まる柵を探し、闇の中を手探りした。力強い手が私の手首を握り締めてくれた。

「由香里！」私は地上に向かって叫んだ。「どうした！」

「連中がきた」徐浩然の声が答えた。「乗り込んできた。お前たちは尾行されていたらしい」

彼の気配が遠ざかりかけた。私は反射的に腕を伸ばし、衣服を握り締めていた。

「待ってくれ。ここで逃げられたら夏帆が――」

「俺は殺されたくない。頼む。逃がしてくれ」

切実な声が胸を掻き毟る。私は夏帆と引き換えに彼を売り渡すのか？　孫娘か実の兄かもしれない男か――。

私の葛藤は一瞬だけだった。居場所がバレて私の自宅にもう隠れ住めない彼には金が必要だ。懐から財布を取り出し、徐浩然に握らせる。

「逃げろ。絶対に捕まるな」

「……すまん」

目の前の足音が翻り、駆けていく。足場を踏み抜くけたたましい金属音を響かせながら。

鉄製の棺桶に特大の釘を打ち込むような靴音が上ってきた。

「奴は？」息を乱れさせただみ声が言った。「奴はどうした」

徐浩然は逃げ道を確保していると言った。窓ガラスが割れ、機械類が入り組んだ廃工場なら脱出は容易だろう。

「……いない」

「逃がしやがったのか。孫娘を見捨てるとはな」

「娘は！」下方から由香里の切迫した怒鳴り声がした。「娘は無事なの？　体調を悪くしてない？」

「ふらついてた程度さ」だみ声がからかうように笑った。「酔ってたんだろうよ」

「ふざけないで！」

「おい！」私はだみ声を睨み据えた。「夏帆を返してくれ。腎不全なんだ。今すぐ透析が必要なんだ」

「お前は徐浩然を選択した」

「あんたらが駆け込んできたから、止める間もなく逃げたんだ」

「孫娘と会いたいだろ。奴はどこへ逃げた」

「知らない。聞いていない」

「孫娘を捨てるんだな」

「……夏帆の命と兄かもしれない男の命、私には選択できない」

だみ声が大笑いした。「大きな誤解があるようだな。俺らが徐浩然を殺すために捜していると？」

「復讐がしたいんだろ、彼に」

「復讐はしたいさ。落とし前はつけさせる。だが、その相手は徐浩然じゃねえよ」

「嘘だな。信じられるか」

「復讐の対象は――中華の連中だよ。蛇頭だ」

「……あんたらが蛇頭だろ」

「俺らは日本人だ。中国人をコンテナで運んでやったら、空気穴が塞がれていてほぼ全滅しちまった。生き残ったのは二人だけだ。一人は入管に捕まり、一人は逃げた」

「ニュースで聞いた。確か――『大和田海運』か。あんたら、家具輸入会社の人間か」

「おっと。推理は頭の中だけに留めておくもんだ。猟師の前で鳴いたキジの末路は哀れなもんさ」

肉切り包丁で人間を細切れにしそうな口調だ。

「……生き延びて逃げた密航者がなぜ必要なんだ。金の回収か？」

「俺らは蛇頭の客をいただいたわけだからな。空気穴を塞いだのは連中だ。俺らに鞍替えした密航者どもに落とし前をつけさせたんだろうよ。おかげでいい迷惑だ。今度は俺らがその蛇頭に落とし前をつけさせる。だが、相手が分からねえ。蛇頭は巣穴の蛇みてえにうじゃうじゃいやがるからな。組織を特定するには、連中に接触した密航者から話を聞くしかねえ」

「殺すために徐浩然を捜しているんじゃなかったのか」

「客たちが最初に依頼した蛇頭の情報が欲しいだけさ」

コンテナの密閉事件は、客の取り合いが招いた悲劇だったのか。

「それなら勝手に捜してくれ。夏帆を巻き込むな」

「俺らは徐浩然の顔を知らん。顔を知ってる仲間は港で入管に捕まってな。名前だけじゃ、捜せねえだろ。契約書を見ると、奴は『自分は残留孤児で日本に弟がいる、密航費の半分はすぐ払える』と書いていやがった。兄の居場所は弟に聞くしかねえ」

私が言い返そうとしたとき、大勢の足音と喧騒が駆け込んできた。常闇の下方で野太い怒鳴り声が響く。

「入管だ！」「東京入管だ！」「大人しくしろ！」

足音が入り乱れた。怒声が上がる。コンクリートを打つ革靴の音、鉄板を叩きつけるような音、揉み合うような音——私には何が起こっているのか分からなかった。

「クソッ」だみ声が舌打ちした。「てめえ、入管に通報したのか」

「私は知らない」

「村上さんは無関係ですよ」膝の高さから——たぶん階段の途中に立っているのだろう——巣鴨の声が聞こえた。「我々はあなた方をマークしていたんです」

「容疑は何だ！」だみ声が怒鳴った。

「密入国を請け負い、実行した容疑——入管難民法違反です」

22

港区にある東京入国管理局庁舎を出るなり、私はため息を漏らした。由香里の声が「役立たず……」と吐き捨てた。

私たちは入国警備官に夏帆の誘拐を訴えた。だが、逮捕された連中は尋問されても知らぬ存ぜぬを貫いているという。入管が乗り込んできたせいで逆に孫娘の居場所が分からなくなった。

入国警備官は「捜査します」と請け負っただけだ。夏帆には時間が残されていない。本当なら今日の夕方、病院で透析を受けなければならなかったのだ。今ごろ、毒素が溜まった血液が体じゅうを駆け巡り、腎不全が悪化して倒れているかもしれない。

重量感のある走行音が眼前を行き交っていた。排気ガスの悪臭が充満している。

「ねえ、お父さん。入管や警察は夏帆を見つけてくれると思う？」

私は答えられなかった。口を閉ざす悪党に喋らせるのは困難だ。夏帆に万が一のことがあれば罪が重くなるので、誘拐は認めないだろう。手下の独断だと言い逃れるために決して口を開かない。

私たちは無言でタクシーに乗り込んだ。隣からは、由香里の苛立たしげな息遣いが聞こえてくる。

夏帆はどこだ？　もう時間がない。明日になってからでは手遅れになってしまう。

だが、どうやって捜せばいい？

気がつくと、私は貧乏揺すりをしていた。拳の中は脂汗でべっとりと濡れている。

急に体がドア側に引き寄せられ、思わず前の座席のヘッドレストにしがみついた。タクシーがカーブを曲がったらしい。老年らしい声の運転手は運転が荒っぽく、酔いそうだった。目が見えない分、揺れが予測できず、私は車酔いしやすい。

「あの」私は声をかけた。「もう少しゆっくり走ってください」

「……はいよ」

体感でタクシーの速度が落ちたのが分かった。頭を働かせたいときに車酔いなど御免こうむる。

酔う――？

一瞬、頭の片隅で何かが引っかかった。だが、浮かんだ言葉は水面に漂う木の葉のごとく、捕えようとするたび逃げていく。私は必死に頭を巡らし、閃きを捕まえようとした。

車酔いの何が引っかかったのだろう。だみ声。私の頭の中に反響するだみ声。何だ？

――ふらついてた程度さ。酔ってたんだろうよ。

そう。由香里が夏帆の体調を心配したとき、だみ声はからかうように『酔ってたんだろうよ』と笑った。我が子を心配する母親を小馬鹿にしたジョークだと思った。だが、本当にそうか？　酒好きの大人を人質にしているなら、まだ理解できる。しかし、小学生の人質に相応しい台詞だろうか。

だみ声がつい大真面目に答えたのだとしたら？

酔う。酒。車。そして――船。

『大和田海運』は家具の輸入会社で、コンテナ船を所有している。夏帆が波に揺れる船に監禁されているのだとしたら、腎不全でふらついていた人質をただの船酔いだと考えても不思議ではない。

「『大和田海運』が所有している船だ。夏帆はそこに監禁されているかもしれない」

「船って言われても……日本には港が多すぎる」

「子供を誘拐して横浜港や名古屋港まで車で連れて行くとは思えない。危険すぎる。夏帆の小学校から一番近い港は――東京湾だろ」

「そっか。そうかもしれない。待って。携帯で調べてみる」

由香里がネットで検索するあいだ、私は両手で膝頭を握り締め、貧乏揺すりを押さえ込んだ。心拍数が急上昇するほどの興奮が湧き上がってくる。

「船舶の状況を検索できるサイトがあるんだけど……つまり、港に停泊している全ての船の全長やトン数、出港予定時刻なんかがリアルタイムで調べられるんだけど……

今、東京湾に停泊中の『大和田海運』の船が一隻もないの。駄目。見当たらない」

「畜生。駄目か」

落胆し、絶望感に打ちのめされた。芽を出した希望を悪党の靴底で踏みにじられた気分だった。考えてみれば、港の出入り口の警備は厳重だろう。誘拐した子供を車に隠して船まで運び込むのは難しい。間違いだったのか。夏帆は山小屋にでも監禁されているのかもしれない。あるいは、手下のマンションの一室か。

いや、待てよ。だみ声は私の首を絞めたとき、何と言った？

——もし警察に通報したら、可愛い孫娘を見つけるのに川底をさらわなきゃならねえようになるぞ。

川、か。

「由香里。港以外で船が停泊している場所……造船所は？」

「あっ！」

「会社所有の造船所なら管理がしやすい」

「調べてみる」

由香里の真剣な息遣いが聞こえてくる。

「あった。『大和田海運』のホームページ。会社情報を見ると……うん、造船所を持ってる。小型の船を作るための。江戸川区東葛西だって」

「他に造船所は？」

「ホームページを見るかぎり、なし」

「そこだ」私はうなずくと、運転手に叫んだ。「江戸川区東葛西までお願いします！」

「……面倒事は困るよ、お客さん」

「子供の命がかかっている。早く！」

「は、はいよ」

私は加速度を感じた。携帯を取り出し、入国警備官の巣鴨に電話する。彼が出るなり、私たちの推測をまくし立てた。

「待ってください」巣鴨の口調は困惑していた。「想像だけじゃ乗り込めませんよ。立ち入り捜査には裁判所で臨検許可状を出してもらわなきゃ。落ち着いてください。我々もできるだけ早く――」

「役所仕事め！」

私は吐き捨てて電話を切った。固定電話なら、受話器をフックに叩きつけていただろう。代わりに携帯をギュッと握り締める。

推測が的中していることを願った。夏帆には時間が残されていない。造船所で発見できなければ、腎不全で苦しみ抜いた孫娘の遺体と対面することになる。永遠にも思える時間、待たされた気がした。タクシーが停まると、白杖を握り締め、由香里の手を借りて降り立った。湿っぽい夜風が吹き渡っている。

「何か見えるか」

「うん」由香里の声が答えた。「造船所には屋根があるけど、壁があるのは横側だけだから……造ってる最中の船の骨組や、川に停泊してる小型の船まで見える」

「どんな感じか教えてくれ」

「暗くて不気味。明かりはなし。肋骨みたいな船の骨格がある。船の墓場みたい。ブルーシートをかぶせられた大きな箱みたいなものや、タイヤが何個もつけられた鉄の壁、小型のクレーン、鋼鉄の足場――無機質な感じ。人の気配がない。ここじゃないのかも」

「いや、むしろひとけがないほうが監禁場所に適しているだろう。浮いている船は？小型の船があるんだろ」

「うん。川に一隻。川から何本か杭が突き出てる真横で静かに上下してる。こんな船に長い時間閉じ込められてたら……確かに酔いそう。あっ、闇の中で人影が動いてる。船の上」

「夜の造船所に人影か。確かに妙だな。見張りかもしれない」

「あの船に夏帆が？」

「可能性はある」私は携帯を取り出した。「待っていろ。もう一度、入管に電話してみる」

「無駄よ。令状だとか待ってたら、夏帆が……」由香里は決然たる口調で言った。「足場が組まれてるから、行ってみる」

「お、おい――」

止める間もなく、殺した足音が遠ざかっていった。私は取り残された。光のない世界に長年住んでいると、夜は闇が軋む音さえ聞こえてくる。不安に羽交い絞めにされた。水臭さを含んだ夜風が剝き出しの顔を撫でていく。

永久の眠りについたような場所からは、物音一つしない。ビルに囲まれた都会のど真ん中と違い、車が行き交う音も、夜の人間たちの喧騒もなく、静寂だけが広がっている。辺りには街路樹すらないのだろう。夜風に揺れる枝葉の葉擦れさえ聞こえてこない。

何メートル先に何があるのか――途切れた足場か、横たわった鋼材か、重い台車か、危険な切断機か。

何一つ存在しない常闇の中でも、実際は障害だらけだ。下手に動けば大怪我するだろう。白杖で確かめながら進むことは不可能ではないが、私は首に鈴をつけた猫になってしまう。

奥歯を嚙み締めた。爪が手のひらに食い込む。何と無力なことか。娘が子供を助けに向かっているというのに、ただ待っていることしかできない。

耳を澄ましても、聞こえるのは自分の心音だけだ。由香里の足音も悲鳴も聞こえてこない。無事に侵入できたのか。それとも——声を上げる間もなく捕まったのか。不安で胸が締めつけられた。

私は白杖を地面に置くと、いつでも通報できるように携帯電話を握り締めたまま一歩を踏み出した。靴底で地面をこするように、すり足を心掛けた。大地は存在した。川へは急落していない。

安堵の息を吐き、二歩目を踏み出した。障害物の存在を探るため、左手は前方に伸ばした。手のひらは空気を押しただけだ。二歩目も地面だった。三歩目、四歩目——一メートル進むのに何十秒を要しただろう。今ほど無力感を嚙み締めたことはない。心臓の鼓動は跳びはね続けている。

次の一歩を踏み出したとき、夜風の流れがふっと途絶えた。伸ばした手のひらが冷たい塊に触れる。撫でてみると、宙に横たわるH型鋼のようだった。梁だろうか。頭をぶつけないようにくぐった。

　数歩目で地面が軋みながらわずかにたわんだ。組まれた木製の足場か。そうだとしたら次の一歩は慎重でなくてはいけない。

　足を持ち上げず、足場の切れ目を意識しながら靴底を滑らせた。木製の板はまだ続いていた。

「お父さん！」由香里の叫び声が沈黙を破った。「夏帆が――」

　斜め右前方から駆けてくる足音は、娘にしては重かった。

「どうした！」私は声を上げた。「夏帆はいたのか！」

「負ぶってる。ぐったりしてるけど、無事よ！　でも――」

「待て！」敵意がみなぎる男の怒声が迫ってきた。二つの足音が木製の板を蹴立ててくる。

「由香里！」私は声を上げた。

　足音が私の真ん前で一度、止まった。「男が追ってきた！」切迫した娘の声だった。「早く逃げなきゃ！」

「お前は早く病院へ！」

「うん」

重い足音が私の横を抜け、遠ざかっていく。前に向き直ると、迫ってくる靴音があった。

「どけ！」

靴音が肉薄した瞬間、私は携帯を投げ捨てて男の気配に飛びついた。勘だった。無我夢中だった。肉体の感触がぶつかった。男が「ぐふっ」と息を漏らした。私は胴体にしがみつき、相手を薙ぎ倒そうとした。が、男は大地に根づいた大木だった。

一分――いや、三十秒でも時間を稼げれば――。

顎が掌で押し上げられた。筋が切れそうなほど喉が反り返り、頸椎《けいつい》の軋む音が聞こえた。相手の背で繋いだ両手が離れそうになる。直後、額に衝撃を受けた。大槌で打ち据えられたかのようだった。頭突きだ。目が見えない私には全ての攻撃が不意打ちで、全く痛みに備えられない。頭蓋骨が砕けたかと思った。

この老いた命に代えても娘と孫だけは守らなくては――。

二人を守ることができるなら、私は何も望まない。命を落としても構わない。だから神よ、私に力を貸してくれ。

鈍痛を嚙み締めながら、渾身の力で抵抗した。だが、顎を押し上げられては力が出せず、両手の指が引き剝がされた。直後、腹に塊が押し当てられた。靴底だ、と気づいたときには、蹴り離された。上半身が反り返り、よろめいた。靴底が宙を踏みつけた。足が奈落へ落ちる。体勢が崩れた。

私は反射的に腕を伸ばした。闇を握り締めただけだった。重力に引っ張られ、天と地が逆転した。後頭部から硬い地面に叩きつけられた——そう思ったら地面が割れ、全身が飲み込まれた。水だった。川に落ちた。

水を吸った服が鉛となり、川底へ引きずり込まれていく。私は水中でもがいた。腕が水面に出た。顔を突き出し、空気を貪った。すぐさま横波に覆いかぶさられ、水を飲んだ。再び水没し、鼻腔から脳髄まで痛みが貫いた。

絡みつく水を掻き回し、水面を探した。腕が突き出た。水に満ちた闇の中で腕を振り回した。桟橋や小舟にも触れない。陸に上がるにはどうすればいいのか。

波が横殴りに襲ってきた。目が見えないせいで状況が分からず、唐突だった。水没する直前、遠くから誰かの呼ぶ声が聞こえた気がした。おーい、どこだ——途切れ途切れだが、そう聞こえた。

人がいる!

私は大声で叫ぼうとした。夜の川に沈んでしまったら、私を助けることはできない。居場所を教えなければ……。

横波が口に押し入り、水没した。叫ぶ間もなかった。記憶の奔流《ほんりゅう》に襲われ、私はいつしか満州の松花江の濁流に飲まれていた。過去の亡霊が私の手足を握り締め、川底へ引きずり込んでいく。上下の感覚を喪失した。居場所を……私の居場所を教えなければ……。

私はとっさの閃きでウエストポーチを開けた。そして——目当てのものを取り出し、手放した。

肺が圧迫され、今にも破れそうだった。残った空気が漏れ出た。口と鼻から水を飲み、川底に体が沈んでいく。

死を覚悟した瞬間——襟元に何かが絡みついた。水中を漂う木の枝に捕らわれたかのようだった。だが、それは確かな意思を持って私の襟を握り締め、引っ張っていた。

私は暴れるのをやめ、身を委ねた。顔が水面を破った。破裂しそうなほど圧迫されていた肺一杯に空気を吸い込んだ。

私の右横では、水面に浮いた『液体プローブ』がピピピピと鳴り続けていた。探針が液体に触れたとたん電子音を発し、コップをあふれさせないための視覚障害者用便利グッズ——思わぬところで役立った。私が沈んだ大よその位置を第三者に知らせてくれた。

「あ、ありがとうございます」私は喘ぎ喘ぎ救助者に言った。「本当に助かりました」

私を抱きかかえるようにしている男――体の感触で分かる――は、一言も喋らなかった。力強い腕に誘導されるまま泳ぐと、手首を摑まれて腕を導かれた。従うと、桟橋らしき木製の板に触れた。私はそこを握り締め、上半身を持ち上げた。右脚を載せ、鉛の服に引っ張られながらも、何とか上った。

男も後に続いたようだった。互いの衣服から滴り落ちる水滴が桟橋を打つ音が絶えない。

「あなたがいなければ、溺れ死ぬところでした。あの……」

相手は答えなかった。乱れているだろう息遣いさえ殺している。私ははっと思い出した。

『無言の恩人』――。

北海道の吹雪の中、私を助けてくれた謎の男だ。一体何者だろう。窮地から救われたのは二度目だ。彼は決して喋らず、影となって潜んでいる。

以前は比留間の一人二役も疑った。一体誰だ？　冷静に考えれば、北海道の『無言の恩人』と目の前の『無言の恩人』が同一人物とは限らない。正体を見極める手がかりは何かないだろうか。

板を踏む足音が遠のいていき、すぐ戻ってきた。私の手に何かが触れた。白杖と携帯だった。

「ありがとうございます」

私は由香里に電話した。数度のコール音の後、娘が出た。

「お父さん？」不安で張り裂けんばかりの声だった。「大丈夫？」

「私は大丈夫だ。お前は？　男を止められなかった」

「交番にいるから平気。事情を全部話したから、すぐそっちに警察が行くと思う」

「夏帆はどうなんだ」

「今、救急車を呼んだところ」

「そうか。じゃあ、私は警察を待つとしよう」

『警察』という単語に反応し、『無言の恩人』の足音が去ろうとした。私は携帯を切ると、「待ってください」と呼び止めた。

「造船所の外まで案内してくれませんか。また川に落ちたくない」

逡巡するような間の後、腕が取られた。私は白杖でタッピングしながら、先導されるままに歩いた。地面が木製の板からコンクリートに変わる。そのまましばらく進むと、真っ暗闇が濃紺の闇に変化した。街灯か建物の明かりが近くにあるのだろう。

『無言の恩人』の手が腕から離れたので改めて礼を言うと、足音が遠のいていった。

そのとき、一瞬の閃きが脳裏を走った。私は携帯を操作し、昔教わったまま忘れていた機能――録画機能を選んだ。撮影開始時に盗撮防止用の音が出ることを思い出し、

「すみません！」と大声を上げながらキーを押した。

「一つ教えてください。重要なことなんです！」

思わせぶりな台詞を吐くと、『無言の恩人』の足音が止まった。振り返ったのは間違いない。

私は自然な動作で携帯のカメラレンズを常闇の前方に向けた。

「あなたはなぜ私を助けてくれたんですか」私は時間稼ぎの台詞を吐いた。「あなたは何者ですか」

『無言の恩人』は黙したままだった。だが、構わなかった。携帯は、私の闇に溶け込んで姿を消しているつもりの人間の正体を映し出し、明らかにしてくれるはずである。

パトカーのサイレンが聞こえてくると、『無言の恩人』の靴音は駆け足で去っていった。

23

娘が病院で夏帆に付き添っているため、私は一人で中年の刑事と入国警備官の巣鴨に向き合っていた。警察署内は、夜遅くにもかかわらず喧騒に満ちていた。

私は知るかぎりの事情を話した。『大和田海運』の人間が夏帆を誘拐し、私の兄を名乗る徐浩然という密入国者を差し出せ、と命じたこと。自分たちで監禁場所を突き止め、助けに向かったこと――。

全てを話した後、解読した俳句の暗号の件を話した。

『お前の兄は人を殺した』

「馬孝忠という中国人は、『村上竜彦』に成りすましている男の罪を知っているんだと思います。だから俳句の暗号で告発を――」

「……いえ」巣鴨の口調には当惑があった。「勘違いだと思います。僕もあなたも勘違いしていたんです。馬孝忠があなたに俳句を送りたいと言い出したので、私どもはあなたが密入国事案に何らかの形で関与しているのではないか、と疑いました。それが間違いでした。暗号の意味を知り、馬孝忠の真意が分かりました。実はあなたにお話していないことがあります」

「何を隠していたんですか」

「隠していたわけではありません。無関係だと思い込んでいたのです。順に話しましょう。二ヵ月前、入管は、コンテナ事件の生存者——馬孝忠を拘束しました。観念した彼はもう一人の生存者について語りました。逃亡した徐浩然という男について、です」

巣鴨は事情を説明してくれた。

馬孝忠と徐浩然はコンテナ内で知り合い、親しくなったという。互いに密航の動機や将来の夢を語り合った。徐浩然は「俺は日本に住む全盲の弟を捜し出し、中国残留孤児だと証明してもらうつもりだ。そうしたら永住資格が得られる」と話した。馬孝忠は貴重なコネを得る機会だと思い、彼をおだてて連絡先を聞き出した。徐浩然は『岩手の実家』の住所が書かれた手紙を見せたらしい。

だが、そこで事件は起きた。空気穴が塞がれていたことで、コンテナ内の酸素が減っていき、体が弱い密航者から順に息絶えていったのである。馬孝忠の妻子も死亡した。『凄惨な棺桶』の中で酸素を吸う者が減るたび、生存者が少しでも長生きできるようになる。とはいえ、体力があった馬孝忠も、さすがに意識が朦朧《もうろう》としはじめた。そのとき、徐浩然に違和感を覚えた。弱っているように見えてまだ元気だった。

意識を辛うじて保ちながら見張っていると、彼は妙な動作をしていた。実は一つだけ塞ぎ忘れられた空気穴があり、それを独占していたのだ。一筋の月光でも射し込んでいてその穴の存在に気づいたのかもしれない。

徐浩然はコンテナの側壁にもたれかかり、ぐったりした演技をしながら頰を寄せ、一人で空気を貪っていたのである。

「空気穴を奪い合った物音で、港の職員に密航が発覚したわけです。入院中の馬孝忠が徐浩然への恨みをまくし立てると、入管職員は彼をなだめました。自分の命に危機が及んでいる場合は仕方がない、と。彼は納得せず、『日本の家族に奴がいかに卑劣な人間か伝えるべきだ』と怒鳴り続けました。そのたび入管職員は『やめてあげなさい。緊急避難は罪ではない。可哀想でしょう』と諭しました。戦争で中国に置き去りにされ、六十年が経っても帰国手段がなく、追い詰められた末に密入国するしかなかった——そんな残留孤児に同情的な気持ちがあったのでしょう」

真実が読めてきた。

「私どもは、密入国を請け負った連中の情報を得たかったので、その件を問い詰めました。すると、密入国関連の話には黙秘を貫いていた馬孝忠が初めて答えました。知人に手紙を送りたい、その知人は全盲なので点字で送りたい、と」

『お前の兄は人を殺した』

私の思い違いだったのだ。俳句の暗号が示していた『兄』とは、岩手で村上竜彦に成りすましている男のことではなく、徐浩然のことだった。馬孝忠は、空気穴を独占して妻子を殺した彼の幸せを許せず、何とか罰を与えたいと渇望した。だから告発を考えたのだ。『人殺し』として家族に忌み嫌われるように。

日本の『弟』にコンテナの件を教える方法はないか考え抜き、思いついたのが点字の俳句だった。密入国絡みで仲間に秘密の連絡をすると入管に思わせ、徐浩然から聞いていた私の実家に俳句を送った。暗号にしたのは、入管職員が徐浩然を庇うから。目的を知られれば制止されると思ったから。

私が自分の推理を語ると、巣鴨が「ええ」と答えた。「そうです。逃亡した密入国者——徐浩然とあなたが兄弟だと知っていれば、俳句に隠された文章にも予想がついたのですが……結果的にあなたには無用な誤解をさせてしまいました。すみません」

岩手の『兄』が人を殺したわけではなかった。私は俳句の告発を信じ、殺人の過去がある『兄』が母も殺した、と疑った。だが、根本から引っくり返ってしまった。

『兄』は本当に母を殺したのだろうか。私が母の死体を発見したとき、茶の間から手紙を持ち逃げした徐浩然は、何を隠しているのか。

肝腎な部分が何も分からなかった。

病院を訪ねた私は、緊急で透析を受けている夏帆に話しかけた。

「体調はどうだ」

「元気だよ」息遣いは苦しげだった。「ボールを追いかけ回せそうなくらい。おじいちゃんが助けてくれたんでしょ」

「ああ。お母さんと一緒にな」

「ありがとう。体が苦しくなって、もう駄目かと思った。お母さんにまた会えてよかった」

元気のない声だった。私は手探りし、夏帆の頭を撫でてやった。

「ああ。本当に良かった。お前を失わずにすんで」感情があふれ、私の声は知らず知らず湿っていた。「私にとって、お前たちが一番大事だ。大事なんだ」

言葉を絞り出した私が黙り込むと、会話が途絶えた。透析器の機械音だけが聞こえてくる。

「ねえ、お父さん」由香里が様子を窺うような声で言った。「実は私、ずっと考えてたんだけど……」

「私たち、お父さんと一緒に住もうと思うの」

唐突な提案に私の思考回路は一瞬、麻痺《まひ》した。

「駄目、かな？」

「駄目なものか！」私は即答した。「もちろん大歓迎だ。当然だろ。お前の部屋は今でもお前の帰りを待っているんだ。だが……いいのか？　私はお前に負担をかけるかもしれんぞ」

「お父さんのためじゃないの。家に帰ったら家賃がいらないし、私が働いているあいだ、夏帆にも話し相手ができるでしょ」

照れくさそうな口調からは、はにかんだ娘の表情が想像できた。

「あたしにも出来ることあるよ。おじいちゃんの手助けする！」夏帆の元気いっぱいの声がした。「それにおじいちゃんがいたら、お母さんが仕事行ってても寂しくないもんね」

家族が戻ってくる。無縁の常闇に暖かな光が射し込む――。

不覚にも目頭が熱くなり、しばし言葉を発せなかった。私は胸に込み上げてくる感情を隠すため、別の話題を探した。ふと重要なことを思い出した。そう、私には解決せねばならない謎がある。

「ところで――」私は由香里のほうを向いた。「見てほしいものがある。造船所で動画を撮ったんだ。私を二度も救ってくれた男だが、一言も喋らない。で、こっそり撮影した」

「あしながおじさん？」

「まあ、そんなところだ。声を聞かれたくないということは、私の顔見知りかもしれん」私は携帯電話を差し出した。「確認してくれ」

私は娘が携帯を操作するあいだ、黙って待った。私の闇に姿を隠していた『無言の恩人』が誰なのか、ついに分かるかもしれない。一体誰だ？　私を尾行し、北海道でも造船所でも命を救いながら沈黙を貫いて正体を隠し続ける謎の男は――。

「ねえ、お父さん。動画、見たけど……」

私は唾を飲み込み、続きを待った。娘も知る人物か？

「動画に映ってる人、岩手の伯父さんよ」

24

岩手の『兄』が私の命の恩人？　村上竜彦に成りすまし、遺産目当てに母を殺したかもしれない男が――？

『兄』にとって、正体を探る私は邪魔者のはずである。私が死ねば村上竜彦として生きていける。なぜ私を助けた？　生前、母は『兄ちゃんを調べ回るようなまねはしちゃいかん』と忠告した。『兄』は偽者だが、悪人ではないということか？

北海道の猛吹雪の中、『兄』に救われなければ、私は稲田とみ子の家にたどり着くことはできなかっただろう。

瞬間、背筋に戦慄が走った。

私は『兄』の案内で稲田とみ子の家にたどり着いた。そして彼女は――『兄』が偽者ではないと力強く請け負った。全てが巧妙に仕組まれたものだったとしたら？

私が会った稲田とみ子は果たして本物だったのだろうか。

稲田とみ子は北海道で生まれ育った元満州移民だという。言葉に訛りはあったか？

満州で生活していたのは数年だ。帰国後も北海道で暮らしている。訛りが消えるとは思えない。

――お客さん、内地の人だべか？

――手袋をはき忘れてるべさ！

私と比留間を乗せたタクシーの運転手は、本州を『内地』と表現した。手袋を『はく』と表現した。だが、稲田とみ子は違った。『手袋はしていましたか?』と言った。『そのために本州からわざわざ?』と言った。些細なことかもしれない。道人の誰もが北海道弁を喋るわけではないだろう。

しかし——全てが仕組まれたことだと考えたら、違和感がなくなるのである。公民館で比留間と会ったとき、『誰しも、知られたくない過去はあるはずです。生半可な好奇心で首を突っ込むと、不幸が訪れるかもしれませんよ』と脅された。彼はあからさまなほど『兄』の味方だった。彼は明らかに『兄』の正体や過去を知っていた。それなのに、私が北海道で稲田とみ子から話を聞こうとしていると知るや、案内役を買って出た。彼はその理由をこう説明した。

『警察が竜彦さんを調べている。永住帰国に尽力した責任があるから、彼が本物だと証明したい。真実を知りたいという目的は同じだから、一緒に稲田とみ子さんを訪ねましょう』

私は比留間の説明に懐疑的だったものの、案内役に困っていたので了承した。そう、私はこの時点から欺かれていたのだ。比留間は『兄』と示し合せ、偽の稲田とみ子を用意していたのではないか。私を偽の住所——知人の家だろうか——に案内し、そこで『兄』が本物だという作り話を聞かせる計画だ。

タクシーの運転手にはあらかじめ偽の住所を指示しておいたのだろう。目が見えない私には、そこが本物の住所かどうか判別できない。案内人が「ここだ」と言えば信じるしかない。

猛吹雪の中、私は『無言の恩人』に救われた。『兄』は念のため、比留間にも内密に私を尾行していたのだろう。偽者の稲田とみ子宅で比留間は、生きている私を見て驚いたのではない。その場にいる予定がなかった人間――『兄』――を見たから驚いたのだ。

三人が共犯関係にあるなら、あのときの違和感も理解できる。謎の人間――『無言の恩人』――が紛れ込んでいるにもかかわらず、誰もが話しかけることをしなかった。おそらく、『兄』が唇に人差し指を添え、話しかけるな、と仕草で示していたのだろう。

私は記憶を絞り出した。稲田とみ子の話に矛盾はなかったか。不自然さはなかったか。

私は避難行の話をした。

『常に死が身近にありましたね。枯れた白樺林は不気味で、地中から突き出た巨大な白骨の腕に見えたものです』

それに対して稲田とみ子は何と答えた？　彼女は私が開拓団での生活のことを話したと勘違いし、確かこのように答えた。

村を見下ろすあの白樺林が薄気味悪かった、生活は苦しかったが、貴重なトウモロコシを分けてもらって感謝している、と。

違う。間違っている。なぜ気づかなかったのだろう。私たち一家が入植した開拓団の周囲には、田畑が広がっていた。半刻ほど歩かねば森も川もない場所だった。白樺林が村を見下ろすように立ち並んでいるはずがない。何より、私たちの田畑は肥沃で、苦力を三人雇って畑を広げたほどである。生活は苦しくなかった。トウモロコシは山ほど収穫できた。

稲田とみ子が語ったもっともらしい体験談は、別の開拓団の話だ。思えば、訴訟の話にやけに詳しかった。『兄』が信頼できる原告仲間の残留孤児を偽者に仕立て上げたなら筋が通る。

全ては『兄』が本物だと私に信じ込ませるため——。

ではなぜ『兄』は造船所で私を助けたのだろう。放っておけば、正体を探る邪魔者を消せたのに。

「なあ由香里」私は娘に向き直った。「夏帆が退院したら、北海道を案内してほしい」

25

北海道

タクシーから降り立ったとたん、寒風が切りつけた。剝き出しの顔だけでなく、ジャケットの襟元から喉元にも突き刺さってくる。四月なのに北海道は真冬だった。

私は由香里の右肘を摑み、雪融けで濡れた地面を白杖でタッピングしながら歩いた。体重の移動に注意しなければ、娘を巻き込んですっ転びかねない。

右側に白杖をスイングしたとき、石突きが柔らかい物を打った。物体を削るように弾き飛ばしたのが分かる。端に寄せられた雪だろう。

雪融けと同じく、疑問も謎も全て解ければいいのだが――。

「着いたよ、お父さん」

雪を踏む由香里の足音が離れていき、チャイムの音が鳴った。一分ほど待つと、ドアが開く音がした。

「稲田とみ子さんですか」由香里の声が訊いた。

「はい、稲田でした」

年輪を重ねた古木を思わせる老婦人の声は、以前に会った『稲田とみ子』とは似ても似つかなかった。

「村上和久です」私は自己紹介した。「村上秀子の息子です」

「やいや、あんときの子だな」稲田とみ子は言った。「今日は本当にしばれるねえ。ささ、どうぞどうぞ」

「失礼します」彼女に連絡を取った由香里が言った。「本日は時間を取っていただき、感謝しています」

「なんもさ」

私は由香里の手助けを得ながら、暖気に包まれた空間に進んだ。炎の爆ぜる音がしている。

「今日お伺いしたのは——私の兄についてお聞きしたくて」私は切り出し方に少し悩んだ。「実は二十七年前に中国残留孤児だった兄が永住帰国したのですが、それが偽者かもしれません」

「……それは私に訊かれても困るべさ」

「もちろんです。ただ——母と同じ時期の渡満だと伺いました。私の兄について覚えていらっしゃることがあるのではないか、と」

私は事情を語った。病院での適合検査を拒絶され、兄が赤の他人ではないかと疑ったこと。調べ回ると、様々な妨害に遭ったこと。母に疑惑を告げたら、『いかんよ、いかん。そんなことしちゃいかん。今さら兄ちゃんを調べ回っちゃいかんよ』と訴えられたこと――。

「母は私の『兄』が偽者だと知っていたようです。承知しながら我が子として認知し、永住帰国させたんです。理由が分かりません。『兄』は何者なのか。母は何を抱えたまま殺されてしまったのか」

沈黙が続いた。思案げな息遣いが聞こえてくる。

「村上さん……」他人の墓を掘り返せと命じられたかのような口調だった。「あなたの話を聞いて、秀子さんが何を隠していたか、分かる気がするべさ。たぶん、だけども」

「気づかれたことがあるなら、教えてください」

「……私からは言いにくいべさ。それはいくないことだべ」

「私は真実を追ってここまで来ました。実は、兄を名乗る男が密入国して私の前に現れたんです。二十七年間、私の兄として生活していた人間の正体が分かれば、安心して本物の兄を迎えられます」

「兄？　お兄さんが現れたんだべか」

「はい。中国から」

「本当にお兄さんなんだべか」

「今では確信しています。血の繋がりを――確かに感じるんです。彼が本物の村上竜彦だと思います」

「困ったべさ。話してもいいのかどうか……」

「話してください。母はなぜ偽者を認知したのか」

「寝た子を起こすのはいくないべさ。一度起こしたら、夜な夜な泣き叫んで寝かせてくれなくなるべさ」

生前の母と同じく、彼女もまた私に警告するのか。母と『兄』の過去には一体何があったのだろう。

「悲劇であれ何であれ、真実を知りたいんです」

覚悟を決めたように重々しい長息が聞こえた。

「私が満州に渡ったのは昭和十五年――ちょうど秀子さんと同じ時期だべ。私たちは小屋が隣同士だったから、すぐ親しくなった。あ、そうそう、もう一軒隣の大久保さんともお互いに食事をお裾分けしたり……」

「大久保さんには先日お会いしました」

「無事だったべか。動員されてから消息が分からなかったんだ。ソ連兵に殺されてしまったと思っていたんだべ」

動員された？　どういうことだろう。大久保は喫茶店『黒猫』で、私たち開拓団と避難行を共にした、と語っていた。そんな重要な部分で記憶違いをするだろうか。

「私たちの入植した土地は、日本政府の宣伝どおり豊かで、作物はどんどん育ったべさ。満州には広大な畑が余っている、五族協和のため、日本人が頑張るんだ――そう信じていたべさ。けれど、実情は違ったべさ」彼女の声は苦悩に押し潰されていた。「昭和十六年のある日、私と秀子さんと……熱病で倒れた嫁さんの代わりに炊事をしていた大久保重道さんと、三人で井戸へ水を汲みに行ったべさ。そこで、中国人女性を見かけたんだ」

続けにくそうな吐息が聞こえた。私は「それで？」と話を促した。

「その中国人女性は……井戸に赤ん坊を棄てようとしていたべさ。秀子さんが駆け寄って思いとどまらせたんだ。『どうしてこんなことをするの』秀子さんの言葉を大久保さんが訳したべさ。中国人女性は恨みがましい目で――鬼のような目で私たちを睨んだべさ。『日本人が私たち中国人の土地を奪った。あんたらが耕している畑は全部私ら中国人のもんだ』彼女はそう言った。信じられなかったべさ。でも、思い返してみると、割り当てられた小屋には生活感があったべさ。たぶん、関東軍が半ば強奪したんだべ。日本政府が宣伝するように、広大で肥沃な畑が余っているわけじゃなかったんだ」

「後に分かったことです。信じた満州移民たちに何か罪や責任があるわけではありません」

「したっけ、その中国人女性は怒りに震えた声で苦しみを吐き出したんだ。土地を奪われ、生活が苦しい、と。子を二人も育てられない、だから片方は殺すしかない、と。秀子さんは動揺して涙を流していたべさ。そして、ひざまずくと、土に額をこすりつけるようにして謝ったんだ。土下座して、すみません、すみません、すみません、日本人がすみません……日本語で繰り返していたべさ。落ち着くと、秀子さんは言ったんだ。『その子を私が育てます。あなたの生活にゆとりができるまで私が育てます』と」

「まさかそれが岩手の『兄』――」

いや――。

背筋をおぞけが這い上ってきた。心臓の鼓動が耳障りだ。拳の中が汗で気持ち悪い。彼女は『昭和十六年のある日』と言った。兄の年齢とは合わない。

昭和十六年――それは、私が生まれた年だった。

「まさか、私は――」

「そうだべ」稲田とみ子の声には同情といたわりがあった。「あんたは養子だべ。秀子さんが助けた中国人女性の子だ」

「そんな、まさか……」

「事実だべさ。秀子さんは赤子を譲り受けると、我が子として育てたんだ。誰にも内緒だったべさ」

私は母の実の息子ではなかった。あのカッコウの『鳩時計』をふと連想した。仮親に卵を託して育てさせるカッコウの〝托卵〟と同じだ。私は日本人の母親に預けられた中国人の赤ん坊だった。日本人ですらなかった。全人生が否定された気分だった。足元に開いた奈落に落ちていく。

右隣から由香里が息を呑む音が聞こえた。無理もない。私の出自が変われば、娘の血も変化する。叶うならば、前日に戻り、娘を自宅に置いてきたかった。同行させるべきではなかった。娘は中国人の血が半分混ざった自身をどう受け止めているだろう。突如知らされた真相に動揺しているのではないか――。

ふと、私の右手の甲に温かな熱が触れた。由香里の手だった。自身の困惑を抑え込むためというより、動揺する父親を思いやっての行為に思えた。

私は静かに息を吐いた。

衝撃の余韻が残る頭の中に蘇ってきたのは、中国残留孤児二世の張永貴から聞いた話だった。一九四一年の五月、彼の祖母が病死し——十二日が命日だという——、彼の母が困っていると、私の母が代わりに葬儀を全て取り仕切ったらしい。

〝妊婦が葬式に出れば難産する〟

故郷の言い伝えを守る母は、私の妻の妊娠中にも伯母の葬儀に出席させなかったほどである。母は『自分自身、妊娠中に葬儀に出たことはない』と話していた。一九四一年の五月なら、ちょうど私を妊娠していたはずの時期だ。他人の葬儀を取り仕切るはずがない。矛盾に気づくべきだった。母は妊娠していなかったから、張永貴の祖母の葬儀を取り仕切ることができたのだ。

『兄』の出自を探るうち、自分の出自が明らかになった。なってしまった。俳句の点字の凸凹が引っくり返ったように、私の出自も引っくり返った。

生前の母が怯えた口調で『調べ回っちゃいかん』と警告した理由が今なら分かる。母は私を守りたかったのだ。私が真実を知らないことだけを願っていたのだ。

それなのに——私は墓を掘り起こし、知ってしまった。

26

岩手

北海道から東京には帰らなかった。『兄』に話があった。事の真相を知った今、問いたださねばならないことがある。

私は茶の間で兄と向き合っていた。

「……私は養子だったんだな」

兄が鼻から息を吐く音がした。渋面《じゅうめん》が目に浮かぶようだ。間を置いて絞り出された声には、痛切な響きがあった。

「知って――しまったんだな」

「北海道で本物の稲田さんに会った」

「そうか。万が一に備えて口止めしておくべきだった。お前のことだ、無理やり聞き出したんだろう」

「兄さんは知っていたんだな」

「当然だろ。腹も膨らんでいない母ちゃんが子を連れて帰ってきたら、そのときは騙されても、大きくなって気づかんはずがない」

「適合検査を拒絶したのはそれが理由なのか？」

兄は諦念の籠ったため息を漏らした。

「検査を受けたら、お前の孫と俺に血縁関係がないことがバレるかもしれん。そうしたらお前が養子だと知れてしまう。俺はそれを隠したかった。俺たちに血の繋がりがないと発覚した時点で病院に色々勘ぐられて、臓器移植が許可されない可能性が高いと思ってな。適合検査はお前の過去を暴くだけで終わってしまう」

「偽者は私のほうだった……というわけか」自嘲の嘆息が漏れる。

「悲しいことを言うな」兄の声には、自分の身を斬られたような痛みがあふれていた。「お前が傷つく姿を見たくないから俺は――」

「俺は？」

「お前が調べ回るのを阻止しようとしたんだ」

「兄さんを疑っていること、いつ知ったんだ」

「最初に磯村さんと日比谷公園で話したろ。俺はその場にいたんだ。実家でお前の様子が妙だったから、嫌な予感がしてな。尾行したんだ。東京までの旅費は、あの『鳩時計』を売って捻出した」

ふと思い出した。磯村に『兄』への疑念を語り、口止めした後、私はよろめいて誰かにぶつかった。謝罪したが、相手は無言で立ち去った。最近の人間は失礼だ、と思ったのを覚えている。

「あのとき、私がぶつかったのはもしかして――」

「俺だ。正直、焦ったよ。その後は、お前が俺を疑っていると知って見張った。お前のためだったんだ」カチッと音が鳴り、しばらくして煙が漂ってきた。「お前は比留間さんに会ったよな、公民館で」

「あのときもそばにいたのか？」

「そう。部屋にいた。物音を立てないように注意してな」

煙草の匂いを嗅いだとき、私は思い当たった。他には誰もいないはずの会議室で同じ匂いを嗅いだ。比留間にそれとなく煙草を吸うか訊くと、彼は吸わないと答えた。兄だったのか。思い返せば、腎臓移植を断るとき、兄は『一日十本は煙草を吸うから俺の腎臓も健康じゃない』と言った。兄も煙草を吸うのだ。

「そういえば、煙草の匂いを嗅いだよ」

「外で待っているあいだ、待ちくたびれて一箱空けてしまったからな。服をはたいて匂いは消したつもりだったが」

「比留間さんは私が養子だと知っていたのか？」

「ああ。中国でお前の実の兄——徐浩然に会っているからな」

私の生みの親は子供を二人育てられないから、片方——私を井戸に捨てようとしていたという。徐浩然は残った片方だったのか。血の繋がりや懐かしさを覚えた理由が分かる。彼が村上竜彦を名乗ったのは、日本人に成りすまして在留資格を得るためだろう。

「比留間さんが支援団体の職員だと告げると、徐浩然は残留孤児を騙ったそうだ。それで徐浩然の存在を知ったらしい。お前が磯村さんに専門家を紹介してくれと言い出したとき、俺はメモに比留間さんの名前を書いて見せた。彼なら協力してくれるからな」

比留間は『生半可な好奇心で首を突っ込むと、不幸が訪れるかもしれませんよ』と言った。あれは兄を調べるな、という脅迫ではなかったのだ。私を思いやっての警告だった。何てことだ。全ては私の疑心暗鬼が生んだ妄想と誤解だった。吹雪の中ではぐれたのは、落とした携帯を探しに戻った結果の不運にすぎなかったのか。

「比留間さんは、いずれお前が真相にたどり着くと予期していたかもな。立ち聞きしていて思ったよ。比留間さん、肉親だと信じてた残留孤児が赤の他人だと判明したときの家族の——互いの悲しみや苦しみを語っただろ。きっと、お前へのメッセージだったんだよ。真実を知ってしまっても、家族は家族だ、ってな」

常闇の中にいると、周囲を取り囲む闇に浸食され、思いやりや優しさのような目に見えない好意を信じられなくなる。私は孤独な人生を送るうち、心の目まで曇らせてしまったのだろう。

「……だけど、比留間さんと会った日、何者かに車道へ突き飛ばされそうになった。私を殺して真実を隠そうとした人間がいる」

しばしの沈黙の後、兄の笑う声が響き渡った。

「誤解だ。そりゃ、お前の大きな誤解だよ。あれは俺だ。最近は省エネだか何だか、静かに走る車が多いだろ。向こうから車が来てるのにお前が一歩を踏み出そうとしたから、止めようとしたんだ。襟首を摑んでな。だが腕を伸ばした瞬間、お前が振り返った。尾行の理由を訊かれたら答えられないから、俺はその場から逃げたよ。まあ、すぐ戻ったけどな。お前がまた危険な目に遭っちゃ困るだろ」

尾行も私の被害妄想だったのか。何もかも思いやりだった。吹雪の北海道だけでなく、東葛西の造船所でも、兄の力強い腕に救われた。

「全て私を守るために?」

「……お前には日本人として平穏に暮らしてほしかった。アイデンティティで苦悩するのは――俺だけで充分だ」

私は残留孤児について数多くの体験談を聞き、日本人でありながらも差別される人々の苦しみを知った。兄はそれを実体験で嫌と言うほど思い知っている。だから私を守ろうと必死になった――。

兄の声に苦笑が混じる。「ほら、お前はときどき、中国人を見下す発言をしただろ。だから、もし自分が日本人じゃないなんて知ったら、苦しむと思ったんだ」

私は偽者疑惑がある『兄』に探りを入れるため、挑発するように中国人を悪く言ったことがある。そのたび、『兄』は中国人を庇うように反論した。私はそれが偽者の証拠だと思った。『兄』が中国人だからこそ、不愉快になるのだ、と。だが、違った。私が真実を知ったとき、日本人の誇りを失い、動揺し、精神が崩壊してしまうことを危惧しての説教だった。

「……母ちゃんの一生の願いでもあったんだよ。母ちゃんは帰国後の俺が苦しんでいるのを長年見てきたからな。お前の出自だけは絶対に知られないようにしてくれ、って頼まれた。自分が長くないのを知っていたから、それだけが母ちゃんの遺言だ、ってな。だからどんな手を使っても隠し通そうとしたんだ」

兄が労を惜しまず、東京にまで出てきて様々な小細工を繰り返した理由に得心がいった。

「真実を隠すために、偽者の稲田さんに引き合わせたんだな」

「ああ。風呂で俺の背中を流したとき、刀傷に気づいていたくせに俺を疑い続けてたからな」

特別養護老人ホームで会ったとき、曾根崎は左手で握手した。左利きの人間が軍刀で袈裟斬りにすれば、傷痕は左肩から右腰のほうへ刻まれるだろう。兄の背の刀傷は偽物ではなかった。

「じゃあ――」私は身を乗り出した。「ヒ素の小瓶は何なんだ。私が持ち出したなんて、嘘をついて何の意味があった？」

「待て。嘘はついてないぞ。村の人間がお前を目撃した――それは事実だ。村人が嘘をつく理由はない。俺がお前を尾行したのは、ヒ素の使い道を心配したからでもあるんだ」

「右腕の火傷の痕はどうなんだ？　腕を握ったとき、皮膚が引き攣れた感触はなかった」

「誰かから聞いたとか言っていたな。火傷をしたことはないぞ」

大久保の言葉は明瞭だったたし、火傷のエピソードは具体的だった。だが、思い違いは誰にでもある。

「まだ俺を疑ってるのか？」

「いや」私は答えた。「もう疑ってはいない。兄さんは母さんの死には関係ないんだな？」

「当然だ。親を殺す息子がいるか」

「なら、お前が余計なまねをしなけりゃ――ってのは何だったんだ」

「俺が言ったのか？　いつ？」

「通夜振る舞いの席だ。酔っていたが、忘れてはいない」

「……ああ、あのときか。お前が俺を疑って調べ回っていたから、俺は何度も上京してお前を尾行した。それで――ついつい母ちゃんの介護がおろそかになった。売り言葉に買い言葉だ」

敗戦後、中国人が瀕死の日本人孤児たちを助け、実子として育てたのと同様、日本人である母もまた、中国人の赤子を助け、実子として育てた。日中の思いやりある人々によって幼い命が救われたのだ。巡り合う相手、巡り合う時期がほんの少しでも違えば、私も兄も生きてはいなかっただろう。

「なあ、和久。誤解が解けたところで提案があるんだが……実家に帰ってこないか」

兄の声には温かさが籠っている。「兄弟で離れて暮らしてると不便だろ」

「……実は由香里と夏帆がうちに戻ってくるんだ」

「おお！」兄の声が弾んだ。「そうか、そうか。それはよかった。二人が帰ってくるのか。最高じゃないか。お前は目が見えないし、気にしていたんだ。それなら心配ないな。ところで――夏帆ちゃんのことだが、俺の腎臓、使えるかどうか検査してくれ。もうお前の出自を隠す必要はなくなったしな。もし検査で医者に赤の他人だとバレても、事情を説明すれば理解してくれるかもしれん」

「ありがとう、兄さん」私は頭を下げた。「夏帆のこととは関係なく提案なんだが――兄さんも東京で一緒に暮らさないか？　部屋は余裕があるし、東京に住んでいるほうが便利だろ。東京地裁にも出廷しやすい」

「いや。俺は母ちゃんの墓を守っていくよ。ここに住み続ける」

「そうか。だけど、裁判はどうする？」

「残留孤児は外国人じゃなく、敗戦のドサクサで中国に置き去りにされた日本人だともっと知ってもらいたい。不本意ながら生活保護で暮らさなきゃならない孤児に老後保障を与えてほしい――その一心で突っ走ってきたが……前に話したろ。もうやめるつもりだ」

「急な心変わりが不思議だった。なぜだったんだ?」

「お前を尾行して色んな話を立ち聞きして、遠慮のない本心を色々聞かされたからな。俺の我がままがずいぶんお前を苦しめていたようだ。それを思い知って考えを改めたんだ」

気恥ずかしさと申しわけなさがあふれた。私は関係者に会うたび、『兄』への疑念や不満を語った。厳しい言葉も、敵意に満ちた言葉も口にした。私の一言一言が兄をどれほど傷つけただろう。私を見守っていた兄はどんな表情でそこに立っていたのか。

「全てが本心じゃない。疑念に取り憑かれて……否定的な感情が膨れ上がっていたんだ」私はしばし思案してから言った。「だから――裁判は続けてほしい。今なら兄さんの苦しみが理解できる」

「……俺こそ怒りに取り憑かれて否定的な感情が膨れ上がっていた。非協力的な家族に腹が立ち、なおさら意固地になっていた。曾根崎さんの言葉が身に染みる。『国を赦せと言うのではない。〝大切なもの〟を見誤ってほしくないのだ』か」

「裁判は続けるべきだ。怒りじゃなく、平穏な老後のために。多くの残留孤児のために。私に協力できることがあったら言ってくれ」

「ありがとう、和久。俺からの頼みは一つだけだ」兄は思わせぶりに間を置いた。

「命日には墓参りに帰ってこいよ。子が親の墓を参れないことは不幸だからな」

口調には苦悩が滲み出ていた。生活を切り詰めている兄は、中国人養父の墓参りにもう何年も行けていない。

「……なあ、兄さん。今年は一緒に中国へ行こう。養母を見舞って、養父の墓に手を合わせよう。兄さんを助けて育ててくれた礼を私はまだ言っていない」

「ああ、それは名案だ」

「そうだ、調べ回っていて張永貴という残留孤児二世と会ったよ。満州で一緒だった女の子の息子さんらしい。覚えているか？　避難行で一緒だった子だ」

「忘れるものか。高熱を出して中国人夫婦に託さざるを得なかった。俺は守ると約束したのに果たせず——無力感で苦しんだ。永住帰国してるのか？」

「残念ながら数年前に亡くなったそうだ」

「……そうか」兄の声は打ち沈んでいた。「一目会いたいと長年願っていたが。叶わなかったか。運命とは残酷なものだ」

「愛していたのか？」

「初恋だった。約束を守れなかった俺は、成人してから中国で彼女を捜したものだ。見つからなかったがな。そうか、彼女は向こうで結婚していたのか。過酷な運命に翻弄されたが、幸せな人生だったなら俺も救われる。そう願う」

兄が独身を貫いている理由が分かった気がした。誰かに追われる偽者だから伴侶《はんりょ》を持てなかったわけではない。ただただ、純粋な恋心と――そして苦しい後悔に捕らわれていたのだ。

「……和久。養子だろうと実子だろうと、お前は家族だ。村上家の一員だ。いいな。絶対にそれを忘れるな」

命を救ってくれた中国人養父母を第二の両親と思っている兄の力強い口調には、確かな説得力があった。

――育ての母親は大事だ。何十年も育ててくれたらそれはもう母親だ。絆は血に勝る。

以前、兄が私に語った言葉が脳裏に蘇った。絆は血に勝る、か。あのときは、実母より中国人養父母を愛しているのだと思い、反発したが、実は私へのメッセージだったのだ。

――普通、自分を棄てた生みの親より、何十年も育ててくれた育ての親に繋がりを感じるものだろ。

満州で濁流に飲まれた『兄』は、私を負ぶって川を渡った母を内心で憎んでいるのだと思った。だから『棄てられた』と本心が漏れたのだ、と。それは違った。私のことを話していたのだ。

私は命の恩人である兄に感謝せねばならない。避難行の途中、兄が軍刀から庇ってくれなければ、生きていなかった。満州の土の下で骨となり、朽ち果てていただろう。『兄』への疑惑からはじめた真相探しだったが、結果的には調べてよかったと思う。自身のアイデンティティを覆す真実にたどり着いてしまったとはいえ、母と兄の思いやりや優しさを知ることができた。

養子の私を実子同然に愛し、守り、大事に育ててくれた母を想う。確かに絆は血に勝る。

私は一生、母と兄への恩を忘れまい――。

27

東京

残念ながら兄の腎臓は適合しなかった。夏帆と血の繋がりがないことまでは検査で発覚しなかったにもかかわらず――。

私は無念を噛み締めながら、待ち合わせ場所の喫茶店へ足を運んだ。大久保重道は先に来ていた。稲田とみ子の話によると、彼女と私の母と大久保の三人で井戸に水を汲みに行き、赤ん坊を捨てようとする中国人女性と出会ったらしい。

「先日は――」私は慎重に切り出した。「兄の火傷の話や、私たち一家と満州で避難行を共にした話を聞かせていただきましたよね」

「火傷とは？ 初耳です」大久保の声は怪訝そうだった。「それに誤解があるようですが、私は動員されて開拓団を離れていました」

稲田とみ子の話と同じだった。

「大久保さんは兵隊として駆り出されたんですか？」

「そうです。昭和十八年――だったと思います。現地召集令状が届きました。私は農具を銃に持ち替え、ソ連と満州の国境地帯の警備を任されました。トーチカに常駐しました。日々、銃を持った関東軍兵士が減り、鍬を握り続けてできたマメだらけの手の者ばかり増えていきました」

「関東軍が密かに撤退していたからですね」

「そうです。兵士同士の会話を盗み聞きすると、私たちを数合わせにしてソ連側の偵察者の目を欺き、関東軍が撤退する作戦でした。私たちはトーチカに立たされたカカシでした。しかし、ソ連兵は鳥ではない。立っているのがカカシであることくらい、とうにお見通しでした。侵攻の足止めにはなりません。私たちは投降し、シベリアに抑留されました。ですから、開拓団の避難行には加わっていません」

やはり何かがずれている。心なしか彼の声も――。

「喫茶店では……私のことを隠しておられたんですよね」

「『私のこと』と言うのは？」

「私が中国人の子で、母が私を引き取ったことです。大久保さんは私を傷つけまいとして隠されていたんでしょう？」

「いや。私はお話ししましたよ」

「いえ、聞いていません」私は恐る恐る尋ねた。「喫茶店『黒猫』で会いましたよね。約束の時刻は午前十時半」

「そうです。会いました」

私も十時半に喫茶店『黒猫』を訪ねた。それなのに会っていない。なぜだろう。音声式腕時計も音声式置時計も、正しい時間を私に喋ってくれた。それなのになぜ――。

正しい時間？　本当にそうだろうか。町にあふれている時計を見ることができない私には、音声式腕時計と音声式置時計だけが頼りだ。二つを狂わされていたら時間を勘違いしてしまう。

誰かが針をずらしたのだ。そうとしか思えない。大久保の腕時計の操作は困難だろう。だが、私の時計なら――。

私は一日じゅう腕時計をしている。外すのは、入浴時と就寝時だ。時計に細工しようと思えば、家に侵入するしかない。徐浩然は私の家に隠れ住んでいた。『兄』が本物だと突き止められては困るから、調査の糸を断ち切ろうとしたのだろう。

「大久保さんは別人と会われたんですね」

「いえ。間違いなくあなたに話しました。顔も覚えています」

顔が同じ——まさか、と思う。

考えてみれば、私の生みの母親はなぜ私を——弟を産んだのだろう。関東軍に土地を取り上げられたのは、私が生まれる何年も前である。生活が苦しいのは分かりきっていた。それなのに妊娠した。二人目を産んでも棄てざるを得ないのに、腹の中で育てた。

理由は一つしか思い当たらない。一人だけなら育てられると思っていたのに、一人ではなかった。生まれたら二人だった。

一卵性双生児——。

徐浩然は年上の実兄ではない。私と同い年の実兄なのだ。そう考えれば辻褄は合う。彼の声に懐かしさがあった理由は、他人の口を通して聞く私自身の声だったからだ。

私の赤子のころの写真を思い出した。足首には亀の柄のリボンが結ばれていた。アルバムを焼失する前、娘はそれを不思議がっていた。『背守り』のようなまじないの一種かと思っていたが、実は生みの母が兄弟を見分ける目印にしていたのではないか。母が譲り受けた後も、その名残で結んだままだったのかもしれない。

そうか。ヒ素の小瓶を納屋から持ち出したのも、それを石熊神社の神木の根元に埋めたのも、私に成りすまして大久保と喫茶店で会ったのも、双子の兄、徐浩然だ。私ではなかった。

一卵性双生児とはいえ、育った環境が違えば顔に多少の差異は生まれているだろう。だが、思い起こせば、徐浩然を目撃したのは赤の他人ばかりだった。だから誰も別人だと気づかなかったのだ。

喫茶店『黒猫』で偽の大久保と話しているとき、ウエイトレスは運んできた紅茶がどちらの客のものだったか戸惑った。あれは双子だったから混乱したのだ。私は安全のために帽子をかぶり、サングラスをしている。敵と入管に追われる徐浩然も、人目を避けるために同じような格好をしていたのではないか。

私は徐浩然に会う必要性を感じた。

逃亡中の徐浩然から連絡があったのは、三日後だった。『大和田海運』の連中が逮捕されたことを教え、安全だから会いたいと告げた。場所は私の自宅だった。

徐浩然が現れると、私はリビングのソファに座り、全てを話した。岩手の『兄』が本物の村上竜彦だと判明したこと。徐浩然が双子の実兄だと知ったこと——。

「兄さん、何で『村上竜彦』に成りすまそうとしたんだ」

常闇は沈黙に包まれていた。葛藤の息遣いが聞こえてくる。計画が頓挫した無念の表情が目に浮かぶ。

「……俺は中国人だ」彼の声からは侮蔑の響きが感じられた。「どう足掻いても日本には住めない」

日本人が日本に呼び寄せられるのは、配偶者と子供だけで、原則として両親や兄弟は無理だ。私は日本の国籍を有しているが、徐浩然は在留資格を得られない。

「俺は日本に双子の弟がいる、と聞かされて育った。将来に備えて日本語学校にも通ったよ。しばらくして、本物の村上竜彦と会った。彼は俺を実の弟と誤解した。顔が同じなんだからな。敗戦から数十年が経っていても面影はあったんだろう。自分と同じく満州に置き去りにされたと思い込んでいた。だが、話すうちに俺が双子の兄だと分かったようだ。祖国に帰国できない彼は、当時の満州での生活をよく語ったよ」

徐浩然は以前、友達の残留孤児に自分の過去を全て語り聞かせたら村上竜彦としての人生を奪われた、と話した。徐が廃工場で語った思い出話が私の記憶と合致したから、彼が本物の兄だと確信した。だが逆だったのだ。本物の兄が徐浩然に自分の過去を全て語ったからこそ、徐は満州での思い出話を正確に知っていた――。

「八〇年代になると、訪日調査がはじまって村上竜彦は帰国した。俺は羨ましかった」

「日本に密入国しようと思ったきっかけは？」

「母の死だ。俺は一人ぼっちになり、余生に不安を感じた。そこで、俺はお前の育ての母親に手紙を送った。住所は柱に刻まれていたから知っていた」

謎が解けた。母が開拓団の家の柱に中国語で刻んだのは、私の生みの母親へのメッセージだったのか。私たちは祖国へ逃げ帰ります、住所はここです――そんな感じだろう。

「手紙を送ったら母は何て？」

「そっとしておいてほしいとさ。養子だということは隠したかったんだろ」

避難行の前はいずれ生みの母親に返すつもりだったが、松花江で実子を失い、残った私を長年育てるうちに私が本物の息子となり、手放せなくなったのだろう。

「俺は――豊かな日本で暮らしたかった。だから中国で会った日本人ボランティアの比留間に相談した。村上竜彦を騙ってな。だが見破られ、協力は得られなかった。仕方なく密入国した」

「岩手の『兄』と偽装認知の件で手紙をやり取りしていただろ。何か共犯関係があるのか？」

「違う。前に話しただろ。最初に密入国を依頼した蛇頭は、『偽装認知で日本に住める』と説明したが、俺は疑った。だから日本人に――お前の家族に日本の法律を聞きたかった。手紙を書いたら、そんな不正な方法は成功しない、密入国なんて馬鹿なまねはやめろ、と返事があった。俺は他の中国人たちにこの蛇頭は詐欺集団だと教え、一緒に逃げた」

『兄』が中国語の手紙を私から隠そうとしたのは、中国人の双子の兄の存在を知られたくなかったからか。『兄』もまさか徐浩然がコンテナ船で密入国してきていると思わなかったのだろう。だから徐がヒ素の小瓶を持ち出したり埋めたりする姿を目撃した村人の話を聞き、それが私の仕業だと信じてしまった――。

「兄さんは私に成りすましただろ。そのせいで疑われた」

「仕方なかった。人目を避けているつもりでも、もしも誰かに見られたら存在がバレてしまう。だから盲目のふりをして出歩いた。この家に潜んだときも、飯を買うときはお前のふりをした」

「白杖を使ったか」

「使った。お前が寝ているあいだに借りた。コンビニエンスストアは夜中も開いている。何でも買えるからな」

「……もしかして、白杖を杖代わりにしなかったか」

「ああ。貧弱な杖だった。慌てて接着剤で修理したが……」

私の白杖が突然折れた理由が分かった。調査を妨害したい人間の仕業だと疑ったが、違ったのだ。先端で障害物を探るための白杖を杖代わりにした徐浩然のせいだった。

「盲人を装えば、警察に職務質問もされないだろ」

「私の時計に細工して大久保さんに会ったな?」

「そうだ。村上竜彦が本物だと知られたくなかった。電話でお前が待ち合わせ場所と時間を口にしたから、先回りすることにした。お前の入浴中に精神安定剤と睡眠薬のカプセルを入れ替えた」

由香里が家を出て行く前は、私の薬を管理していた娘が『精神安定剤』『睡眠薬』と書いたシールを貼って区別していた。それが残っていたから、薬の中身を知ることは容易だっただろう。

一人暮らしをはじめてからは、形が異なる三角と四角のケースで薬の種類を判断していた。色は違ってもカプセルの形状は同じだから、ケースの中身を入れ替えられたら気づかない。あの夜、精神安定剤のつもりで睡眠薬を服用してしまったから、私はあっという間に睡魔に屈したのだ。

「私を眠らせて時計の時刻をずらしたんだな」

「そう。一時間、遅らせた。そしてお前を装って喫茶店に行き、大久保に会った。代わりに話を聞き、大久保が店を去った後は――」

「今度は大久保さんに成りすまし、一時間遅れてやって来た私と会った。そうなんだろ」

「そうだ。俺の右腕には火傷の痕がある。大久保に化けて火傷の話をすれば、火傷の痕がないお前の兄が偽の村上竜彦になり、俺が本物の村上竜彦になる。そう思わせられる」

偽の大久保と会ったとき、私は奇妙な懐かしさを覚えた。満州で世話になった恩人と再会したから、そのような感情を抱いたのだと思った。だが実際は違った。意図的に声色を変えていたとはいえ、双子の兄の声だったから、懐かしさを覚えたのだ。

「村上竜彦に成り代わるために、ヒ素で私の母を殺したのか？」

「殺してない！」徐浩然は声を荒らげた。

「母が殺された現場にいただろ。手紙も持ち逃げした」

苦悩を噛み締めているような吐息が聞こえた。躊躇する間の後に吐き出された言葉からは、葛藤が窺えた。

「確かに——殺そうと考えていた。お前の母親と兄を消せば、俺が『村上竜彦』に成り代われる。その方法を考えながら納屋に潜んでいたら、お前が入ってきた。私は気配を殺した。だが、よろめいたお前にぶつかられそうになり、棚の物を崩してしまった」

思い出した。棚に強くぶつかった覚えがないのに崩れた。徐浩然のせいだったのか。

「俺はお前に触れられないように、棚の裏側に隠れた。すると、村上竜彦が現れ、お前の手から小瓶を叩き落とした。ヒ素だと言っていたから、使えると思って後で持ち出した。そのときはまだ白杖がなかったから、壁を撫でながら歩いて目が見えないふりを装った」

「そのヒ素を母に盛ったんじゃないのか」

「違う。絶対に違う」否定の語調は強い。「殺意はあった。だからお前の箪笥の金を借り、岩手まで行った。そしてあの日、俺は——機会を見計らって侵入した。ガスの匂いがした。台所に行くと、お前の母親が倒れていた。心臓発作か脳卒中か、とにかく倒れていた。殺す必要はなかった。見ると、コンロにはやかんが置いてあった。俺はガスを止めた。後は村上竜彦さえ消せば……そう思って茶の間に行くと、書きかけの手紙があった。俺宛だった」

「内容は？」

「実の弟と会わせてやれないことを詫びる手紙だった。申しわけなさそうに謝っていた。何度も何度も。生活が苦しいなら、仕送りをする、と提案してあった。私は生活に困っていないから、と。だが、岩手のあの貧しい実家を見た俺には分かる。それは嘘だ。俺は自分の計画を恥じた。だから——お前の母親を布団に運び、寝かせた。敬意を払った。そのとき、お前が現れた」

そういうことか。考えてみれば、ガスやヒ素にもがき苦しんで死んだなら、布団に包まれているはずがない。警察が司法解剖で急性の心臓死だと判断したのも当然だ。それが事実だったのだから。

「ヒ素の小瓶を埋めたのは、もう不要だったからか？」

「そうだ。その辺に投げ捨てたら危険だ。だから埋めた」

徐浩然の口調には誠実さがあり、嘘ではないと確信できた。同じDNAを持つ者特有の感覚だろうか。記憶がないうちに自分が母を殺したわけではない、と知って安堵した。今後は精神安定剤の服用を控えよう。家族を取り戻した今、もう薬に頼る必要性がない。

彼が島田谷工場で由香里と会いたがらなかったのは、成り代わりを諦めた以上、不正な手段でしか得られないだろう在留資格の取得に私が協力してくれるかまだ確信が持てなかったからだ。確信が得られるまでは双子の兄だと知られたくなかった——。

徐浩然は根っからの悪党ではない。

「兄さん……」私は慎重に口を開いた。「頼みがあるんだ」

エピローグ

中年の医師は白衣を翻し、診察室の椅子に腰を下ろした。ノックの音がした後、ドアが開き、ベテランの女性看護師が入ってきた。彼女の右肘を老年の男性が左手で摑んでいる。右手に握った白杖がリノリウムの床をコツ、コツと打っている。

「どうぞ、腰掛けてください」

彼は女性看護師の手に腕を導かれ、丸椅子を撫でながら座った。白杖を膝の上で横たえる。顔には緊張が貼りついていた。

中年の医師は、一秒でも早く結果を伝えようと思った。

「リンパ球交叉試験を行いました。検査前の説明を覚えておられますか？　あなたのリンパ球に対する抗体がお孫さんの血中にないか、確認する検査です」一呼吸置いた。「陰性でした。村上和久さんの腎臓ですが、健康状態もよく、お孫さんに無事、適合しましたよ。おめでとうございます」

「本当ですか」彼が顔を上げた。「なら移植できますか」

「はい。具体的な手術日を決め、移植しましょう。手術は体力が勝負ですから、緊張しても食事は抜かないでください。腎移植は他の臓器移植の中でも極めて成功率が高く、手術は完成されています。近年は免疫抑制剤の進歩が著しく、拒絶反応も心配ありません」

彼はうなずいただけだった。口数が少ない。先週は質問攻めにあったのだが――。『血液型が違っても大丈夫ですか？』『手術費用は？』『手術前の入院は何日ほど？』『担当医は臓器移植の経験が豊富ですか？』『危険はありませんか？』

中年の医師は改めて説明した。

「腎移植では全身麻酔をかけます。目覚めたら手術は終わりです。死体腎移植に比べ、親族から臓器を提供される生体腎移植では、生着率も高いです」

「……生着率？」

「手術後に臓器が機能している割合です。いくら生体腎移植の生着率が高いと言っても、十五年後には五十パーセント近くまで下がる可能性があります。しかし、心配はありませんよ。お孫さんの体力も問題ありませんし、大量の免疫抑制剤にも耐えられるでしょう」

生体腎移植から四日が経っていた。

自宅のチャイムが鳴ると、私は廊下の壁を伝い歩きし、玄関のドアを開けた。

「お父さん」由香里の声が言った。「徐さんも一緒よ」

約束の時間だった。

「ああ、腹の辺りが妙な感じだ」徐浩然は存在をアピールするようにコンクリートの地面をコツッと鳴らした。貸した白杖だろう。「まあ、腎臓が一個になったら当然か」

「本当にありがとう、兄さん」私は暗闇に向かって頭を下げた。「腎臓を提供してくれて」

「受人滴水之恩《ショレンディシュエズーエン》、当似湧泉相報《ダンシーヨンチユエンシャンバオ》」徐浩然は流暢な中国語を喋った後、日本語で言った。「水滴のような恩にも、湧き出る泉のような大きさで報いるべし――お前は工場で俺に財布を渡し、追っ手から逃がしてくれた。その恩に報いたかった。それに、お前の孫娘が誘拐されて腎臓病を悪化させたのは、俺がお前たちに関わったせいだ。だから罪滅ぼしもしたかった」

「本当にありがとう。孫娘の命の恩人だ」それから私は由香里の立つ方角を向いた。

「夏帆はどうだ？」

「感染症を防ぐために個室管理。十日くらいで一般病室に移れるって。退院はそれから二、三週間」

「日常生活に戻れるのか？」

「退院後に外来で検査して、合併症が起きてないって分かったら、学校にもまた行けるようになるって」

「そうか。よかった」

徐浩然は戸籍や在留資格の問題があるため、病院に行けない。だから彼は私に成りすまし、夏帆が透析を受けていた病院とは別の病院で適合検査を受けた。腎移植の面談は私が受け、適合検査と手術は彼が受けたのである。視覚障害者を演じるため、私は徐浩然に白杖の使い方を教え込んでおいた。

その結果、『村上和久』の腎臓は無事に適合した。一卵性双生児だからといって、臓器の状態の悪さまで同じわけではない。医師を欺くのは気が咎めたものの、夏帆の命のためだと割り切った。幸い、手術が終わっても見破られることはなかった。

翌週、私は帰省し、兄の手を借りて墓地に向かった。

草花と石の芳香、小鳥や虫の鳴き声——私の想像次第で花畑も墓地となり、墓地も花畑となる。四感を刺激するものが映像を形作る。思えば、孤独に生活していたころは、世界じゅうの音や匂いが苦しみと悪意の象徴に感じたものである。人も同じだ。

思いやりのある兄は法律の海で溺れる愚かな老犬に見え、老後のために闘う磯村は過熱する溶鉱炉に見え、残留孤児の世話をする比留間は返り血だらけの刀を持つ夜叉に見えた。自分自身で世界を闇で染めていた。人を敵視していた。

今、眼前には色とりどりの花に囲まれた墓石のイメージが見えていた。希望の光にあふれた明るい景色が広がっている。

私は手を合わせた。

——母さん、息子として育ててくれてありがとう。

私は母を想った。母は中国人の子である私ではなく、怪我した実子を負ぶって松花江を渡ることもできた。そうすれば、兄は流されずにすみ、代わりに私が中国に置き去りにされていただろう。だが、母は幼い私を負ぶってくれた。兄が残留孤児となった責任は私にある。私の存在が——養子である私の存在が兄の悲劇を生んだ。生んでしまった。

私は兄の苦悩を何も知ろうとしなかった。光を失い、相手の苦しみも見えなくなっていたのだろう。私の日本での幸せは、兄の犠牲の上に成り立っていたというのに……。

黒一色の世界に住んでいると、空間は果てしなく広がっているように思える。だが実際に腕を伸ばしてみたら、目の前に壁や障害があったりする。だから私は、存在しない場所にも勝手に自分で壁や障害を作り、一方的に家族と距離を感じてきた。それは間違いだった。

母は養子の私を差別するどころか、実の息子である兄よりも大事にしてくれた。そういえば、母は私が何をしても褒め、自分のことのように喜んでくれたっけ——。母は自分が苦しいときも、私のことを心配していた。目の病をあの世に持って行きたいとまで言ってくれた。

血の繋がりはなくとも、本当の家族だった。

双子の兄も見つかったよ。在留資格がどうなるかは分からないが、最善を尽くそうと思う。母ちゃん、安心してくれ。今後は二人の兄と娘と孫、全員で仲良く生きていくよ。そう努力する。だからもう心配しなくていいんだ。ゆっくり眠ってくれ。

常闇の中にも家族の温かさを——光を感じた。

『参考文献』

・『中国残留邦人——置き去られた六十余年』井出孫六著（岩波書店）
・『私たち、「何じん」ですか？　「中国残留孤児」たちはいま…』樋口岳大著　宗景正（写真）（高文研）
・『検証・満州一九四五年夏　満蒙開拓団の終焉』合田一道著（扶桑社）
・『残された日本人』新井利男著（径書房）
・『父母の国よ　中国残留孤児たちはいま』鈴木賢士著（大月書店）
・『小蓮の恋人　新日本人としての残留孤児二世』井田真木子著（文藝春秋）
・『中国残留孤児問題の今を考える　中国「残留孤児」という名の「日系中国人」』木下貴雄著（鳥影社）
・『「中国残留孤児」裁判　問題だらけの政治解決』菅原幸助著（平原社）
・『証言　冷たい祖国　国を被告とする中国残留帰国孤児たち』坂本龍彦著（岩波書店）
・『日本の国籍を下さい』菅原幸助著（三一書房）
・『図説　写真で見る満州全史』平塚柾緒著　太平洋戦争研究会編集（河出書房新社）

・『「中国残留孤児」の社会学　日本と中国を生きる三世代のライフストーリー』張嵐著（青弓社）
・『日僑俘の生還　中国残留孤児を免れた11歳少年の物語』中原淳作著（日本図書刊行会）
・『国に棄てられるということ「中国残留婦人」はなぜ国を訴えたか』小川津根子、石井小夜子著（岩波書店）
・『満洲愛国信濃村の生活─中国残留孤児達の家族史─』趙彦民著（三重大学出版会）
・『勇気ある女　なぜ山村文子さんは、中国残留孤児支援に人生をかけてきたか』宮井洋子著（アートダイジェスト）
・『春美16歳の日本　中国残留孤児二世の青春』大谷昭宏著（朝日ソノラマ）
・『ぼく、半分日本人─父さんは中国残留孤児─』中繁彦著　北島新平（イラスト）（岩崎書店）
・『避難地図の証言　中国残留日本人孤児』堀越善作著（佼成出版社）
・『少年の日に地獄を見た　満州開拓団の悲劇』鎌田保著（光陽出版社）
・『異国の父母　中国残留孤児を育てた養父母の群像』浅野慎一、佟岩著（岩崎書店）
・『誰にも言えない中国残留孤児の心のうち』埜口阿文著（草思社）
・『私の紅衛兵時代　ある映画監督の青春』陳凱歌著　刈間文俊訳（講談社）

・『中国のことわざ』千野明日香著（大修館書店）
・『中国人の心理と行動』園田茂人著（日本放送出版協会）
・『中国の暮らしと文化を知るための40章』東洋文化研究会編（明石書店）
・『中国生活誌　黄土高原の衣食住』竹内実、羅漾明著（大修館書店）
・『中国庶民生活図引』島尾伸三、潮田登久子著（弘文堂）
・『名医の図解　よくわかる緑内障・白内障と目の病気』戸張幾生著（主婦と生活社）
・『四大中途失明疾患　緑内障・白内障・糖尿病網膜症・黄斑変性症の早期発見と治療の手引き』佐藤幸裕、白土城照、大鹿哲郎監修（小学館）
・『さわる文化への招待　触覚でみる手学問のすすめ』広瀬浩二郎著（世界思想社）
・『ボランティアに役立つ　はじめてであう点字（4）　点字のひみつ』黒﨑惠津子著　中野耕司（イラスト）（岩崎書店）
・『同行援護ハンドブック　視覚障害者の外出を安全に支援するために』松井奈美著（日本医療企画）
・『私たちの考える歩行指導Q＆A～視覚障害教育の現場で～』東京都盲学校自立活動教育研究会編集（読書工房）
・『「見えない」世界で生きること』松永信也著（角川学芸出版）

・『ガイドヘルパー研修テキスト　視覚障害編』ガイドヘルパー技術研究会監修（中央法規出版）
・『視覚障害者に接するヒント』愼英弘著（解放出版社）
・『中途失明Ⅱ〜陽はまた昇る〜』中途視覚障害者の復職を考える会編（タートルの会）
・『白い杖、いきいきと街へ　視覚障害者福祉への提言』鈴木健夫著（明石書店）
・『らくらく視覚障害生活マニュアル』加藤明彦著（医歯薬出版）
・『知っていますか？　視覚障害者とともに　一問一答』楠敏雄、三上洋、西尾元秀編著（解放出版社）
・『視覚障害児・者の理解と支援［新版］』芝田裕一著（北大路書房）
・『北陸の住まい　日本列島民家の旅⑦中部Ⅱ』日塔和彦著　入澤企画制作事務所編集（ＩＮＡＸ出版）
・『北の住まい　日本列島民家の旅⑨東北・北海道』木村勉著　入澤企画制作事務所編集（ＩＮＡＸ出版）
・『岩手の方言をたずねて』森下喜一著（熊谷印刷出版部）
・『岩手の俗言』毛藤勤治、岩手日報社編（岩手日報社）

・『カラー百科シリーズ③　岩手の山菜百科』薊舎、岩手日報社出版部編著（岩手日報社）
・『北海道・東北の方言　調べてみよう暮らしのことば』吉岡泰夫、井上史雄監修（ゆまに書房）
・『踏査報告　窮乏の農村』猪俣津南雄著（岩波書店）
・『名作写真と歩く、昭和の東京』川本三郎著（平凡社）
・『蛇頭「密航者飼育」アジト』望月健、ジン・ネット取材班著（小学館）
・『蛇頭』莫邦富著（新潮社）
・『密入国ブローカー　悪党人生』相川俊英著（草思社）
・『本日も不法滞在　入国管理局で会いましょう』張芸真著（朝日ソノラマ）
・『入国管理局の仕事　入国審査官・入国警備官になるために』松嶋美由紀編著（三修社）
・『よくわかる入管法　第2版』山田鐐一、黒木忠正著（有斐閣）
・『入管実務マニュアル　改訂第2版』入管実務研究会著（現代人文社）
・『よくわかる最新医学　新版　腎臓病』高市憲明監修（主婦の友社）

・『絆～生体腎移植ドナーの想い』生体腎移植ドナーの会著（ＨＩＭＥ企画）
・『レシピエント　ある夫婦の生体間腎移植の物語』真野尋子著（文芸社）
・『史上最強カラー図解　プロが教える船のメカニズム』池田良穂監修（ナツメ社）
・『港湾荷役のＱ＆Ａ』港湾荷役機械システム協会編（成山堂書店）
・『港運実務の解説』田村郁夫著（成山堂書店）

解説

巨《おお》きな船が出る

有栖川有栖

推理小説に興味がない人の間でも、江戸川乱歩賞の名はよく知られているが、それがどういうものか正確に認識していない人も少なからずいる。乱歩賞はその年度に発表された最高の推理小説が受賞するのではなく、日本推理作家協会（推協）が主催するコンテストで一等になった作品に授与される新人賞だ。

「それぐらい知っているよ」と言われそうだが、案外、誤解されているんですよ。「新人なのに乱歩賞を取ったなんて、すごいね」という具合に。

創設されたのは一九五四年。推協の前身である日本探偵作家クラブの会長だった江戸川乱歩が、自らの還暦祝賀会の席上でクラブに百万円を寄付すると発表し、それを基金として探偵小説奨励のための賞として制定された。当初は「その年度の探偵小説の諸分野において顕著なる業績を示した人に、過去の実績をも考慮して贈賞する」ものだったが、第三回から長編推理小説を公募して優秀作を選ぶという現在の形になった。

記念すべき第三回乱歩賞を受賞した仁木悦子《にきえつこ》の『猫は知っていた』。同作がベストセラーとなって推理小説読者を広げることに貢献したことに始まり、今日に至るまで驚異的な高確率で有力作家を輩出してきた。わが国の推理小説のメインストリームの一翼を担ってきた新人賞である。

大乱歩の還暦に起源を持つ賞が、推理作家になるための最高の登竜門として誇らしい歴史を重ねて〈還暦〉を迎えたのが二〇一四年。そんな切りのいい年に栄冠を勝ち取ったのが下村敦史《しもむらあつし》さんの『闇に香る嘘』である。よい巡り合わせになったもので、同作は天国の乱歩先生も（点字を使った趣向も含めて）さだめしご満悦なさるだろう、という素晴らしさだった。

第六十回乱歩賞の選考委員の末席に連なっていた縁で私がこの小文を書くことになったのだが、一読して「ああ、よい作品がきた。これが本になる前に読めたのはラッキーだ」と思ったのを覚えている。選考会に臨む前から、「今年はこれだ」と考えていたし、実際に異論も出ずに満場一致で授賞が決まった。

他の委員が寄せた言葉を選評からピックアップすると、こんな感じ。

「ソフト不況は出版界にもおよび新人作家冬の時代だが、この力量なら心配はいらない」（石田衣良《いしだいら》）、「たった一行のくだりで殆《ほとん》どの謎や違和感は解消してしまう。（中略）その部分だけを取り上げるなら、いわゆる本格ミステリとして評価される作品でもあるだろう」（京極夏彦《きょうごくなつひこ》）、「主人公が盲目であることから生じる疑念や誤解がよく描けている」（桐野夏生《きりのなつお》）、「自信をもって世に出せるものを送り出せた」（今野敏《こんのびん》）。

席上で私が「この作品の評価はAです。候補作を比べた相対評価ではなく、絶対評価でAですよ」と、いつにないことを口走ったら、〈絶対評価でA〉のフレーズが本の帯に使われた。

これだけ褒《ほ》められて受賞する作品はそうあるものではない。作者がはっきりと再考を求められたのはタイトルぐらいである（応募された時のタイトルは『無縁の常闇に嘘は香る』）。

乱歩賞レースの勝者になっただけでなく、『闇に香る嘘』は発売早々から大きな反響を得て版を重ね、年末には『このミステリーがすごい！』で第三位、『週刊文春ミステリーベスト10』で第二位と上位にランクインを果たす。新人のデビューとしては堂々たる結果だ。乱歩賞の難関を突破したとしても、なかなかこうはいかない。

それだけではない。受賞第一作として「小説現代」誌二〇一四年九月号に発表した短編「死は朝、羽ばたく」も抜群の切れ味で、第68回日本推理作家協会賞・短編部門の候補に早々と選ばれている。現在、同賞はデビュー作を外すことになっているので、これ以上早く候補になることは不可能。

下村さんにはまだ他にも仰天のレジェンドがあるのだが、それは後述するとして作品の中身に話を移そう。

物語の主人公は、六十九歳の村上和久《むらかみかずひさ》。四十一歳で全盲となり、やがて妻と離婚。性格の狷介《けんかい》さから一人娘との間にも確執があった。和久が抱えている問題はそれだけではない。小学生の孫娘が腎臓病で移植手術を必要としているのだが、彼の腎臓は提供するのに不適合と判り、岩手県で老いた母親と暮らす兄に相談を持ちかけると適合検査を受けることさえ拒絶される。

兄弟は幼少期に満州で一度生き別れになっており、兄が中国残留孤児として帰国したのは和久が失明した後だった。検査をかたくなに拒む兄に接し、和久の中でかねてよりの疑念がふくらんでいく。この男は本当に兄なのか？　母親は息子だと認めたが、自分はわが目で確かめてもいない。兄を騙《かた》る偽者ではないのか？

自分が本当の兄だと名乗る男からの電話や、差出人不明の暗号めいた点字の手紙が盲目の主人公をますます混乱させ、彼の身辺に怪しげな影が揺蕩《たゆた》う……。

連続密室殺人に天才的な名探偵が挑んだり、凶悪なテロリスト集団をスマートな捜査官が追いつめたりという派手さはない。兄の正体と、主人公のまわりで何が起きているのか、というのが謎だ。ただし、終戦時の中国大陸で起きた悲劇が根底にあるだけに謎は長く尾を引いており、全盲で徒手空拳の主人公にとって真相究明はあまりに手強い。作者が用意した謎は、非常に魅力的である。

その人物は本物か偽者か、という謎を扱ったミステリには洋の東西を問わず傑作が多い。すぐに思い当たるのは、タイタニック号の海難事故を絡めたディクスン・カーの『曲がった蝶番《ちょうつがい》』、准男爵家の跡取りを巡る謎を描いたロバート・ゴダードの『闇に浮かぶ絵』、戦争で顔に傷を負った総領息子の復員が連続殺人の発端となる横溝正史《よこみぞせいし》の『犬神家の一族』など。二人の男が「自分が本物だ」と名乗り出てくるパトリシア・モイーズの長編『サイモンは誰か？』や巽昌章《たつみまさあき》の短編『埋もれた悪意』という逸品もある。

ミステリ以外でも題材になりやすく、江戸時代中期に実際にあった〈天一坊事件《てんいちぼうじけん》〉は講談の『大岡政談天一坊』として人気を博した。それにちなんで、私はこのタイプのミステリを〈天一坊もの〉と呼んでいる。

『闇に香る嘘』の、天一坊ものとしての達成は見事である。意外性であってドラマチックで、伏線もきちんと張ってあるからフェアだ。読者は、目から分厚い鱗《うろこ》がはらりと落ちる瞬間の快感を味わえるに違いない。疑惑の人は本物か偽者か、イエスかノーかの二つしかないシンプルな命題なのに、読者を驚かせてしまうのは大変なことだが、きれいに理屈を通してそれをやってしまうのが優れたミステリ作家の真骨頂。

村上和久を全盲に設定したことからくるサスペンスともどかしさも特筆に値する。主人公に大きなハンディキャップを与えたからといって物語が自動的に面白くなるわけはなく、それどころか登場人物の行動が制限され、何を描写するにも不自由だ。ここでも作者は手腕の冴《さ》えを見せつけてくれる。

読み進むうちに私は、盲目の按摩《あんま》を語り手にした谷崎潤一郎《たにざきじゅんいちろう》の『盲目物語』を思い出した。作家にとっての不利を逆に利用したその作品を読んでいる時にも感じたのだが、そもそも活字を追うだけで主人公の顔も見ることができない小説読者というのは、みんなが全盲なのである。小説とはそういうものであるから、全盲の人物の〈視点〉を取った場合、読者と登場人物の間にいつもは存在しない回路が開ける。文字どおり手探りの捜査を描くにあたって、その感覚が絶妙の効果を上げていることを指摘しておきたい。

よけいなことを書いて真相に近づきすぎてしまい、読者の興を削がないようにこれ以上は内容に立ち入らないでおこう。以下は作者の下村さんについて。

『闇に香る嘘』をもって、作家として申し分のないスタートを切った下村さんだが、そこに至るまでの道は平坦ではなかった。乱歩賞に狙いを定めて投稿を続けるも、落選につぐ落選。九年目にしてやっと目標を摑《つか》んだそうだが、その間に四回も最終候補に残っている。あと少し、あと少しを繰り返しているうちに手が届いた、ということだが、当人はどれほど苦しかったことか。なまじ最終候補まで進めていただけに、「どんなにがんばっても上手な素人」と言われるに等しい結果の連続は精神的にきつかったであろう。

乱歩賞だけではなく、その前には他の新人賞に何度も作品を投じているが、一次予選を通過できなかったという。不屈のチャレンジャーだったのだ。

それを乗り越えての受賞は、作者をとことん鍛えたはずだ。作者は落選に腐るどころか精進を重ねた。「小説現代」誌上で対談した折に聞いたところによると、下村さんは常により困難な方にチャレンジをしてきている。楽をして書いてはいけないからという理由で行ったこともない外国を舞台にし、選評で映像的な描写を評価されると得意なことを封印して視覚障害者を主人公に据《す》える、という具合に。

そんな挑戦的かつ禁欲的な姿勢が、この輝かしい成果につながった。惜しみない拍手を送りたい。苦労の甲斐あって、作者は充分に熟してから最高のデビューを飾れた。

乱歩賞を受賞した後、下村さんは『叛徒』『生還者』（第69回日本推理作家協会賞・長編及び連作短編集部門候補作）『真実の檻』と作風を広げながらコンスタントに秀作を発表し、着実に地歩を固めていった。しかし、まだまだ旅は始まったばかりだ。『闇に香る嘘』の受賞が決まった時、私は巨《おお》きな船が悠然と港を出て行くシーンを脳裏に描いていた。そして、この下村敦史丸は大勢の客を乗せてはるか遠くまで長い旅をするだろうな、と思った。

どうかいつまでも、よい旅を。

本書は二〇一四年八月に、単行本として小社より刊行されました。
文庫化にあたり、加筆・修正しました。

|著者|下村敦史　1981年京都府生まれ。2014年に『闇に香る嘘』で第60回江戸川乱歩賞を受賞しデビュー。同作は「週刊文春ミステリーベスト10　2014年」国内部門2位、「このミステリーがすごい！　2015年版」国内編3位と高い評価を受ける。同年に発表した短編「死は朝、羽ばたく」が第68回日本推理作家協会賞短編部門候補に、『生還者』が第69回日本推理作家協会賞の長編及び連作短編集部門の候補作となった。他の作品に『難民調査官』『サイレント・マイノリティ　難民調査官』の「難民調査官」シリーズ、『叛徒』『真実の檻』『失踪者』『告白の余白』がある。

闇《やみ》に香《かお》る嘘《うそ》
下村敦史《しもむらあつし》

2016年8月10日第1刷発行
2017年9月20日第10刷発行

発行者──鈴木　哲
発行所──株式会社　講談社
東京都文京区音羽2-12-21　〒112-8001
電話　出版（03）5395-3510
　　　販売（03）5395-5817
　　　業務（03）5395-3615
Printed in Japan

講談社文庫
定価はカバーに
表示してあります

デザイン──菊地信義
本文データ制作──講談社デジタル製作
印刷──豊国印刷株式会社
製本──株式会社国宝社

ISBN978-4-06-293482-4

講談社文庫刊行の辞

二十一世紀の到来を目睫に望みながら、われわれはいま、人類史上かつて例を見ない巨大な転換期をむかえようとしている。

世界も、日本も、激動の予兆に対する期待とおののきを内に蔵して、未知の時代に歩み入ろうとしている。このときにあたり、創業の人野間清治の「ナショナル・エデュケイター」への志を現代に甦らせようと意図して、われわれはここに古今の文芸作品はいうまでもなく、ひろく人文・社会・自然の諸科学から東西の名著を網羅する、新しい綜合文庫の発刊を決意した。

激動の転換期はまた断絶の時代である。われわれは戦後二十五年間の出版文化のありかたへの深い反省をこめて、この断絶の時代にあえて人間的な持続を求めようとする。いたずらに浮薄な商業主義のあだ花を追い求めることなく、長期にわたって良書に生命をあたえようとつとめるところにしか、今後の出版文化の真の繁栄はあり得ないと信じるからである。

同時にわれわれはこの綜合文庫の刊行を通じて、人文・社会・自然の諸科学が、結局人間の学にほかならないことを立証しようと願っている。かつて知識とは、「汝自身を知る」ことにつきていた。現代社会の瑣末な情報の氾濫のなかから、力強い知識の源泉を掘り起し、技術文明のただなかに、生きた人間の姿を復活させること。それこそわれわれの切なる希求である。

われわれは権威に盲従せず、俗流に媚びることなく、渾然一体となって日本の「草の根」をかたちづくる若く新しい世代の人々に、心をこめてこの新しい綜合文庫をおくり届けたい。それは知識の泉であるとともに感受性のふるさとであり、もっとも有機的に組織され、社会に開かれた万人のための大学をめざしている。大方の支援と協力を衷心より切望してやまない。

一九七一年七月

野間省一

講談社文庫 目録

瀬尾まいこ　幸福な食卓
関原健夫　がん六回　人生全快
瀬川晶司　泣き虫しょったんの奇跡　完全版〈サラリーマンから将棋のプロへ〉
瀬名秀明　月と太陽
曽野綾子　幸福という名の不幸(上)(下)
曽野綾子　私を変えた聖書の言葉
曽野綾子　自分の顔、相手の顔〈自分流を貫く生き方のすすめ〉
曽野綾子　それぞれの山頂物語〈今こそ主体性のある生き方をしたい〉
曽野綾子　安逸と危険の魅力
曽野綾子　至福の境地
曽野綾子　なぜ人は恐ろしいことをするのか
曽野綾子　透明な歳月の光
曽野綾子　新装版　無名碑(上)(下)
蘇部健一　六枚のとんかつ
蘇部健一　六とん2
蘇部健一　長野・上越新幹線四時間三十分の壁
蘇部健一　動かぬ証拠
蘇部健一　木乃伊男《ミイラ》
蘇部健一　届かぬ想い

瀬木慎一　名画はなぜ心を打つか
宗田　理　13歳の黙示録
宗田　理　天路TENRO
曽我部　司　北海道警察の冷たい夏
曽根圭介　沈底魚
曽根圭介　本ボシ
曽根圭介　藁《わら》にもすがる獣たち
曽根圭介　TATSUMAKI〈特命捜査対策室7係〉
zopp　ソングス・アンド・リリックス
田辺聖子　女が愛に生きるとき
田辺聖子　古川柳おちぼひろい
田辺聖子　川柳でんでん太鼓
田辺聖子　おかあさん疲れたよ(上)(下)
田辺聖子　ひねくれ一茶
田辺聖子　「おくのほそ道」を旅しよう〈古典を歩く11〉
田辺聖子　薄荷草の恋《ペパーミント・ラヴ》
田辺聖子　愛の幻滅(上)(下)
田辺聖子　うたかた
田辺聖子　春情蛸の足

田辺聖子　不倫は家庭の常備薬　新装版
田辺聖子　蝶花嬉遊図
田辺聖子　言い寄る
田辺聖子　私的生活
田辺聖子　苺をつぶしながら
田辺聖子　不機嫌な恋人
田辺聖子　どんぐりのリボン
田辺聖子　女の日時計
立原正秋　春のいそぎ
立原正秋　雪のなか
谷川俊太郎訳　和田　誠絵　マザー・グース　全四冊
立花　隆　中核VS革マル(上)(下)
立花　隆　日本共産党の研究　全三冊
立花　隆　青春漂流
立花　隆　同時代を撃つ　I〜III〈情報ウオッチング〉
立花　隆　生、死、神秘体験
滝口康彦　一命
滝口康彦　粟田口の狂女〈レジェンド歴史時代小説〉
高杉　良　労働貴族

高杉　良　広報室沈黙す(上)(下)
高杉　良　会社蘇生
高杉　良　炎の経営者(上)(下)
高杉　良　小説日本興業銀行全五冊
高杉　良　社長の器
高杉　良　祖国へ、熱き心を〈東京にオリンピックを呼んだ男〉
高杉　良　その人事に異議あり〈女性広報主任のジレンマ〉
高杉　良　人事権！
高杉　良　小説消費者金融〈クレジット社会の罠〉
高杉　良　小説新巨大証券(上)(下)
高杉　良　局長罷免―小説通産省
高杉　良　首魁《しゅかい》の宴《うたげ》〈政官財腐敗の構図〉
高杉　良　指名解雇
高杉　良　燃ゆるとき
高杉　良　挑戦つきることなし〈小説ヤマト運輸〉
高杉　良　辞表撤回
高杉　良　銀行大合併〈短編小説全集(上)〉
高杉　良　エリートの反乱〈短編小説全集(中)〉
高杉　良　金融腐蝕列島(上)(下)
高杉　良　小説ザ・外資
高杉　良　銀行大統合〈小説みずほFG〉
高杉　良　勇気凜々
高杉　良　混沌《こんとん》新・金融腐蝕列島(上)(下)
高杉　良　乱気流(上)(下)
高杉　良　小説会社再建
高杉　良　小説ザ・ゼネコン
高杉　良　新装版懲戒解雇
高杉　良　新装版虚構の城
高杉　良　新装版大逆転！〈小説三菱・第一銀行合併事件〉
高杉　良　新装版バンダルの塔
高杉　良　新・燃ゆるとき
高杉　良　管理職の本分
高杉　良　挑戦巨大外資(上)(下)
高杉　良　破戒者たち〈小説・新銀行崩壊〉
高杉　良　第四権力〈巨大メディアの罪〉
高杉　良　巨大外資銀行
竹本健治　新装版匣《はこ》の中の失楽
竹本健治　囲碁殺人事件
竹本健治　将棋殺人事件
竹本健治　トランプ殺人事件
高橋源一郎　日本文学盛衰史
高橋源一郎・山田詠美　顰蹙文学カフェ
高橋克彦　写楽殺人事件
高橋克彦　悪魔のトリル
高橋克彦　総門谷
高橋克彦　北斎殺人事件
高橋克彦　歌麿殺贋《さつがん》事件
高橋克彦　バンドネオンの豹《ジャガー》
高橋克彦　蒼《あお》夜叉《やしゃ》
高橋克彦　広重殺人事件
高橋克彦　北斎の罪
高橋克彦　総門谷R阿黒篇
高橋克彦　総門谷R鵺(ぬえ)篇
高橋克彦　総門谷R小町変妖篇
高橋克彦　総門谷R白骨篇
高橋克彦　1999年〈対談集〉
高橋克彦　星封陣

高橋克彦　炎《ほむら》立つ　壱　北の埋み火
高橋克彦　炎立つ　弐　燃える北天
高橋克彦　炎立つ　参　空への炎
高橋克彦　炎立つ　四　冥き稲妻
高橋克彦　炎立つ　伍　光彩楽土〈全五巻〉
高橋克彦　白　妖　鬼
高橋克彦　書斎からの空飛ぶ円盤
高橋克彦　降　魔　王
高橋克彦　鬼
高橋克彦　火怨〈北の燿星アテルイ〉(上)(下)
高橋克彦　時宗　壱　乱星
高橋克彦　時宗　弐　連星
高橋克彦　時宗　参　震星
高橋克彦　時宗　四　戦星〈全四巻〉
高橋克彦　京伝怪異帖　巻の上　巻の下
高橋克彦　天を衝く(1)〜(3)
高橋克彦　ゴッホ殺人事件(上)(下)
高橋克彦　竜の柩(1)〜(6)
高橋克彦　刻謎宮(1)〜(4)

高橋克彦　高橋克彦自選短編集〈1　ミステリー編〉
高橋克彦　高橋克彦自選短編集〈2　恐怖小説編〉
高橋克彦　高橋克彦自選短編集〈3　時代小説編〉
高橋　治　男波女波(上)(下)〈放浪一本釣り〉
高橋　治　星の衣
高樹のぶ子　妖しい風景
高樹のぶ子　エフェソス白恋
高樹のぶ子　満水子(上)(下)
高樹のぶ子　飛　水
田中芳樹　創竜伝1〈超能力四兄弟《ドラゴン》〉
田中芳樹　創竜伝2〈摩天楼の四兄弟《ドラゴン》〉
田中芳樹　創竜伝3〈逆襲の四兄弟《ドラゴン》〉
田中芳樹　創竜伝4〈四兄弟《ドラゴン》脱出行〉
田中芳樹　創竜伝5〈蜃気楼都市《ミラージュ・シティ》〉
田中芳樹　創竜伝6〈染血の夢《ブラッディ・ドリーム》〉
田中芳樹　創竜伝7〈黄土のドラゴン〉
田中芳樹　創竜伝8〈仙境のドラゴン〉
田中芳樹　創竜伝9〈妖世紀のドラゴン〉
田中芳樹　創竜伝10〈大英帝国最後の日〉

田中芳樹　創竜伝11〈銀月王伝奇〉
田中芳樹　創竜伝12〈竜王風雲録〉
田中芳樹　創竜伝13〈噴火列島〉
田中芳樹　魔天楼〈薬師寺涼子の怪奇事件簿〉
田中芳樹　東京ナイトメア〈薬師寺涼子の怪奇事件簿〉
田中芳樹　巴里《パリ》・妖都変〈薬師寺涼子の怪奇事件簿〉
田中芳樹　クレオパトラの葬送〈薬師寺涼子の怪奇事件簿〉
田中芳樹　黒蜘蛛島《ブラックスパイダー・アイランド》〈薬師寺涼子の怪奇事件簿〉
田中芳樹　夜光曲〈薬師寺涼子の怪奇事件簿〉
田中芳樹　霧の訪問者〈薬師寺涼子の怪奇事件簿〉
田中芳樹　水妖日にご用心〈薬師寺涼子の怪奇事件簿〉
田中芳樹　魔境の女王陛下〈薬師寺涼子の怪奇事件簿〉
田中芳樹　西風の戦記《ゼピュロシア・サーガ》
田中芳樹　夏の魔術
田中芳樹　窓辺には夜の歌
田中芳樹　書物の森でつまずいて……
田中芳樹　白い迷宮
田中芳樹　春の魔術
田中芳樹　タイタニア1〈疾風篇〉

講談社文庫 目録

高田崇史 QED ～ventus～〈熊野の残照〉

高田崇史 QED〈神器封殺〉

高田崇史 QED ～ventus～〈御霊将門〉

高田崇史 QED〈河童伝説〉

高田崇史 QED ～flumen～〈九段坂の春〉

高田崇史 QED〈諏訪の神霊〉

高田崇史 QED〈出雲神伝説〉

高田崇史 QED〈伊勢の曙光《あけぼの》〉

高田崇史 QED ～flumen～〈ホームズの真実〉

高田崇史 毒草師〈QED Another Story〉

高田崇史 試験に出るパズル〈千葉千波の事件日記〉

高田崇史 試験に敗けない密室〈千葉千波の事件日記〉

高田崇史 試験に出ないパズル〈千葉千波の事件日記〉

高田崇史 パズル自由自在〈千葉千波の事件日記〉

高田崇史 麿の酩酊事件簿〈花に舞〉

高田崇史 麿の酩酊事件簿〈月に酔〉

高田崇史 クリスマス緊急指令〈～きよしこの夜、事件は起こる！～〉

高田崇史 カンナ 飛鳥の光臨

高田崇史 カンナ 天草の神兵

高田崇史 カンナ 吉野の暗闘

高田崇史 カンナ 奥州の覇者

高田崇史 カンナ 戸隠の殺皆

高田崇史 カンナ 鎌倉の血陣

高田崇史 カンナ 天満の葬列

高田崇史 カンナ 出雲の顕在

高田崇史 カンナ 京都の霊前

高田崇史 鬼神伝 鬼の巻

高田崇史 鬼神伝 神の巻

高田崇史 鬼神伝 龍の巻

高田崇史 軍神の血脈〈楠木正成秘伝〉

高田崇史 神の時空《とき》 鎌倉の地龍

竹内玲子 笑うニューヨーク DELUXE

竹内玲子 笑うニューヨーク DYNAMITES

竹内玲子 笑うニューヨーク DANGER

竹内玲子 踊るニューヨーク Beauty Quest

竹内玲子 爆笑ニューヨーク POWERFUL《パワフル》〈アホで使える最新情報てんこ盛り！〉

竹内玲子 永遠に生きる犬〈ニューヨーク チョビ物語〉

団鬼六 外道の女

団鬼六 悦楽王〈鬼プロ繁盛記〉

立石勝規 国税査察官

立石勝規 論説室の叛乱

高野和明 13階段

高野和明 グレイヴディッガー

高野和明 K・Nの悲劇

高野和明 6時間後に君は死ぬ

高里椎奈 銀の檻を溶かして〈薬屋探偵妖綺談〉

高里椎奈 黄色い目をした猫の幸せ〈薬屋探偵妖綺談〉

高里椎奈 悪魔と詐欺師〈薬屋探偵妖綺談〉

高里椎奈 金糸雀《カナリア》が啼く夜〈薬屋探偵妖綺談〉

高里椎奈 緑陰の雨 灼けた月〈薬屋探偵妖綺談〉

高里椎奈 白兎が歌った蜃気楼〈薬屋探偵妖綺談〉

高里椎奈 本当は知らない〈薬屋探偵妖綺談〉

高里椎奈 蒼い千鳥 花霞に泳ぐ〈薬屋探偵妖綺談〉

高里椎奈 双樹に赤 鴉の暗《くろ》〈薬屋探偵妖綺談〉

高里椎奈 蟬の羽〈薬屋探偵妖綺談〉

高里椎奈 ユルユルカ〈薬屋探偵妖綺談〉

高里椎奈 雪下《せっか》に咲いた日輪と〈薬屋探偵妖綺談〉

高野秀行 移民の宴〈日本に移り住んだ外国人の不思議な食生活〉
高野秀行 角幡唯介 地図のない場所で眠りたい
竹田聡一郎 ビーサン!!〈15万円ぽっち ワールドサッカー観戦旅〉
田牧大和 花合せ〈濱次お役者双六〉
田牧大和 質草破り〈濱次お役者双六 二ます目〉
田牧大和 翔ぶ梅〈濱次お役者双六 三ます目〉
田牧大和 半可心中〈濱次お役者双六〉
田牧大和 長屋狂言〈濱次お役者双六〉
田牧大和 三悪人
田牧大和 泣き菩薩
田牧大和 身をつくし〈清四郎よろづ屋始末〉
田牧大和 錠前破り、銀太
田丸公美子 シモネッタの本能三昧イタリア紀行
田丸公美子 シモネッタのどこまでいっても男と女
竹内明 秘匿捜査〈警視庁公安部スパイハンターの真実〉
高殿円 カーリー〈I. 黄金の尖塔の国とあひると小公女〉
高殿円 カーリー〈II. 二十一発の祝砲とプリンセスの休日〉
高殿円 カーリー〈III. 孵化《ふか》する恋と帝国の終焉〉
高殿円 メサイア〈警備局特別公安五係〉

田中慎弥 犬と鴉
高野史緒 カント・アンジェリコ
高野史緒 カラマーゾフの妹
瀧本哲史 僕は君たちに武器を配りたい〈エッセンシャル版〉
竹吉優輔 襲名犯
竹吉優輔 レミングスの夏
高田大介 図書館の魔女 第一巻 第二巻
高田大介 図書館の魔女 第三巻 第四巻
高田大介 図書館の魔女 烏《からす》の伝言《つてこと》(上)(下)
陳舜臣 中国五千年(上)(下)
陳舜臣 中国の歴史 全七冊
陳舜臣 中国の歴史 近・現代篇 (一)(二)
陳舜臣 小説十八史略 全六冊
陳舜臣 獅子は死なず
陳舜臣 小説十八史略 傑作短篇集
陳舜臣 神戸 わがふるさと
陳舜臣 新装版 新西遊記(上)(下)
陳舜臣 新装版 阿片戦争 全四冊
陳舜臣 琉球の風(上)(下)〈レジェンド歴史時代小説〉

張仁淑《チャンインスク》 凍れる河を超えて(上)(下)
千早茜 森の家
筒井康隆 ウィークエンド・シャッフル
筒井康隆ほか12名 名探偵登場!
津島佑子 火の山―山猿記(上)(下)
津島佑子 黄金の夢の歌
津村節子 智恵子飛ぶ
津村節子 菊日和
津村節子 遍路みち
津村節子 三陸の海
津本陽 塚原卜伝十二番勝負
津本陽 拳豪伝
津本陽 修羅の剣(上)(下)
津本陽 勝つ極意 生きる極意
津本陽 下天は夢か 全四冊
津本陽 鎮西八郎為朝
津本陽 幕末剣客伝
津本陽 武田信玄 全三冊
津本陽 乱世、夢幻の如し(上)(下)

津本　陽　前田利家　全三冊
津本　陽　加賀百万石
津本　陽　真田忍侠記（上）（下）
津本　陽　歴史に学ぶ
津本　陽　おおとりは空に
津本　陽　本能寺の変
津本　陽　武蔵と五輪書
津本　陽　幕末御用盗
津村秀介　洞爺湖殺人事件
津村秀介　水戸の偽証〈三島着10時31分の死者〉
津村秀介　浜名湖殺人事件〈富士―博多間37時間30分の謎〉
津村秀介　琵琶湖殺人事件〈ハイパー有明14号「13時45分」の死角〉
津村秀介　猪苗代湖殺人事件
津村秀介　白樺湖殺人事件〈L特急「あずさ13号」空白の接点〉
司城志朗　恋　ゆうれい
土屋賢二　哲学者かく笑えり
土屋賢二　ツチヤ学部長の弁明
土屋賢二　人間は考えても無駄である〈ツチヤの変客万来〉
土屋賢二　純粋ツチヤ批判

塚本青史　呂　后
塚本青史　王　莽
塚本青史　光武帝（上）（中）（下）
塚本青史　張　騫
塚本青史　凱《がい》歌《か》の後《のち》
塚本青史　始皇帝
塚本青史　三国志　曹操伝　上〈落暉の洛陽〉
塚本青史　三国志　曹操伝　中〈群雄の彷徨〉
塚本青史　三国志　曹操伝　下〈赤壁に決す〉
辻原　登　マノンの肉体
辻原　登　円朝芝居噺　夫婦幽霊
辻原　登　寂しい丘で狩りをする
辻村深月　冷たい校舎の時は止まる（上）（下）
辻村深月　子どもたちは夜と遊ぶ（上）（下）
辻村深月　凍りのくじら
辻村深月　ぼくのメジャースプーン
辻村深月　スロウハイツの神様（上）（下）
辻村深月　名前探しの放課後（上）（下）
辻村深月　ロードムービー

辻村深月　ゼロ、ハチ、ゼロ、ナナ。
辻村深月　V.　T.　R.
辻村深月　光待つ場所へ
辻村深月　ネオカル日和
辻村深月　島はぼくらと
新川直司　漫画　辻村深月　原作　コミック　冷たい校舎の時は止まる（上）（下）
常光　徹　学校の怪談〈K峠のうわさ〉
常光　徹　学校の怪談〈百円のビデオ〉
坪内祐三　ストリートワイズ
津村記久子　ポトスライムの舟
津村記久子　カソウスキの行方
恒川光太郎　竜が最後に帰る場所
月村了衛　神子《みこ》上《がみ》典《てん》膳《ぜん》
出久根達郎　佃島ふたり書房
出久根達郎　たとえばの楽しみ
出久根達郎　おんな飛脚人
出久根達郎　世直し大明神〈おんな飛脚人〉
出久根達郎　御書物同心日記
出久根達郎　続　御書物同心日記

講談社文庫　目録

出久根達郎　御書物同心日記　虫姫
出久根達郎　土龍《もぐら》
出久根達郎　俥《くるま》宿《やど》
出久根達郎　二十歳のあとさき
出久根達郎　逢わばや見ばや　完結編
出久根達郎　作家の値段
フランソワ・デュボワ　太極拳が教えてくれた人生の宝物〈中国・武当山90日間修行の記〉
戸川昌子　新装版　猟人日記
土居良一　海翁伝
土居良一　修徳記〈直参松前八兵衛〉
土居良一　京都花暦〈直参松前八兵衛〉
ドウス昌代　イサム・ノグチ(上)(下)〈宿命の越境者〉
童門冬二　戦国武将の宣伝術〈隠された名将のコミュニケーション戦略〉
童門冬二　日本の復興者たち
童門冬二　夜明け前の女たち
童門冬二　改革者に学ぶ人生論〈江戸グローカルの偉人たち〉
童門冬二　佐久間象山〈幕末の明星〉
童門冬二　項羽と劉邦〈知と情の組織術〉
鳥井架南子　風の鍵《キー》

鳥羽　亮　警視庁捜査一課南平《なんぺい》班
鳥羽　亮　三鬼の剣
鳥羽　亮　広域指定127号事件〈警視庁捜査一課南平班〉
鳥羽　亮　刑《デ》事《カ》魂〈警視庁捜査一課南平班〉
鳥羽　亮　隠《おぬ》猿《ざる》の剣
鳥羽　亮　鱗光の剣〈深川群狼伝〉
鳥羽　亮　蛮骨の剣
鳥羽　亮　妖鬼の剣
鳥羽　亮　秘剣鬼の骨
鳥羽　亮　浮舟の剣
鳥羽　亮　青江鬼丸夢想剣
鳥羽　亮　双つ龍〈青江鬼丸夢想剣〉
鳥羽　亮　吉宗謀殺〈青江鬼丸夢想剣〉
鳥羽　亮　風来の剣
鳥羽　亮　影笛の剣
鳥羽　亮　波之助推理日記
鳥羽　亮　からくり小僧〈波之助推理日記〉
鳥羽　亮　天狗の塒《ねぐら》〈波之助推理日記〉
鳥羽　亮　遠山桜〈影与力嵐八九郎〉

鳥羽　亮　浮世の果て〈影与力嵐八九郎〉
鳥羽　亮　鬼剣〈影与力嵐八九郎〉
鳥羽　亮　疾《は》風《やて》剣《けん》谺《こだま》返し〈深川狼虎伝〉
鳥羽　亮　修羅剣雷《いかずち》斬り〈深川狼虎伝〉
鳥羽　亮　狼《ろう》虎《こ》血《けつ》闘《とう》〈深川狼虎伝〉
鳥羽　亮　御隠居剣法〈駆込み宿　影始末(一)〉
鳥羽　亮　ねむり鬼《き》剣《けん》〈駆込み宿　影始末〉
鳥羽　亮　霞隠れの女〈駆込み宿　影始末〉
鳥羽　亮　のっとり奥坊主〈駆込み宿　影始末〉
鳥羽　亮　かげろう妖剣〈駆込み宿　影始末〉
鳥越　碧　一葉
鳥越　碧　漱石の妻
鳥越　碧　兄いもうと〈子規庵日記〉
鳥越　碧　花筏　谷崎潤一郎・松子　たゆたう記
東郷　隆　御町見役うずら伝右衛門(上)(下)
東郷　隆　御町見役うずら伝右衛門・町あるき
東郷　隆　銃士伝
東郷　隆　センゴク兄弟
東郷　隆　南天

講談社文庫 目録

講談社文庫　目録

講談社文庫　目録

西村京太郎　十津川警部　五稜郭殺人事件
西村京太郎　十津川警部　湖北の幻想
西村京太郎　九州新特急「つばめ」殺人事件
西村京太郎　九州特急「ソニックにちりん」殺人事件
西村京太郎　十津川警部　幻想の信州上田
西村京太郎　高山本線殺人事件
西村京太郎　十津川警部　金沢・絢爛たる殺人
西村京太郎　伊豆誘拐行
西村京太郎　東京・松島殺人ルート
西村京太郎　秋田新幹線「こまち」殺人事件
西村京太郎　十津川警部　トリアージ　生死を分けた石見銀山
西村京太郎　悲運の皇子《みこ》と若き天才の死
西村京太郎　十津川警部　長良川に犯人を追う
西村京太郎　新装版　殺しの双曲線
西村京太郎　十津川警部　西伊豆変死事件
西村京太郎　愛の伝説・釧路湿原
西村京太郎　山形新幹線「つばさ」殺人事件
西村京太郎　新装版　名探偵に乾杯
西村京太郎　十津川警部　君は、あのSLを見たか

西村京太郎　南伊豆殺人事件
西村京太郎　十津川警部　青い国から来た殺人者
西村京太郎　十津川警部　箱根バイパスの罠
西村京太郎　新装版　天使の傷痕
西村京太郎　新装版　D機関情報
西村京太郎　十津川警部　猫と死体はタンゴ鉄道に乗って
西村京太郎　韓国新幹線を追え
西村京太郎　北リアス線の天使
西村京太郎　十津川警部　長野新幹線の奇妙な犯罪
西村京太郎　上野駅殺人事件
西村京太郎　京都駅殺人事件
新津きよみ　スパイラル・エイジ
西村寿行　異常者
新田次郎　新装版　武田勝頼　(一)陽の巻　(二)水の巻　(三)空の巻
新田次郎　新装版　聖職の碑《いしぶみ》
新田次郎　新装版　風の遺産
新田次郎　新装版　鷲ヶ峰物語
日本文芸家協会編　愛染夢灯籠〈時代小説傑作選〉
日本推理作家協会編　零時の犯罪予報〈ミステリー傑作選46〉

日本推理作家協会編　殺人の教室〈ミステリー傑作選〉
日本推理作家協会編　孤独な交響曲《シンフォニー》〈ミステリー傑作選〉
日本推理作家協会編　犯人たちの部屋〈ミステリー傑作選〉
日本推理作家協会編　仕掛けられた罪〈ミステリー傑作選〉
日本推理作家協会編　隠された鍵〈ミステリー傑作選〉
日本推理作家協会編　セブンミステリーズ〈ミステリー傑作選〉
日本推理作家協会編　曲げられた真相〈ミステリー傑作選〉
日本推理作家協会編　ULTIMATE MYSTERY　究極のミステリー、ここにあり〈ミステリー傑作選〉
日本推理作家協会編　MARVELOUS MYSTERY　至高のミステリー、ここにあり〈ミステリー傑作選〉
日本推理作家協会編　Play《プレイ》推理遊戯〈ミステリー傑作選〉
日本推理作家協会編　Doubt《ダウト》きりのない疑惑〈ミステリー傑作選〉
日本推理作家協会編　Bluff《ブラフ》騙し合いの夜〈ミステリー傑作選〉
日本推理作家協会編　Spiral《スパイラル》めくるめく謎〈ミステリー傑作選〉
日本推理作家協会編　Logic《ロジック》真相への回廊〈ミステリー傑作選〉
日本推理作家協会編　BORDER《ボーダー》善と悪の境界〈ミステリー傑作選〉
日本推理作家協会編　Guilty《ギルティ》殺意の連鎖〈ミステリー傑作選〉
日本推理作家協会編　Shadow《シャドウ》闇に潜む真実〈ミステリー傑作選〉
日本推理作家協会編　Junction《ジャンクション》運命の分岐点〈ミステリー傑作選〉
日本推理作家協会編　Question《クエスチョン》謎解きの最高峰〈ミステリー傑作選〉

講談社文庫　目録

2017年6月15日現在